즐거운
게임

즐거운 게임

초판 1쇄 발행 2012년 9월 17일

지은이 박향
펴낸이 강수걸
펴낸곳 산지니
편집 양아름 권경옥 손수경 윤은미 이아람
디자인 권문경
등록 2005년 2월 7일 제14-49호
주소 부산광역시 연제구 거제1동 1498-2 위너스빌딩 203호
전화 051-504-7070 | 팩스 051-507-7543
홈페이지 www.sanzinibook.com
전자우편 sanzini@sanzinibook.com
블로그 http://sanzinibook.tistory.com

ISBN 978-89-6545-196-9 03810

*책값은 뒤표지에 있습니다.
*파본은 구입하신 서점에서 바꾸어 드립니다.
*이 도서의 국립중앙도서관 출판시도서목록(CIP)은 e-CIP 홈페이지
 (http://www.nl.go.kr/ecip)에서 이용하실 수 있습니다.
 (CIP 제어번호: CIP 2012004047)

즐거운 게임

박향 소설집

산지니

차례

자연의원

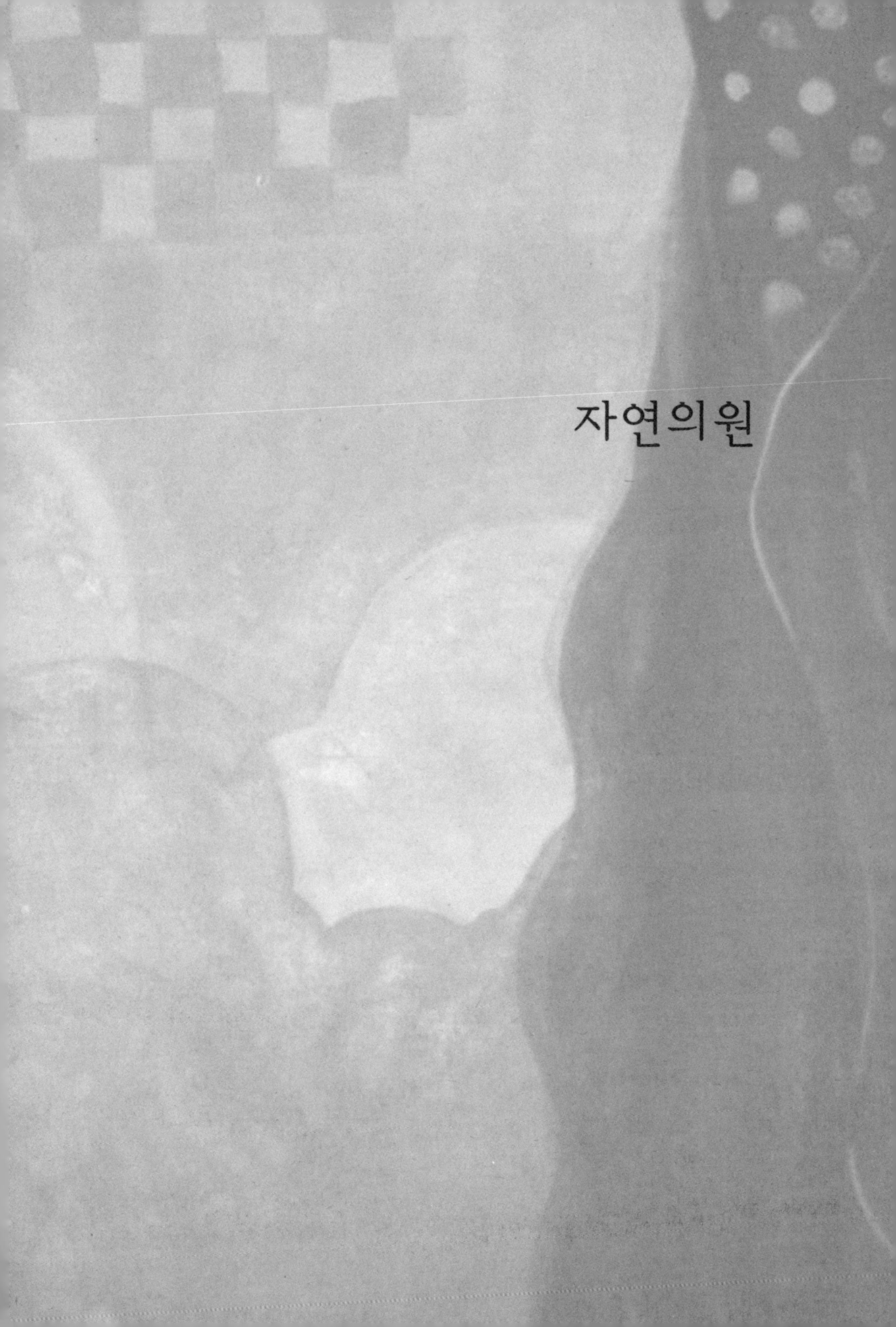

1

　국도를 타고 30분을 달려도 마을은 나타나지 않는다. 가끔 식당이 눈에 띄고, 모텔들이 숲 사이로 부잣집 별장처럼 서 있다. 갈비뼈를 얽어맸던 철사줄 하나가 끊어져 버린 듯 왼쪽 가슴에서 뜨끔한 통증이 느껴진다. 준호는 어깨를 흠칫 떨며 반쯤 돌리던 운전대를 놓쳐 버린다. 브레이크를 밟아야 하는데 오른쪽 하체에서 힘이 쑥 빠져나간다. 차가 '흔들' 한다. 커브길이다. 차는 원심력을 발휘해 바깥으로 튀어 나가 버릴 것만 같다. 이마에 흐른 땀이 뺨을 타고 흐른다. 칼로 베인 듯, 땀이 흐른 자리가 차갑다. 준호는 있는 힘을 다해 브레이크를 밟는다. 차가 멈추고 준호는 언덕 위에 선다. 저 멀리 모텔과 어울리지 않는 한글 간판이 보인다. 자연의원. 오래된 모텔을 개조한 건물은 겉에서 보면 전혀 병원 같지 않다. 자연 모텔이라고 썼어도 그리 어색하지 않았을 것이다.

집에서 출발하여 두 시간쯤 걸렸다. 고속도로를 벗어나 국도로 접어들면서 100m도 안 되어 나타난 좌회전을 놓치는 바람에 딱 한 번 길을 잘못 든 것 말고는 제대로 찾아온 셈이다. 아내의 말대로 찾기 어려운 편은 아니었다. 목적지가 가까이 다가온다는 사실이 흥분보다는 착잡한 심정으로 이어진 것이 여행길과 다르다고 할까. 굳이 같이 가야 한다고 회사에 휴가를 내려는 것을 말리느라 어젯밤에는 아내에게 큰소리를 냈다. 아내로서는 그렇게 해야 마음이 편했을 것이다.

지나가는 말처럼 아내가 자연식품으로 낫게 하는 병원이 있다는 말을 했다. 지나가는 말이 아니었다. 작정을 하고 하는 말이었다.

"거기선 암환자에 좋은 식품들로만 식단을 차린대. ……약값과 치료비는 보험도 되고……."

준호는 말을 마친 아내의 얼굴을 힐끗 쳐다보았다. 나를 그곳에 보내려고? 그렇게 묻고 싶은 걸 꾹 눌러 참았다. 간암 진단을 받은 지 5개월. 수술을 했으나 재발의 불안 속에 살고 있다. 오히려 수술 전보다 더 초조하게 허둥대는 준호의 행동들에 아내는 정작 지쳐 버렸을 수도 있다. 퇴원을 하고 항암치료를 받으면서도 매일 인터넷 서점을 들락거리며 암에 관련된 책을 사들이는 이 남자, 도시의 위험한 음식들과 유해한 환경, 암뿐 아니라 몸속의 이로운 세포까지 죽인다는 항암치료, 재발은 결국 죽음을 몰고 올 뿐이라는 걸

신앙처럼 믿고 있는 이 남자. 수술 후 섭생이 무엇보다 중요하다는 사실을 알고 있는 이 남자. 매일 짜증과 신경질만 늘어 가고 있는 이 남자. 아무튼 그곳으로 집어넣어 버린다는 인상만 주지 않으면 된다. 아내는 그렇게 결론을 내렸을지도 모른다.

승용차를 주차시킨 준호는 주차장 앞에 펼쳐진 풍성한 계곡물을 마주한다. 왜 이렇게 마음이 삐뚤어지는지 모르겠어. 준호는 낮게 읊조린다. 피를 본 상어처럼 계곡물 소리가 준호의 말을 금방 집어삼킨다. 주위는 바람 소리, 물소리뿐, 사람들은 보이지 않는다. 준호는 나무 그늘 아래 놓인 평상으로 간다. 두 시간이지만 운전은 생각보다 피곤하다. 어깨를 주무르고 목운동을 하던 준호는 평상 끄트머리에 웅크리고 누운 여자를 발견하곤 깜짝 놀라 몸을 일으킨다. 여자가 이곳으로 걸어와 눕는 모습을 보지 못했으니 처음부터 있었다는 이야기다. 그런데 왜 진작 보지 못했을까. 여자는 낮은 숨소리를 내며 잠들어 있다. 머리카락이 온통 얼굴을 뒤덮어 얼굴을 확인할 수 없지만 뭉쳐진 파지마냥 몸을 구긴 여자의 모습은 애잔한 마음을 불러일으킨다. 용기만 있다면 긴 머리칼을 쓸어 올려주고 싶다. 얼굴이 보이지 않으니 아무것도 아닌 존재 같다. 평상 위에 누군가가 부려 놓은 작은 보퉁이처럼 보이기도 한다. 갑자기 콧잔등이 찡해 오며 눈시울이 젖어 온다. 감정의 빠른 변화는 자신이 수습하기도 힘들 지경이 되어 버렸다. 작은 사물 하나에도 곧잘 감상적이 되어 버리는 것도 아프고 난 후에 생긴 버릇이다. 준호는 뺨을 툭툭 치며 사무실 쪽으로 걸음을 옮긴다.

전화는 미리 해 두었다. 방 배정까지 받았다. 2인 1실은 반액이라고 했지만 준호는 독방을 고집했다. 누군가와 함께 아픔과 고통을 나누고 싶지 않다. 위로받고 서로 위로하고 그래서 슬픔과 아픔을 치유받고 싶지도 않다. 죽기엔 억울한 서른다섯 시퍼런 생이 가을날 처마 밑에 내건 시래기처럼 버석하게 말라 가고 있는데, 그 누가 위로로 치유를 할 수 있단 말인가. 위로는 아무런 힘도 없다.

강당이라고 쓰인 건물에서 음악소리가 흘러나온다. 유리창 너머로 사람들이 체조를 하는 모습이 보인다. 1층 입구에 들어서자 바로 접수실이다. 접수실 앞 대기의자에 앉으니 자동인식장치인지 딩동 하는 호출음이 들린다. 접수실 뒤쪽 진료실 문이 열리고 웃는 얼굴로 간호사가 나온다. 곧 의사가 다가와 준호에게 손을 내민다. 오십이 조금 넘어 보이는 부드러운 인상의 남자다. 원장을 따라 들어간 진료실은 책상과 의자, 그리고 간이침대가 하나 있는 단순한 구조다. 원장이 앉아 있는 뒤쪽으로 숲과 계곡이 보인다. 원장은 느긋하게 앉아 이것저것 사소한 것들을 묻는다. 길은 쉽게 찾았느냐, 몸은 어떠하냐, 식구는 어떻게 되느냐는 등의 질문이다.

"여기 계신 환자분들은 자기 병에 대해서 누구보다 잘 알고 있습니다. 자기 병에 맞추어 도시의 큰 병원에서 온갖 인공적이고 화학적인 치료를 했습니다. 그래서 좋은 결과를 얻었다면 왜 여기 왔겠습니까? 이 병원에서는 의사나 약보다는 환자 자신이 스스로 병을 치유하겠다는 의지를 가져야 한다는 점만 강조하겠습니다. 우리

병원 이름을 보셨지요? 그렇습니다. 자연의원입니다. 자연이 의사가 되고 약이 되는 치료를 위해서 온 것입니다. 그런데 자연은 저렇게 요지부동입니다. 누구에게나 똑같은 자연으로부터 무엇을 얻어내느냐는 하는 것은 순전히 환자 개개인의 의지에 달렸습니다. 아침저녁으로 풍욕, 기체조와 경락 마사지, 주열치료, 냉온욕, 등산, 산책 등의 운동을 병행합니다. 그 외에는 밤이나 낮이나 자유롭습니다. 지키는 사람도 없고 구속하지도 않습니다. 될 수 있으면 환자들 개개인이 의사인 자연과 많이 접하게 하는 게 목적이니까요.”

진료실을 나오자 접수실의 간호사가 기다렸다는 듯이 앞장 서 2층으로 올라간다. 간호사는 207호 앞에 선다. 두 평 남짓한 방은 화장실이 딸려 있어서 불편하지는 않을 것 같다. 준호는 가방을 내려놓고 옷가지들을 꺼내어 장롱 속에 집어넣는다. 수건과 세면도구를 간단히 챙겨 화장실에 넣어 두고 벽에 걸린 주의사항을 읽어 본다.

“식사 시간은 그곳에 적힌 대로이고요. 오전 오후에 단체로 모이는 시간이 있는데, 체조 시간이에요. 체조 차례만 익숙해지면 방에도 음악이 나오니까 방에서 체조하셔도 돼요. 풍욕은 오늘 오후 세시에 강사가 강당에서 지도를 할 거예요.”

간호사가 말한다. 준호가 고개를 끄덕인다.

고요한 저녁 시간이다. 식당은 뷔페처럼 접시에 음식을 가득 담아 선반 위에 죽 둘러놓았다. 잡곡밥, 청국장, 된장, 두부, 계란, 각종 야채와 푸성귀 그리고 현미 등을 볶은 곡식이 놓여 있다. 자기가 먹고 싶은 것만 담아 가면 되지만 준호는 썩 입맛이 당기지 않는다. 잡곡밥과 두부, 야채를 접시에 담아 한쪽 구석으로 간다. 검은콩두부를 숟가락에 떠서 입에 넣는데, 조금 전 2층 복도에서 마주친 할머니가 다가와 맞은편에 앉는다.

"207호? 오늘 첫날이지? 난 처음에 영감이랑 같이 있는데도 어색하고 민망하더라. 자네도 오늘 그럴 것 같아서 내가 같이 먹어 주려고 왔어. 아이고, 반찬이 그게 뭐야. 여기 음식은 죄다 약이 되니까 이것저것 먹어야 해. 여기 계란은 유기농이고 괜찮아. 전부 풀밖에 없는데 하루 한 번은 계란도 먹어 줘야지."

준호의 접시에 자기 계란을 올린 할머니는 끙 소리를 내며 일어나더니 계란 하나를 더 가지고 온다. 자기는 205호, 그러니까 준호의 옆옆방에 있다는 것. 할아버지는 위암 말기라는 것, 수술을 포기하고 아예 이곳으로 왔다는 것. 소화가 안 되고 답답한 고통을 호소하기는 하지만 아직 통증은 없다는 것. 여기서 살려면 여기 사람들을 좀 알아야 한다는 것, 중요한 사람들만 알려 줄 테니 잘 듣고 참고로 하라는 것.

"206호 남자는 간암인데, 맨날 뭔가를 달이느라 온 병원에 희한한 냄새를 피워 대. 나도 홍삼이나 약초를 달이기는 하지만 그 정도는 아니거든. 마누라가 옆에 꼭 붙어서 맨날 좋은 걸 해 먹이니까 아픈 사람이 힘도 얼마나 좋은지 몰라. 거기다가 성질까지 괴팍해서 하루에 두세 번은 뭔가를 집어던져 2층을 시끄럽게 만들고 난리도 아니야. 그 힘이 어디서 나는지 원, 그러니 206호가 뭘 먹는지 병원 사람들이 다 궁금해 할 수밖에. 그 남잔 사실, 암이 재발해서 사형선고 석 달 받고 여기 들어온 거거든. 본인도 그걸 알면서 자기는 꼭 건강하게 나아서 다음 달이면 나갈 사람처럼 군다니깐.”

1층에는 자궁암, 유방암 등등에 걸린 여자환자가 넷, 위암, 폐암을 비롯한 각종 질병에 걸린 남자가 여섯 명이라는 것, 2층에는 독방에 혼자 든 남자 세 명(자넬 포함해서 말야)과 부부가 함께 든 방이 네 개라는 것, 지난주까지만 해도 2층은 방이 꽉 차 있었는데 이번 주 초에 세 개나 비었다는 것, 한 사람은 호전되어 나갔지만 나머지 두 사람은 아마 내 생각에 돈이 없어 그냥 나간 것 같다는 것. 음식은 꼭꼭 씹어 먹어야 한다니까. 안 그래도 아픈 사람이! 병원에 대한 브리핑을 끊임없이 늘어놓으면서 할머니는 결정적인 잔소리까지 놓치지 않는다.

수저가 달그락거리는 소리와 낮게 이야기하는 소리는 스피커에서 흘러나오는 첼로 음악에 묻혀 버린다. 간호사가 와서 할아버지가 부른다는 말을 전하지 않았다면, 아마 식당 문 닫을 때까지도 이야기는 끝나지 않았을 것이다. 아까 낮에 쑥뜸 한 자리가 아프다고 누워 있겠다고 하잖어. 영감 밥은 방으로 가지고 갈 거야. 나중에 먹을 거거든. 여기 식당은 시간 지나면 밥을 안 줘. 할머니는 일어서면서도 준호에게 정보를 알린다. 그렇게 쉬지 않고 이야기를 했는데, 할머니의 접시는 깨끗하게 비워져 있다.

할머니가 가고 간호사가 수고 많았다는 듯 싱긋 웃으며 준호에게 귀띔한다. 할머니요, 외로우셔서 그래요. 이해하세요. 할아버지가 작년에 갑자기 청력을 잃으셔서 듣지도 못하시고 말씀도 못하신대요. 배운 적이 없어 수화를 못하시니 소통 방법이 없는 거죠.

간호사는 준호 건너편 식탁에 앉는다. 식당에는 간호사와 준호 둘뿐이다. 할머니가 이야기하는 동안 대부분의 사람들은 식당을 나갔다. 준호는 할머니가 놓고 간 계란을 든다. 톡. 식탁에 계란을 부딪친 후 금이 간 부분에 손톱을 집어넣어 껍질을 깐다. 계란껍질을 까는 것처럼 이렇게 조심스럽게 살았다면 이런 병 따위 걸리지 않았을까.

회사에 입사하고 4년 동안 과로와 과음의 연속이었다. 오십을 채 넘기지 못하고 간경변으로 세상을 떠난 아버지를 생각하면서 진작에 몸을 돌보아야 했던 것일까. 아버지의 부재가 너무 길었던 탓일까. 양치질을 하면서 가끔 피를 토해도 준호는 임산부처럼 복수가 차서 병원에 누워 있던 아버지를 떠올리지 못했다.

식당의 옆면은 온통 유리다. 창밖으로 늦여름이 지나가고 있다. 계곡물 흐르는 소리가 밥상 위에까지 올라와 앉는다. 계란을 입에 넣는다. 아무런 맛도 느끼지 못한다. 아프고 난 뒤에 제일 먼저 준호를 떠난 건 미각이다. 짠맛도 신맛도 느낄 수가 없었다. 식탁 위에서는 음식의 평준화, 맛의 평준화가 이루어졌다. 그것은 수술 후 회복기에 들어서서도 마찬가지였다. 수술을 했는데도 가스가 찬 듯한 복부팽만감은 계속되었다. 미각도 미각이지만 속이 답답하니 입맛이 없는 건 당연했다.

아내가 가장 힘들어한 것도 준호가 먹을 음식이었다. 아침 저녁은 물론 점심까지 환자 식단으로 준비를 해 놓고 출근해야 했으므로 아내로서는 여간 어려운 일이 아니었을 것이다. 결국 준호의 건강을 위해서가 아니라 어쩌면 아내는 자신의 지친 몸 때문에 이곳을 알아보고 있었을지도 몰랐다. 아내에게는 준호가 문제가 아니라 뱃속의 아이가 문제였을 테니까. 아내는 임신 중이었다. 자기 몸 하나도 추스르기 힘든데 암환자 뒷바라지라니. 유난히 태교에 신경을 쓰는 아내의 입장에선 하기 싫은 일임이 틀림없었다. 아니, 이 여자는 정말 내가 낫기를 바라는 것일까. 요즈음은 그런 의문까지 들었다. 이렇게 꼬인 마음을 어떻게 해 볼 도리가 없다.

수술을 하고 퇴원 후 자연의원에 들어가기 전까지 집에 한 달 정도 있었다. 아내는 아침에 일어나면 화장실로 달려가 헛구역질을 했다. 처음에 준호는 자신의 몸에서 무슨 냄새가 나나 하고 코를 벌렁거리며 옷을 들추고 킁킁 냄새를 맡아보곤 했다. 그러다가 아내가 임신했다는 사실을 떠올렸다. 보통 임신 초기에 지나간다는 입덧은 배가 제법 봉긋하게 나왔는데도 멈추지 않았다. 어처구니없긴 하지만 가끔 아내가 일부러 저러나 싶은 생각이 들 때도 있었다.

아내는 아이를 갖고 싶어 했다. 하지만 결혼 1년이 넘도록 아이가 생기지 않았다. 아내의 등쌀에 못 이겨 불임클리닉에 나가기 시작하면서 준호는 자신이 불임이라는 사실을 알게 되었다. 무정자증이었다. 괜찮아, 요즈음처럼 불안한 시대에 아이는 무슨, 이라며 애써 밝은 얼굴로 아내는 위로 아닌 위로를 했다. 하지만 아무 쓸모도 없는 인간이구나 하는 느낌은 지울 수가 없었다. 자연스레 술에 기대는 날이 많아졌다. 술에 취해 아내에게 이혼하는 게 어떻겠느냐며 괜한 어깃장을 부리기도 했다. 수습되지도 않고 수습할 수도 없는 감정이었다. 그 감정을 가까스로 정리할 즈음 조심스럽게 아내가 말을 꺼냈다. 정자은행이라는 것이 있다고, 인공수정을 하고 싶다는 것이었다. 이미 절차를 다 알아봤는지 정자은행에 대한 정보는 상세하고 구체적이었다. 동의를 구하는 아내의 표정에는 미안함과 간절함이 교차했다. 인공수정 시술을 시작하면서 아내는 준호 앞에서 인상 한 번 찌푸리지 않았다. 최대한 준호의 기분을 상하지 않게 하려고 애를 썼다. 아내의 임신 소식과 준호의 암선고는 태풍처럼 함께 몰려왔다.

2

아침을 먹고 나자 사람들이 하나둘 산책을 나서기 시작한다. 햇살은 뜨겁지만 나무 아래에는 바람이 불고 시원해서 그늘을 밟는 재미가 있는 모양이다. 산책을 나가면서 준호에게 눈인사를 하기도 하고, 같이 가자며 동행을 재촉하기도 한다. 일주일이 넘어가니 사람들도 오며 가며 인사를 나누고, 어떻게 수술을 하였고 어떻게 이곳을 찾게 되었는지 간증하듯 이야기를 늘어놓았다.

준호는 마당 평상에 앉는다. 건물 그림자로 그늘이 져 있는 평상은 대나무로 얼기설기 엮어서 바닥이 썩 고르지 않아 엉덩이가 편한 편은 아니다. 예전 같았으면 괜찮았을 텐데, 살이 빠져서 조금만 오래 앉아 있어도 엉덩이가 배겨 아프다. 머리를 질끈 뒤로 묶고 늘어진 티셔츠에 무릎 나온 운동복 바지를 입은 여자가 입구에 모습을 나타낸다. 강당에서 체조를 할 때 이미 인사를 나누었고, 밥 먹을 때 옆에서 몇 번 먹기도 했던 여자다. 얼굴을 확인하지는 못했지만 머리 모양이나 몸피로 봐서 첫날 평상에 잠들어 있던 여자가 틀림없다. 206호 여자. 할머니 말마따나 늘 그 방에서는 뭔가를 달이는 냄새가 난다. 그 방을 지나갈 때면 열린 방문으로 온기가 확 끼쳐 온다. 몇 번 간호사가 '이런 거 드시지 마세요' 하고 싫은 소리를 하는 것도 들었다.

얼굴이 조금 긴 편인 여자는 짙은 눈썹이 인상적이다. 얼굴에 손을 얹으면 손바닥에 검은 숯덩이라도 묻어날 것 같다. 그 아래 크지도 작지도 않은 눈과 약간 누른 듯한 인상을 주는 코, 그리고 입술이 얇다. 재작년에 돌아가신 어머니가 봤다면 당장에 복 없는 얼굴이라고 했을 것이다.

여자는 무표정하다. 준호 옆에 털썩 몸을 내려놓더니 담배를 꺼내 든다.

"피워도 될까요? 그쪽으로 연기가 안 가게 할게요."

준호는 고개를 끄덕인다. 십 년 넘게 골초였지만 담배에 대한 아쉬움은 없다. 죽음을 담보로 한 병이란 게 그런 거였다. 하루 두 갑도 피워 대던 담배가 보기만 해도 끔찍하게 느껴지는 것……. 여자는 볼이 홀쭉해지도록 담배를 빤다. 오히려 준호가 주위를 휘휘 둘러본다. 이곳에서 저렇게 대놓고 담배를 피우다니……. 여자는 담배를 아주 맛있게 빤다. 몇 모금 급하게 빨고는 서둘러 담배를 꺼버린다.

여자가 계곡 쪽으로 고개를 돌린다. 여자의 묶은 머리에서 흘러내린 머리카락이 바람에 쓸린다. 여자의 드러난 목언저리에 눈을 주던 준호는 얼른 눈길을 돌린다. 머리카락이 쓸고 있는 것이 하얀 목덜미가 아니라 푸른 멍이기 때문이다.

"첫날 오시는 거 봤어요. 첫날은 그래도 보통 보호자랑 함께 오는데 운전까지 하고 혼자시더라고요."

"그날, 평상에서……."

"네, 맞아요. 잠들어 있었죠. 잠은 늘 제 주변을 맴돌죠. 전 그게 좋아요. 반짝 깨어 있는 정신이라면 못 견딜 테니까. 깨었다 잠들었다 하면서 당신이 오는 걸 봤어요. 첫눈에 환자인 걸 알겠던데, 보통은 보호자가 운전을 하거든요."

아내가 운전대를 잡지 않은 지 벌써 다섯 달이 넘었다는 걸 이 여자한테 설명할 필요는 없을 듯하다.

"그렇게 먼 거리는 아니니까요. 남편 분은 어디 가셨나요?"

"치료 시간이에요. 50분 남짓. 저에겐 자유시간이죠."

여자가 눈을 감는다. 계곡물이 여자의 얼굴 위로 머리카락처럼 쓸려 가는 것 같다. 자기도 모르게 목덜미의 아기주먹만 한 멍에 눈길을 주던 준호 역시 눈을 감는다. 여자가 말한다. 아, 좋다.

준호가 묻는다.

"뭘 그렇게 매일 달이세요?"

"여러 가지요. 약탕기에 달이기도 하고 믹서에 갈기도 하고. ……
홍삼, 상황버섯, 비단초, 비자나무, 다슬기, 졸복어, 민들레, 솔
잎……."

여자가 잠시 말을 끊는다.

"그리고요." 그러다 무슨 말인가를 하는데 준호가 못 알아들
었다.

"네?"

여자가 분명 목욕이라고 했기 때문이다. 목욕물을 매일 달인다는
소린가 싶어 준호가 여자를 본다. 여자가 일어난다. 여자는 또렷하
게 말한다.

"모욕이요."

무심코 고개를 끄덕이다가 준호는 동작을 멈춘다. 장난말인 것
같지는 않다. 그렇다면 준호가 알고 있는 '모욕'과는 다른, 식물이
나 동물의 이름이거니 생각한다. 그런 것도 있구나.

"좋은 산책길이 있는데 가 보실래요?"

굳이 준호의 동의를 구하는 것도 아닌 모양으로 여자는 말을 내
뱉음과 동시에 몸을 일으킨다. 준호는 그녀 뒤를 따라간다. 아까
사람들이 떼 지어 나가던 길이 아니다. 건물의 오른편을 돌아 오르
막을 올라가자 한 사람이 겨우 지날 만한 좁은 길이 나타난다. 여
자는 익숙한 듯 길을 걸어 올라간다. 10분쯤 따라가자 준호는 숨이

차오르는 것을 느낀다. 잠시 쉴 요량으로 자리에 멈춰 선 준호는 계속 따라가야 할까 그냥 내려갈까 망설인다. 저만치 올라갔던 여자가 뒤를 돌아보더니 도로 내려온다.

"조금만 더 가 봐요. 위로 올라갈수록 삼림욕 효과가 좋은 나무들이 모여 있거든요."

"아, 그래요?"

"어디 괜히 자연의원이겠어요? 남편도 처음엔 얼마나 부지런히 다녔는지 몰라요."

"지금은 안 다니신단 말로 들리네요."

"3주 정도 부지런히 다니더니 말짱 헛것이라면서 방에만 틀어박혀 약만 끓이고 있어요. 갈수록 마음이 급해져요. 효과가 안 나타나면 빨리 그만두게 되고요. 그래도 꾸준히 다녀야 한다고 의사 선생님이 권하지만…… 의사가 순전히 사기꾼이라는 거예요."

"의사에 대한 믿음 없이는 이런 곳에 계시기 힘들 텐데요."

"그러게 말이에요. 그렇게 어려운 사람이랍니다. 가는 것도 두렵고, 있는 것도 불안하고."

준호가 힘들어 보이는지 여자는 더 이상 올라가기를 포기한 듯하다. 길 한가운데 준호와 나란히 앉는다. 헐떡이던 준호의 숨이 제자리를 찾도록 두 사람은 말이 없다. 바위처럼 미동도 없이 앉아 있던 여자가 시계를 보고 갑자기 자리에서 벌떡 일어난다. 그러더니 빠른 걸음으로 준호를 앞서 펄쩍펄쩍 뛰어간다. 벌써 50분이 지나 버렸다.

여자를 다시 본 것은 저녁식사 시간에서다. 여자는 남편 옆에 바싹 붙어 앉아 숟가락 위에 반찬을 올려 주고 있다. 남자는 밥을 먹으면서 눈을 지그시 감고 있다. 남자의 얼굴은 매일 먹는 건강식에도 불구하고 누렇게 떠 있다. 눈을 감고 입만 오물거리는 모습은 영판 좀비를 연상시킨다.

다음 날 아침, 작은 소동이 생겼다.

206호 냉장고 안에 달여 넣어 놓은 약병이 아침식사 시간 중에 도난당했다는 것이다. 파란 뚜껑에 손잡이가 달린 1.5리터짜리 물병이란다. 남자가 삿대질을 하며 언성을 높이고 서 있는 원장실 앞 복도는 큰 싸움이라도 난 듯 들썩들썩한다. 지금 당장 방방마다 냉장고를 뒤지면 잃어버린 것을 찾을 수 있을 거라고 한다. 없어진 음식 때문에 방을 뒤지는 건 곤란하다는 원장의 말에 남자는 욕설을 내뱉는다. 206호는 약물이라고 하지만 원장은 끝까지 음식물이라고 한다. 점심식사 시간에 나타난 남자는 모여 있는 사람들을 향해 숨을 헐떡이며 고함을 지른다. 씨발, 차라리 내 피를 뽑아 가라 이 도둑년들아. 내 목숨 가져가서 잘 먹고 잘 살라고!

아무도 항의하지 않는다. 항의를 했다간 무슨 일이 일어날지 안다는 표정들이다. 여자는 무표정하다. 남편 옆에서 묵묵히 반찬을 숟가락에 올릴 뿐이다.

3

토요일이 되자 방문객들이 많아진다. 병원은 마치 한여름 계곡을 찾아온 피서지처럼 붐빈다. 아닌 게 아니라 예닐곱 살 정도 되는 아이들은 병원에 도착하자마자 계곡으로 미끄러져 내려간다.

아내는 오후 다섯 시쯤 왔다. 큰 가방으로 앞을 가리고 있지만 저번에 왔을 때보다 배는 더 봉긋해진 것 같다. 여섯 시에 식사시간이라 아내와 함께 식당으로 들어간다. 청국장 냄새가 비위를 상하게 한 것인지 식당에 들어서자마자 아내가 밖으로 뛰쳐나간다. 준호는 아내의 뒷모습을 물끄러미 본다.

아내는 방으로 들어와서도 코를 막고 있다.

"정말 냄새 때문에 못 견디겠어. 이 냄새 말야. 뭘 끓이는 거지? 복도에도 이 냄새가 진동하더라니까. 못 말리는 노인네들이야. 저 노인네들, 꼭 방에서 저런 걸 끓여 먹어야 하는 거야?"

"노인네들이 끓이는 게 아냐."

"그럼?"

"206호야."

"함께 있는 사람들 생각도 좀 해야 되는 거 아냐? 여기가 무슨 유원지도 아니고, 명색이 그래도 병원이잖아."

"여기 사람들 누구나 뭔가를 달이고 있어. 여기 병의 종류만큼, 여기 병의 깊이만큼 약의 종류도 다양해. 인간이 먹을 수 있는 것, 아니 먹을 수 없다고 생각하는 것까지."

아내가 입을 꾹 다문 채 준호를 본다. 준호와 아내의 눈이 마주친다.

"당신도 내가 뭔가를 끓여 주기 바래?"

"천만에……. 그런 말이 아니라……, 건강한 사람들의 눈으로 죽음을 눈앞에 둔 사람을 이해하긴 어렵다는 뜻이지."

"그 심정 왜 몰라. 그렇지만……, 옆에 사람들이 견디긴 어려우니까 하는 말이지."

"당신, 그냥 집에 가서 자. 저 냄새 밤새도록 날 텐데 잘 수 있겠어?"

아내가 창 쪽으로 고개를 돌린다. 창문은 아까부터 활짝 열려 있다. 때마침 풍욕 방송이 나온다. 아내가 준호를 본다. 준호는 옷을 벗고 풍욕 순서가 적힌 유인물을 아내에게 건넨다. 땡. 종소리가 한 번 울린다. 담요를 벗는다. 땡땡. 종소리가 두 번 울린다. 담요를 덮는다. 한 손으로 담요를 덮었다 열었다 하면서 다른 손으로 아내는 여전히 코를 틀어쥐고 있다.

아내는 여덟 시가 막차인 마을버스를 타고 돌아갔다. 화장실에 들어가 한동안 헛구역질을 하고 난 후다.

"이러고 버스 타겠어?"

"공기만 달라지면 나한테 불가능한 일은 없을 것 같아."

아내가 가고 난 후 준호는 생각에 잠긴다. 아내는 운전하는 걸 좋아했다. 아니, 버스 타는 걸 싫어했다는 편이 옳겠다. 하지만 임신 사실을 알고 난 후, 아내는 운전대를 아예 잡으려고도 하지 않았다. 수술 후 준호가 퇴원할 때에도 택시를 타고 집으로 돌아왔다. 처음엔 그 이유를 몰랐다. 혼자서 교통사고라도 낸 줄 알았다. 왜 그러냐고 재차 물었을 때 아내는 지나가듯 말했다. 운전이……, 자궁에 무리가 가서 태아한테 안 좋대. 아내의 세상은 아내의 자궁을 중심으로 돌아가고 있었다. 그럴 때마다 가슴이 서늘해져 왔다.

오늘 역시, 입덧이나 임신에 관한 말은 아무도 하지 않았다. 준호는 아내의 배조차 바라보지 않았다. 그래도, 당신 좀 어때? 라는 말 한 마디 하지 않은 아내에게 준호는 서운함을 느낀다. 어쩌면 이미 자신이 아내에게는 거추장스러운 존재가 됐을지도 모른다는 생각이 든다.

아내가 사라진 병원 저쪽의 어두운 도로를 내다보며 준호는 오래 서 있다. 그 어둠의 깊이만큼이나 알 수 없는 뭔가가 아내와 자신 사이에 생긴 것 같다. 침대로 돌아와 불을 끄고 누웠지만 잠은 좀처럼 오지 않는다.

원장에게 쑥뜸을 받고 온 후 준호는 침대에 누워 뒤척인다. 처음 왔을 때보다 많이 좋아졌어요, 진료를 받을 때마다 원장은 말하지만, 이제 그 소리는 매일 먹는 유기농 음식만큼이나 일상적이 되어버렸다. 회의가 든다. 요즘 늘 이렇다. 여기에 온 것이 잘한 것인지, 못한 것인지 온갖 생각이 머리를 휘저어 놓는다. 체조며 풍욕, 유기농 식사 따위가 돌덩이 같은 간을 과연 부드럽게 만들어 놓을 수 있을까. 항암치료를 받지 않고 있다가 재발해 버리는 것은 아닐까?

아니, 이미 재발했다면? 수술 후 개운하지 않은 이 증상들은 뭘 말하는 것일까. 혹시 의사와 아내가 자신에게 말하지 않은 사실이 있는 것은 아닐까. 지금이라도 돌아가는 게 현명한 처사가 아닐까. 준호는 몇 번이고 뒤척이며 돌아눕는다.

문득 잠이 들었나 했는데 열어 놓은 창으로 초코렛 향이 들어온다. 아니, 이건 니코틴 냄새다. 마치 준호는 그 냄새가 자신을 부르는 신호라도 되는 것처럼 자리에서 일어나 방문을 연다. 냄새를 따라가 본다. 역시 그녀다. 이번엔 마당의 평상이 아니라 건물 뒤편에서 담배를 피우고 있다. 인기척이 나자 황급히 담배를 비벼 끄더니 휙 뒤를 돌아본다. 준호라는 것을 확인하자 여자의 얼굴에 서린 긴장감이 스르륵 물러난다.

여자는 준호에게 눈인사도 하지 않고 지척지척 앞서 걷는다. 준호 역시 아무 말도 없이 여자 뒤를 따라나선다. 산길로 접어들자 여자의 걸음이 눈에 띄게 빨라진다. 저, 좀 천천히……. 준호의 말을 들었는지 여자가 걸음을 멈추고 손을 내민다. 준호는 여자의 손을 잡는다. 손은 의외로 따뜻하다. 묵묵히 좁은 산길을 더 걸어 들어간다. 여자가 걸음을 멈춘 곳은 작은 소나무가 저 혼자 낭떠러지 쪽으로 아슬아슬한 몸뚱이를 내밀고 있고, 길 가운데로 넓은 바위가 가로막고 있는 곳이다. 준호가 바위에 털썩 주저앉자 여자는 그제야 준호의 손을 놓는다.

"힘드세요?"

힘들지만 힘들다고 말하고 싶지 않다. 겨우 20분 정도를 올라왔을 뿐이다. 그러고 보니 얼마 올라오지 않았다고 생각했는데, 병원과 계곡이 한눈에 다 보인다. 햇살에 반사된 초록 짙은 산과 계곡이 멀리서도 눈이 부시다. 싱그러운 풀숲 어디에선가 수박향이 난다. 준호는 코를 벌름거리며 숨을 들이마신다.

"병원 원장이 이곳을 병원으로 결정한 것은 정상에 오르고 나서였대요. 정상에 올라 내려다보니까 이곳은 모텔이 아니라 병원이 있어야 할 곳이라는 생각이 들었대요. 후후. 남편은 의사가 죽어 가는 사람들을 이용해 돈을 벌려고 이 골짜기에 병원을 시작했다고 하지만요."

남편 이야기를 하면서 여자는 피식 웃는다. 여자의 턱선을 따라 예리한 것으로 그은 듯한 상처가 나 있다. 같이 걸을 때에는 눈에 띄지 않은 상처다. 여자가 입을 막으며 길게 하품을 한다. 준호는 여자의 얼굴에서 시선을 돌리며 말한다.

"피곤해 보여요."

"잠을 못 자서 그럴 거예요. 잠이 늘 왔다 갔다 하니까요."

"그 방에서 가끔 투닥거리는 소리가 들리던데……."

"가끔이 아니라 매일이겠죠. ……곧 죽을지도 모르는 사람이 얼마나 힘이 센지 몰라요. 예전에도 손을 댔지만 암이 재발하고 난 후부터 남편의 폭력이 더 심해졌어요. 처음엔 이해하려고 했어요. 얼마나 힘들면 저럴까, 하지만 맞고 있으면 어서 빨리 죽어 버려라 기도하게 돼요. 남편이 재발했다고 했을 때, 그런 생각이 들었어요. 아, 하늘이 계시기는 계시는구나."

하늘이 계시기는 계시는구나? 준호는 여자를 본다. 여자는 맺힌 곳 없는 시선을 멀리 풀어놓고 있다.

"아무리 나쁜 짓을 해도 목숨은 목숨인데……."

준호의 말에 그제야 여자가 고개를 돌린다. 조금 전까지 손을 잡아 주던 사람이 아닌 것 같은 생소한 얼굴이다. 여자가 준호를 빤히 쳐다본다.

"몸은 멀쩡하지만 매일 죽는 꿈을 꾸는 사람도 있어요. 그런 경우는 어떨 것 같아요?"

"댁이 그렇다는 말인가요?"

"몸만 건강하면 행복할 거라고 생각하지만, 몸은 멀쩡한데 이미 죽은 영혼도 있다는 말이에요. 당신도……, 처음부터 알아봤어요. 당신도 그렇게 편안해 보이진 않았어……."

여자의 말을 듣는데, 피가 얼굴로 확 몰리면서 몸이 딱딱하게 굳어 온다. 애써 감춰 온 비밀을 들켜 버린 기분이다. 가야겠어요. 들릴 듯 말 듯 내뱉고 준호는 몸을 일으킨다.

"왜요? 좀 더 쉬었다 정상까지 가 봐요."

"피곤해요."

그렇게 말을 뱉어 놓고 보니 정말 피곤하다. 몸이 축축 늘어져 땅속으로 들어가 버릴 것만 같다. 빨리 방에 가서 눕고 싶다. 요즈음 들어 부쩍 피곤이 더하다. 도시 병원에 가서 초음파를 찍어 봐야 하는 건 아닌지 걱정이다. 기분 나쁜 복부 팽만감은 계속되고 식욕이 전혀 돌아오지 않는 점, 그리고 소량이긴 하지만 몸무게가 지속적으로 빠지고 있다는 사실이 불안을 재촉한다. 더 살고 싶다. 몸만 건강하면 자신을 괴롭히는 모든 악몽에서 벗어날 수 있을 것 같다.

4

 딸아이가 둘 있다던 젊은 여자가 강당에서 목을 맸다. 여자를 발견한 사람은 새벽 여섯 시면 일어나 새벽이슬을 밟고 등산을 하는 109호 남자다. 남자는 강당 옆을 지나는데 뭔가 희끄무레한 것이 창문에 보여 그냥 지나치려다가 혹시나 하는 마음에 눈을 바싹 들이댔다는 것이다. 강당문이 안으로 잠겨 있어서 3층에서 자고 있던 원장을 깨워야 했고, 출퇴근을 하는 간호사가 그날따라 열쇠를 가지고 가는 바람에 유리창을 깨고 들어가야 했으므로 강당 천장에 달린 선풍기에 전화선으로 목을 맨 여자는 발견되고도 5분이나 더 걸려 있어야 했다.

그래도 목숨이란 질긴 것이었다. 구조대원이 오기도 전에 응급조치를 한 원장의 손 안에서 여자는 막혔던 숨을 토해 냈다. 눈을 뜬 여자의 눈에서 눈물이 끊임없이 솟아났다. 3년 전 수술한 자궁암이 재발되어 재수술을 포기하고 병원에 들어온 여자라고 했다. 누구에게나 잘 웃는 남편이 한 번도 빠지지 않고 주말마다 아이들을 데리고 왔다고 했다. 토요일, 일요일 이틀을 아내와 함께 지내고 월요일 새벽에 잠든 아이들을 태워 돌아간다고 했다. 그런데 그 남편이 돌아간 월요일 새벽에 여자는 목을 맨 것이다.

점심때가 되기도 전에 흰색 아반떼가 도착한다. 월요일에는 방문자가 없다. 더군다나 오전에 병원을 찾아오는 젊은 남자라면 그녀의 남편이 분명할 것이다. 병원 안으로 들어오는가 싶더니, 곧 제아내의 짐을 싣고 서둘러 병원을 떠난다.

진료실에 가서 면역치료를 받고 나와 준호는 2층 복도 창 앞에 우두커니 서 있다. 아반떼의 뒤꽁무니를 쫓던 시신이 따가운 정오의 햇살에 힘없이 풀어진다. 왜? 라는 의문이 준호의 가슴속에 가득 들어찬다. 왜 스스로 죽음을 선택해야만 했을까. 미영아, 준호는 아내의 이름을 소리 내어 부른다. 사무치게 아내가 그립다. 여기에 온 후로 처음으로 아내가 보고 싶다.

"여자 남편이 바람이 났대요. 남자는 오해라고 그러고 여자는 내가 빨리 죽어 줄 테니까 걱정 말라고 그러고, 밤새도록 둘이 싸웠어요."

어느 새 준호 옆으로 다가온 206호 여자가 말을 붙인다.

"그걸 어떻게?"

"남편은 저녁 아홉 시쯤 잠자리에 들죠. 불을 끄고 남편이 잠들기를 기다려요. 저도 깜빡 잠이 들 때도 있지만, 열두 시쯤 되면 꼭 깨요. 그때 지옥 같은 그 방을 나와 이곳저곳을 다녀요."

준호는 밤의 정령 같은 여자를 본다. 가끔 한밤중에 복도에서 자박거리는 발자국소리를 들은 적이 있었는데, 이 여자였나?

"밤에 여기저기 다니다 보면 우연찮게 알게 되는 이야기가 많아요. 여자가 그래요. 아직도 우리한테 사랑이 남아 있느냐고요. 자기

를 여기에 처박아 두고 무슨 짓을 하고 있느냐고. 그럼 남자가 그
래요. 지겹다 지겨워, 너처럼 아픈 걸 가지고 사람을 이렇게 피곤하
게 하는 사람은 없을 거다. 토요일 밤, 일요일 밤, 그들이 싸우지 않
은 적은 한 번도 없어요."
"여자들은 맨날 사랑 타령이지……, 그게 자살할 이유가 돼요?"
준호가 내뱉는다. 여자가 미간을 찌푸린 눈으로 그를 쳐다본다.
"사랑이야 얼마든지 새로 할 수 있지만, 목숨은 하나뿐이란 뜻이
에요. 오해하지 말아요."

206호 여자는 저녁 식사시간에 나타나지 않는다. 밥을 먹고 올
라온 준호는 206호 문이 열려 있는 것을 본다. 쳐 놓은 발 안에서
여자가 약탕기 안에 물을 붓고 천주머니에 약초들을 넣는 것이 보
인다. 뚜껑을 닫기 전에 여자가 약탕기 안을 들여다본다. 무슨 생각
에 빠진 것일까? 여자는 약탕기 속으로 들어갈 것처럼 고개를 깊이
숙이고 오래오래 그 속을 들여다본다. 울고 있는 것일까? 남자는
없다. 준호는 여자에게 다가가려다 그만둔다.

앰뷸런스 소리에 준호는 눈을 뜬다. 아직 날이 완전히 밝지는 않
았다. 이 새벽에 앰뷸런스라니 무슨 일일까. 아무래도 여자가 걱정
이 된다. 어제 206호에서 숨죽인 여자의 울음이 꽤 오래 이어졌다.
생을 초월한 듯한 그녀의 텅 빈 눈동자를 떠올리자 준호는 갑자기
급해진다. 화장실에 가려던 생각을 접고 복도로 뛰쳐나온다. 그런

데, 준호는 입을 딱 벌린다. 거의 모든 방문이 열려 있고, 사람들이 방에서 나와 복도에 서 있다. 사람들이 모여 있는 곳은 노인들의 숙소 앞이다. 준호는 사람들을 비집고 노인의 방문 안쪽을 들여다본다.

할머니가 할아버지를 꼭 껴안고 있다. 난감한 표정의 간호사가 노인네들 옆에 꿇어앉아 있고, 의사 역시 그 옆에 앉아 있다. 할머니는 쉼 없이 이야기를 늘어놓는다. 할머니의 목소리가 준호의 귀에까지 선명하게 들린다.

"그래서 영감이 그랬잖아. 그런 년 스무 명 있어도 조강지처는 안 버린다고, 임자한테 돌아갈 거라고, 임자 고생한 거 안다고, 내 우물물 먹다가 잠시 수돗물 먹는 건데, 우물물을 잊을 수가 있겠냐고. 그래도 난 싫었어. 당신이 그냥 우물물만 먹었으면 했지. 얼마나 당신이 미웠는지 알아? 내가 그년 옷을 다 찢어 놨지. 그년이 소리소리 지르며 울고불고 난리를 쳤지. 그때, 그래도 그때 내가 고마웠던 점이 있었어. 영감이 그년 편은 안 든 거야. 그걸로 용서할 순 없었지만 그래도 눈물이 났어. 우리 막내 태어났을 때 영감이 없었잖아. 그게 고추 달고 나왔는데 미역이 없어서 국도 못 먹었지. 그러니 젖이 나오겠어? 뜨끈뜨끈한 미역국 한 그릇만 먹으면 소원이 없겠더라고. 그때 내가 어떻게 했겠어? 순미네 집에 가서 미역을 훔쳤어."

할머니의 목소리는 음악처럼 사람들의 귀를 점령하고 있다. 기체조나 풍욕 방송도 아닌데 사람들은 한 마디라도 놓칠세라 미동도 하지 않는다. 간호사마저도 이야기가 일단락되면 할머니를 끌어내려는지 멍하니 앉아 있을 뿐이다. 그때 누군가가 털썩 복도에 주저앉는다. 그러더니 곧 발악을 하듯, 애원을 하듯 고함을 지르기 시작한다.

"씨팔, 살려 준다고 들어오라고 해 놓고 이렇게 죽어 나가면 어쩌자는 거야. 사기꾼 원장새끼 이리 나와! 도대체 어쩌자는 거야!"

206호 남자다. 욕설은 힘이 넘쳤지만 남자의 모양새는 하루 사이에 폭삭 늙어 버렸다. 일어날 힘도 없는지 물에 젖은 빨래처럼 복도에 주저앉아 남자는 욕을 퍼붓고 있다. 거친 욕설이 신호라도 되는 듯 의사가 할머니의 어깨를 잡고 일으켜 세운다. 할아버지를 부둥켜안은 할머니는 완강하게 버틴다. 마치 그레코로만 레슬링을 하는 꼴이다. 의사가 밖에 서 있던 구조대원에게 눈짓을 하고, 그들이 들어와 할머니를 간단하게 떼어낸다. 그제야 할아버지의 얼굴이 드러난다. 얼굴은 이미 핏기가 다 빠져나가 만지면 버석거릴 정도로 창백하다. 말을 뚝 멈춘 할머니는 그냥 바닥에 누워 버린다. 두 팔은 벌어진 그대로다.

사람들이 하나둘 빠져나간다. 남편 옆에 멍하니 서 있던 여자가 신발을 벗더니 할머니가 누워 있는 방으로 들어간다. 할머니를 위로하려나 했는데 그게 아니다. 여자는 냉장고 옆에 세워져 있는 빈 물병을 집는다. 파란색 뚜껑의 물병이다. 바닥에 널브러져 있는 제 남편을 힐끔 보곤 조용히 물병을 옷 안으로 감춘 여자가 206호로 들어간다. 잠시 후 다시 복도로 나온 여자가 남편을 일으켜 세운다. 남자는 준호가 본 이후 처음으로 고분고분하다. 비틀거리며 남자가 방으로 들어간다.

"206호 저 아줌마가 신고했대요. 새벽에 할머니가 시끄럽게 떠들더라는 거예요."

준호 옆에 선 1층 여자가 나지막한 소리로 이야기한다. 사람들이 모두 방으로 들어가자 여자도 머쓱한지 1층으로 내려간다. 준호도 방으로 들어간다. 조용히 누워 옷을 벗고 풍욕 테이프를 누른다. 땡. 담요를 벗는다. 땡땡. 담요를 덮는다.

206호 남자의 울음소리가 들린다. 처음엔 멀리서 들리는 산짐승 소리인 줄 알았다. 그런데 시간이 갈수록 울음소리에 뭔가가 섞여 있다. 그것은 절박함이다. 남자와 자신에게 처절한 공통점이 있다는 사실을 준호는 깨닫는다. 남자는 아침이 밝을 때까지 좀처럼 울음을 그치지 않는다. 간혹, 살려 줘. 제발 나 좀 살려 줘, 하는 소리가 벽을 타고 넘어온다.

그런 소음 속에서 전화가 울린다. 아내다. 아내는 이번 주말 그곳을 방문하지 못할 거라고 한다. 요즈음 상태가 좋지 않다는 것, 의사가 외출을 금지시켰다는 것이다. 다음 주쯤 가겠다고 한다. 준호는 요즘 병원 사정이 어수선하여 와 봐야 좋은 일 없으니까 당분간 올 필요 없다고 말한다.

입맛이 없지만 혹시나 206호 여자가 와 있나 싶어 식당으로 내려가 본다. 아침식사 시간에 맞추어 밥을 먹으러 온 환자는 준호를 포함해서 다섯 명뿐이다. 병원은 하루 종일 고요하다. 스피커에서

풍욕과 체조 음악이 나왔을 뿐 병원은 바다 깊이 좌초된 배처럼 침
울하다.

5

발자국 소리에 눈을 뜬다. 틀림없이 206호 여자의 발자국 소리
다. 준호의 귀는 온통 발자국 소리에 집중된다. 어느 순간 발자국
소리가 자신의 방문 앞에 멈춘다. 가슴이 뛰기 시작한다. 발자국
소리를 들은 것은 벌써 닷새 전부터다. 여자의 발소리는 누군가가
뒤에서 잡아끄는 듯이 질질 끌린다. 준호는 시계를 본다. 새벽 세
시를 넘어서고 있다. 조심스럽게 문고리를 돌리는 소리. 오늘도 그
냥 가려나? 돌아가던 문고리가 조용히 제자리로 돌아간다. 막상
여자가 들어오면 자신이 어떤 태도를 취해야 할지 모르면서 여자
가 문을 열까 말까 하는 순간에 준호는 매번 숨을 죽이고 기다리
게 된다.
　여자의 발소리는 방에서 점점 멀어진다. 준호는 자리에서 일어난
다. 서둘러 현관에 나가 운동화 끈을 단단히 조여 맨다. 여기 온 후
로 한 번도 써 본 적이 없는 랜턴을 배낭에서 꺼낸다. 그리고 조용
히 층계를 내려온다. 일층 로비는 깊은 정적에 빠져 있다. 준호는
건물 뒤로 나가서 여자를 찾는다. 보이지 않는다. 불을 켜려다 일
부러 켜지 않고 걷는다. 어슴푸레한 길이 조금씩 눈에 익어 온다.
얼마 가지 않아 여자의 뒷모습이 보인다. 준호는 여자의 뒷모습에

대고 목소리를 높인다. 차가운 공기 속으로 생소한 자신의 목소리가 파르르 떨려 나온다.

"더 올라갈 것 없어요. 가 봐야 아무것도 없잖아요. 정상도, 거기도 그냥 산일 뿐이라고요. 잠도 안 자고, 왜 그렇게 자신을 괴롭혀요?"

준호의 외침에 여자가 걸음을 멈춘다. 여자와의 간격이 좁아지자 풀냄새에 섞여 땀에 젖은 체취가 물씬 풍겨 온다.

"그냥 가는 거예요. 이렇게라도 안 하면 내가 먼저 죽을 것 같아서요. 도망갈 수도 없고, 어디를 가더라도 이 굴레에서 벗어나지 못할 테니까요. 그냥 올라가는 거예요."

말을 마친 여자가 몸을 돌려 다시 길을 오른다. 다가간 준호가 여자의 옷자락을 잡는다.

"왜 문을 열고 들어오지 않았죠? 당신이 매번 내 방문을 열다가 돌아선다는 걸 알고 있어요."

여자는 무표정한 얼굴로 대답한다.

"좋아하지 말아요. 딴 생각이 있어서가 아니라 당신 비명소리 때문이었으니까."

"비명이라니요? 내가? 내가 비명을 질렀다구요?"

"그래요. 그 비명이 벽을 타고 넘어오곤 했어요. 그래서 들어가 보려 했던 거고."

"몰랐어요. 전혀."

"도대체…… 뭘 참고 있는 거예요? 몸도 아픈 사람이 뭘 그렇게 담아 놓고 있는 거냐구요!"

준호는 여자와 마주 선다. 여자의 깊은 눈빛이 어둠 속에 물처럼 젖어 있다. 증오하는 남편의 죽음을 기다리면서 자책하는 이 여자. 여자는 뭔가를 간절히 원하는 듯하다. 순간 준호는 여자에게 말해야 한다고 생각한다. 죽음이 보였어요. 아니, 무덤 같은 아내의 부른 배가 보였어요. 그렇게 말하고 싶다. 그렇게 생각하고 준호는 깜짝 놀란다.

"아내의 부른 배를 볼 때마다, 그걸 볼 때마다 견딜 수 없었어요. ……아버지가 돌아가신 후 한 번도 떠올리지 않았던, 복수가 차서 빵빵하게 부풀어 오르던 배 같았죠. 그 배가 점점 불러 올수록 내 죽음이 가까이 다가온다고 생각했어요. 내 생명과 바꿔치기하려고 하루가 다르게 배를 부풀리며 기다리고 있는 거라는 생각……."

"……."

"아니, 아니에요. 남의 정자로 임신하고도 어떻게 그렇게 뻔뻔스러운 얼굴을 하고, 죽어갈지도 모르는 내 앞에서 열심히 헛구역질을 해 대는지. 아내가 무섭게 싫었어요. 정자제공자를 서로 알고 있고, 내가 죽고 나면 그 사람을 찾아갈지 모른다는 치사한 생각이나 하면서……."

"정말 치사한 생각이네요."

"아내는 마음 놓고 기뻐하지도 못해요. 기뻐하지도 투정 부리지도 못한 채 자꾸만 부풀어 가는 배를 숨기느라 가방만 점점 커지고 있죠. 그리고 또 있어요. 아내는 아직도 입덧 중이에요. 나한테 끝까지 제 존재를 알리려는 그 처절한 생명……."

　남자는 팔을 뻗어 여자의 머리에 손을 올린다. 남자가 여자의 머리를 쓰다듬는 동안 여자는 남자의 눈에 흐르는 눈물을 본다. 여자는 등 뒤의 나무에 기대어 선다. 새벽바람이 두 사람의 드러난 살을 할퀴고 지나간다. 여자의 볼이 차갑다. 남자의 손이 여자의 차가운 볼을 쓰다듬는다.

"그래도 당신이 내 비명을 지켜 줬어."

　한 번도 만져 보지 못한 봉긋한 아내의 배인 양 준호는 여자의 머리를 와락 끌어안는다. 여자의 몸이 스르르 나무 곁에 주저앉는다.

달콤한 빵

1

　5시 30분. 남자가 들어섰다. 진열장의 빵을 고르는 척하면서 나는 그의 옅은 감색 점퍼를 곁눈으로 흘끔거렸다. 내 눈길이 갔을 때 남자의 시선은 빵에 가 있고, 남자의 눈길이 내 쪽으로 왔을 때 내 시선은 재빨리 빵으로 향했다. 남자 역시 나를 의식하고 있는 게 틀림없었다.

　홀 안에는 K제과 특유의 고소한 빵 냄새와 버터, 향료 냄새가 어우러져 일상의 달짝지근한 평온 같은 게 고여 있었다. 이 집은 40년 전통의 유명한 빵집이라고 엄마는 누누이 말했다. 요즘 흔히 외국 이름을 달고 나오는 프랜차이즈와는 다르다고 엄마는 강조했지만 나는 잘 모르겠다. 빵이면 거기서 거기지 다를 게 뭐 있나 하는 것이 내 생각이다. 더군다나 나는 빵 따위는 좋아하지 않는다. 언젠가 한 번은 귀찮기도 하고 몸이 아프기도 해서 집 근처의 다른 가게 빵을 사 간 적이 있었다. 엄마는 빵을 집자 말자 패대기를 쳐버렸다. 엄마는 멀리서 냄새만 맡아도 귀신같이 이 집 빵을 알아내는 사람이었다.

남자는 집게로 진열장의 빵을 조심스레 꺼내 플라스틱 쟁반에 담았다. 남자가 고르는 빵은 늘 비슷했다. 소보루 아니면 크로와상이다. 빵을 고르는 성향을 보고 나는 남자가 독신일지 모른다고 생각했다.

남자가 처음 내 눈에 들어온 것은 작년 이맘때쯤이었다. 처음에는 그가 왜 내 시선을 끌었는지 몰랐다. 긴 머리만 빼면 유별난 외모도 아니었다. 하지만 내게는 분명 익숙한 얼굴이었다. 몇 번의 조우가 거듭되자 나는 초등학교 동창생이라도 되는가 싶어 앨범을 뒤적거리기도 했다. 어느 날 나는 지호라는 이름을 떠올리고 깜짝 놀랐다. 지호를 잃은 지 20년이 지났다. 열두 살에 죽은 소년의 얼굴이 20년을 더 살았다면 아마도 저런 얼굴이 되었을 거라고 나는 생각했던 것이다.

계산대 앞으로 간 나는 잠시 머뭇거렸다. 빵을 고른 쟁반 말고도 내 손에는 짐이 많았다. 핸드백, 추리닝을 넣은 쇼핑백과 배구공이 든 그물망까지. 남자가 힐끗 나를 쳐다보았다. 짐을 발치에 내리고 지갑을 꺼내려는데 뒤에서 카드를 든 손 하나가 넘어왔다. 남자의 손이었다.

"같이 계산해 주세요."

여고생 교복 같은 유니폼을 입은 카운터 아가씨가 싱긋 웃으며 카드를 지익 그었다. 내게는 눈길도 주지 않고 카드를 받은 남자는 배구공이 든 그물을 집더니 먼저 문 쪽으로 향했다. 그리고는 출입문을 밀고 서서 내가 나오기를 기다렸다. 내가 밖으로 나오자 남자는 뒤도 돌아보지 않고 배구공을 가볍게 걷어차는 장난을 하며 앞서 걸었다. 나는 아무 생각 없이 남자의 뒤를 따랐다.

"따라오시네. 배구공 때문입니까?"

남자가 돌아보며 웃었다. 내가 배구공을 건네받기 위해 손을 내밀자 이리저리 두리번거리던 남자는 근처에 있는 술집으로 몸을 돌렸다. 너무 이른 시간인지 소주방은 텅 비어 있었다. 나는 남자가 앉아 있는 자리로 갔다. 내가 따라 들어오리라는 것을 미리 알고 있었다는 듯한 남자의 표정에 조금 자존심 상했지만 대단한 건 아니었다. 앉으면서 더 없이 헤픈 여자처럼 피식 웃음이 나왔을 뿐이다.

"배구공을 항상 이렇게 들고 다니시네요. 오늘따라 짐도 많으신데."

"쇼핑백은 빨랫거리구요. 공은……, 습관이에요."

남자가 고개를 끄덕였다.

"40년 전통이라는 그 집 빵, 마니아신가 봐요?"

남자가 물었다. 나는 감정 없는 목소리로 말했다.

"아뇨. 우리 집에 K제과 빵에 열광하는 식구가 한 사람 있을 뿐이죠.”

그 말의 무엇이 남자를 자극했는지 모르지만 남자가 내 눈을 빤히 들여다보았다. 술이 오지 않았으면 남자는 아마 더 오래 내 눈을 들여다보았을 것이다.

“난 댁을 잘 알아요. D중학교 교사죠? 우리집이 학교 옆이거든요. 당신은 아침 8시 30분에 정확하게 내 턱밑을 지나가죠.”

문득, 이 사람은 생각보다 더 많이 나에 대해 알고 있는지도 모른다는 생각이 들었다. 나는 놀란 듯 눈을 동그랗게 뜨고 남자를 쳐다보았다.

“스토커 아니니까 겁내지 마세요. 학교는 그냥……, 넓은 우리집 마당 같은 거죠. 작년에 이 동네로 이사 왔는데, 거의 매일 오후에 아내와 함께 운동장을 돌아요. 아내는 잘빠진 운동복을 입고 조깅하는 걸 좋아해요. 운동장이 조깅 장소로 너무 촌스럽다고 늘 투덜대긴 하지만요.”

그렇구나. 결혼했구나.

“아저씨는 뭐하는 사람인데……, 한가하게 운동장을 돌 시간이 있어요?”

“나요? 난……, 사진을 찍어요. 조그만 사진관이 하나 있죠. 당신은, 체육 선생이죠? 호루라기를 불면서 아이들을 지휘하는 당신 모습은 야생 동물처럼 날렵하고 보기 좋았어요. 그리고 이것도 봤어요.”

남자는 배구공을 가리켰다. 나는 그가 무엇을 봤다고 말하는지 눈치를 챘지만 모른 척 물었다.

"그게 왜요?"

"이 공 위에 올라가 묘기를 부리는 것 말이에요. 마치 서커스에서 공을 굴리는 사람처럼. 난 그런 걸 처음 봤거든요. 그걸 보는 순간 뭐랄까……, 감동 먹었어요."

"아이들이 집중 안 할 때 한 번씩 써먹으면 딱이거든요."

"한 번은 운동장에 굴러다니는 공이 있기에 나도 해 봤는데, 그게 절대로 안 되는 거더라고요. 하여튼 댁은 참 이상한……, 인상적인 체육 선생이에요."

남자는 또 골똘히 나를 바라보았다. 나는 목마른 사람처럼 술잔을 얼른 입에 털어 넣었다. 술이 더해질 때마다 남자의 눈자위는 조갯살처럼 도톰하고 붉어졌다. 그는 묵묵히 마시고, 또 마셨다. 문득 그런 그의 모습이 낡은 벽화처럼 흐릿하고 쓸쓸해 보였다.

침묵을 지키던 남자가 시비를 걸듯이 물었다.

"그 집 식구 중 누가 K제과 빵을 좋아한다는 거죠?"

"우리 엄마요."

"댁은 좋아하지 않는단 말인가요?"

"전혀요. 난 그 집 빵이라면 냄새도 맡기 싫어요."

"왜요?"

"지나치게 달콤하고 향기가 예쁘거든요. 음식 같지가 않아요."

"맞아요. 이 빵은 너무 달고 마약 같아요. 이걸 좋아하는 사람들은 어쩐지 현실성이 없고 판타스틱한 사람들일 거 같다는 생각을

나도 했어요. 왜, 끊임없이 주위 사람을 지치게 만드는 사람들 있잖
아요.”

“그러는 댁은 왜 이 집 빵을 사러 와요?”

“아내 때문에. 내 아내도 판타스틱하니까……. 댁의 엄마가 어떤
엄마인지 안 봐도 알 것 같애.”

“나도 그 집 부인이 어떤 여잔지 알 것 같은데요. 동화적이고 센
티하고, 자기만 사랑해 달라는 떼쟁이죠?”

“맞아요. 너무 동화 같아서…… 두고 도망갈 수도 없는 여자
지…….”

우리는 웃었고 소주잔을 부딪쳤다. 핸드폰이 울렸다. 보나 마나
엄마일 것이다. 나는 핸드폰을 받지 않았다. 한 번쯤 그렇게 해 보
고 싶었다. 이번에는 남자의 핸드폰이 울렸다. 남자는 액정 화면을
확인하고 나를 쳐다보았다. 그리고는 빙긋이 웃었다. 두 시간 남짓
우리는 꽤 부지런히 술을 나누었다.

밖에 나왔을 때는 이미 거리가 어두웠다. 남자는 내게 공 위에 올
라가 볼 수 있느냐고 물었다. 술 탓인지는 모르지만 나는 남자를
기쁘게 해 주고 싶었다. 나는 배구공을 건네받고 남자에게 따라오
라고 손짓을 한 후 앞장서 걸었다. 키 큰 가로수가 있는 한적한 공
터에 이르자 나는 손에 들고 있던 짐을 남자에게 건네주고 말했다.

“선물이에요. 잘 보세요.”

나는 신발을 벗고 한 발을 먼저 공 위에 올렸다. 어린 시절, 밤마
다 맹렬한 연습으로 숙련된 내 몸은 여전히 유연하고 가뿐했다. 지

호 대신 엄마한테 보여 줄 수 있지 않을까 생각했던 그때, 그래서 지호처럼 밤마다 연습하던 그때가 문득 어제처럼 다가왔다. 잠깐 몸이 흔들렸지만, 나는 쉽게 균형을 잡을 수 있었다.

"오, 정말 멋져요. 원더풀!"

혀 꼬부라진 소리로 탄성을 지르며 남자가 박수를 쳤다. 박수를 치다가 남자는 끅끅 신트림을 했다. 고개를 든 남자의 눈에 알 수 없는 물기가 어렸다. 왠지 나는 그 물기를 이해할 수 있을 것 같았다. 그런 간단한 내 행위에 감동하는 남자의 모습에 내 안에서도 뭔가가 치밀어 올랐다.

2

엄마는 잔뜩 토라져 있었다. 텔레비전을 켜 놓고 있었지만 보는 것 같지도 않았다. 나는 엄마에게 빵 봉투를 건넸다. 엄마가 받지 않자 나는 봉투를 식탁에 올리고 내 방으로 향했다. 엄마의 목소리가 등 뒤에서 달려와 내 목덜미를 낚아챘다.

"왜 전화를 안 받았어? 엄마가 우습냐?"

"회식 있다고 했잖아. 2차로 노래방에 갔는데 하도 시끄러워서 전화가 온 것도 몰랐어."

"거짓말. 넌 노래방에 안 갔어. 내가 모를 줄 알아? 박미숙 선생에게 전화해 봤단 말야. 이젠 저를 낳은 어미가 아니라고 아주 내놓고 무시하는구나."

"왜 또? 왜 또 그렇게 비약해? 대학 친구들하고 오랜만에 우연히 만나 술 한잔 했어. 어떻게 해야 내 말을 믿겠어?"

엄마는 리모컨으로 텔레비전을 딱하고 껐다. 그러고는 훌쩍거리기 시작했다.

"오늘도 위가 얼마나 아팠는지 알아? 하루 종일 저만 쳐다보고 있었는데……."

엄마는 위가 아프다며 입원하고 사나흘이면 퇴원을 했지만, 입원을 해 있는 동안에는 마치 암 환자처럼 온몸의 맥을 놓아 버렸다. 퇴원을 하고 집으로 오면 엄마는 유난히 더 짜증을 부렸다. 반찬투정을 하고, 출근하려는 나를 붙잡아 속옷을 갈아입히게 했다. 나는 멍하니 엄마를 내려다보았다. 눈물이 엄마의 볼 위로 주르륵 흘러내렸다. 어떻게 생각만으로도 저렇게 눈물이 줄줄 나올 수 있을까. 아, 귀찮게 되었다.

"날 이렇게 거지 취급해. 망할 년, 독한 년."

이렇게까지 건드리지 않았어야 하는 건데……, 아마 앞으로 일주일 정도는 신경이 곤두서 있어야 할 것이다. 거기다 달래서 본래의 위치로 갖다 놓으려면 얼마나 많은 감정을 소모해야 할지 끔찍했다.

"내가 잘못했어, 엄마. 미안해. 제발 그러지 마. 엄마 응?"

"그만둬. 다 입에 발린 소리란 걸 모를 줄 아니? 내가 그렇게 귀찮으면 언제든 떠나 버리면 될 거 아냐!"

"난 엄마 없으면 아무것도 못해. 엄마도 잘 알잖아, 다신 안 그럴

게. 자 이 빵 먹어 봐, 응?”

결국 어느 날이나 다름없는 한판의 연극이 시작되었다. 나는 엄마의 등을 다독이고 엄마는 어깨를 흔들며 처량하게 울어 대고, 그러다가 결국 빵의 유혹을 이기지 못하고 엄마가 빵을 먹는 순서까지. 그런 다음 둘은 뜨거운 포옹을 나누고 서로 사랑한다고 몇 번이나 씨부렁대고. 아 빌어먹을, 나는 내 방으로 돌아왔다. 씻는 것도 귀찮아 침대 위에 드러누워 눈을 감았다.

서른둘. 나는 내가 어디로 어떻게 흘러가는지 알 수 없었다. 때때로 나는 엄마와 내가 사는 이 정갈하고 평화로운 아파트가 무시무시한 늪처럼 생각될 때가 많았다. 실제로 그런 꿈을 자주 꾸기도 했다. 시커멓고 끈끈하고 질긴 늪 속으로 한없이 빨려 들어가다가 소스라치게 놀라 깨어나곤 했다.

그 늪의 한가운데 빵이 있었다. 엄마는 K제과 앞을 지나고, 심지어 들어가기도 하지만 결코 자기 손으로 빵을 사는 일이 없었다. 아버지가 살아 있을 때는 아버지에게 시켰고 아버지가 돌아가시자 내게 그 일을 맡겼다. 빵을 사는 일은 엄마를 늘상 염두에 두게 하는 일이었다. 엄마는 아버지나 나를 그렇게 세뇌시켰다. 엄마의 작전은 주효해서 퇴근 때만 되면 교문 위로 엄마의 얼굴이 동그랗게 떠올랐다. 하지만 나는 엄마를 원망할 수 없었다. 그럴 수만 있다면 빵으로 엄마에게 진 빚을 갚을 수 있기를 바랐다. 하지만 빵이란 친구의 숙제 따위를 대신 해 주고 얻어 먹던 하찮은 요깃거리가 아니던가. 엄마에게 진 빚은 내 손에 들려진 빵으로는 어림도 없는 무게였다.

엄마는 결코 나를 놓아주지 않을 것이고, 나 역시 이 조용하고 화평한 세계에서 벗어나지 못할 것이다. 그냥 그렇게 흘러가면서 나는 점점 익숙해질 것이다. 어쩌다 선을 보거나 어쭙잖은 연애라도 해서 결혼 상대라고 데리고 가면 엄마는 끊임없는 트집으로 결국 나를 포기하게 만들었다. 직업이 좋지 않다, 가족관계가 엉망이다, 성깔 있어 보인다, 얼굴이 검다, 키가 작다……. 아마 그 무궁무진하고도 다양한 엄마의 이유는 음료광고판과 같을 것이라고 나는 생각하곤 했다.

아버지가 새엄마를 만난 것은 내 생모가 죽은 지 2년 만이었다. 생모는 늘 아팠다. 빗물이 샌 천장처럼 누렇게 뜬 얼굴에 퀴퀴한 곰팡내만 풍기다가 생모는 내 곁을 떠났다.

그래서 새엄마가 온다는 말을 들었을 때, 나는 약간 흥분하기까지 했다. 새엄마들의 악행이 맹위를 떨치는 여러 동화를 이미 섭렵했음에도 불구하고, 나는 역설적인 기대감에 살짝 부풀어 있었던 것이다. 처음 만난 새엄마에게선 정체 모를 슬픔 같은 것이 미농지처럼 어렴풋하게 덧씌워져 있었다. 그것이 더욱 새엄마를 매혹적으로 보이게 했다. 새엄마는 자신의 슬픔까지도 자신을 지키는 수단으로 만들 줄 알았던 것이다.

"니가 미주구나. 지호랑 같은 학년이지? 앞으로 사이좋게 지내렴."

초등학교 5학년이었던 내 눈에도 새엄마는 사랑스러워 보였다. 나는 새엄마가 좋았다. 저녁때면 다음 날 준비물을 챙겨 주기 위해 지호와 내 가방을 나란히 열고 책이나 공책을 들여다보았다. 아침이면 하얀 접시에 단팥빵과 우유를 내놓았다. 지호가 그 빵을 좋아한다는 것이었다. 팥은 내 입맛에 달았고, 우유는 느끼했다. 하지만 그때 나는 무엇을 먹더라도 상관없다고 생각했다. 지호와 마주 앉아 뭔가를 먹는다는 사실이 나는 좋았다.

집은 달라졌다. 새엄마는 가구와 살림살이를 조금씩 바꾸어 나갔다. 집뿐 아니라 나 또한 달라졌다. 아침마다 새엄마는 긴 내 머리를 참기름 바른 듯이 깔끔하게 땋아 리본으로 묶어 주었다. 등에 가지런히 내려와 있는 내 머리의 부드럽고 가벼운 부피감만으로도 충분히 행복했다. 식사를 끝내고 지호와 내가 마당에 나서면 새엄마는 어느새 대문 앞에 나와 우리보다 먼저 학교에 도착할 사람처럼 환한 미소를 앞세우고 서 있었다.

아름답고 세련된 새엄마는 내 자랑거리가 되었다. 나는 새엄마를 엄마라고 부르기로 했다. 하지만 나보다 생일이 겨우 석 달 빠른 지호를 오빠라고 부를 수는 없었다. 지호는 처음 본 순간 내 마음속에 굳건한 느티나무처럼 우뚝 자리 잡아 버렸다. 나는 잘생기고 예의 바르고 운동도 잘하는 지호라는 남자를 가지게 된 것이다.

집에서 학교까지는 멀었다. 우리는 넉넉하게 한 시간 일찍 집을 나섰다. 책가방을 메고 내가 앞장을 서면, 지호는 한 발짝 뒤에서 가만가만 따라왔다. 그러다가 사람들이 보이지 않으면 지호는 잽

싸게 내 책가방을 뺏어 들었다.

"내가 들어 줄게."

나는 아무 말도 하지 못했다. 지호처럼 자신의 생각을 스스럼없이 말하는 아이를 나는 한 번도 보지 못했다. 익숙하지 못한 대화법과 익숙하지 않은 관계에 내 얼굴은 충분히 달아올랐다.

"어떤 아이일까 궁금했어. 너라서 참 좋아."

우물처럼 깊은 눈으로 지호가 활짝 웃었다. 복숭앗빛으로 발그레한 뺨과 햇밤같이 둥근 턱을 가진 지호가 내 옆을 스쳐갈 때는 휘파람 소리가 들렸다. 한참 걷다가 뒤를 돌아보고 내가 다가오기를 기다렸다가 지호는 다시 앞서 걸었다. 남매라는 엄연한 사실에도 동네 여자아이들의 끊임없는 질투를 잠재우지 못했지만, 지호는 오로지 나하고만 걸었다. 그렇게 1년을 지호와 함께 다녔다.

동네에서 지호만이 정식 축구공을 가지고 있었다. 축구공은 군인인 지호의 막내 외삼촌이 휴가를 나오면서 선물로 사 가지고 온 것이었다. 나는 방과 후에 남자아이들과 함께 축구를 했다. 내가 옆에 있어 주기를 지호가 원했기 때문에 나는 지호 옆에 있었다. 그것이 내가 축구를 하는 이유였다. 내가 지호를 위해서 축구를 한 것처럼 지호가 나를 위해 축구에만 신경을 썼다면 얼마나 좋았을까. 공 위에 올라가겠다고 했을 때, 내가 말릴 수만 있었다면 얼마나 좋았을까. 하지만 나는 그때 말리고 싶은 생각이 없었다. 지호의 눈은 나를 향해 있었고, 묘기는 오로지 나만을 위한 것이기 때문이었다. 밤이면 지호의 방에서 그 소리가 들렸다. 지호는 제 엄마 앞에

서 공 위에 올라가는 연습을 했다. 엄마는 지호가 좋아하는 K제과
점 단팥빵과 우유를 들고 지호의 묘기를 지켜봤다. 지호가 다치지
않도록 요를 깔아 주었고, 지호는 요 위에 몇 번이나 넘어졌다. 한
번씩 성공을 하면, 엄마는 박수를 쳤고 지호는 환호하면서 엄마를
불러 댔다.

"엄마, 예쁜 내 엄마!"

지호가 그런 말을 한 적이 있었다. 우리 엄만 예쁘다는 말을 제일
좋아해. 너도 해 봐. 뭐 필요할 때 써먹어도 돼. 하지만 나는 그 말
을 한 번도 하지 못했다. 차마 그 말이 나오지 않았다. 새엄마는 예
쁘다는 소리를 하지 않아도 충분히 예뻤다. 친엄마가 그리운 것은
아니었지만, 그래도 친엄마가 예쁘지 않았기에 그 말을 한다는 사
실이 조금은 죄스러운 느낌이 들었다.

그리고 예쁜 엄마의 유일한 아들인 지호는 꼭 보여 주어야 할 사
람에게 그 묘기를 완벽하게 보여 주고 다시는 일어나지 않았다.

그날은 운동장 가장자리의 소나무가 더위에 지쳐 바늘 같은 잎
이 할머니의 발뒤꿈치처럼 무뎌 보이는 그런 날이었다. 막상 축구
를 하려고 모였지만, 아이들은 등나무 넝쿨 아래 시멘트의자에 앉
아 자글거리며 끓어넘치는 운동장을 안타깝게 바라보고만 있었다.

어디선가 한줄기 바람이 불어왔다. 옷자락이 젖가슴을 스쳤다.
멍울이 지기 시작한 가슴은 조금만 만져도 멍든 것처럼 아팠다. 순
간 지호와 눈이 마주쳤다. 지호의 눈이 가슴을 만지는 내 손을 보
고 있었다. 나는 얼른 손을 내렸다.

"너무 더워서 축구는 못하겠다."

얼굴이 붉어진 지호가 손뼉을 짝짝 쳤다.

"야, 너희들 이 공 위에 올라갈 수 있어? 한 번 올라갈 사람?"

언제나 차분하게 아이들을 압도하던 지호의 목소리가 낮게 떨리고 있었다. 아이들은 그게 가능한 일인지 아닌지 가늠할 수 없다는 듯 고개를 갸웃거렸다. 지호의 눈이 아이들을 한 바퀴 돌았다. 얼굴에 미소가 떠올랐다. 그리고 한 발을 공 위에 올렸다. 공이 비틀거리며 움직였으나, 지호는 남은 발을 마저 공 위에 올렸다. 지호의 몸은 달달거리면서도 공에 붙은 듯 떨어지지 않았다. 나는 정신없이 박수를 쳤다. 지호가 펄쩍 공에서 뛰어내렸다.

"다음엔 승환이 너 해 봐."

생각보다 쉬운 일이 아닌 모양이었다. 승환이는 한 발도 채 올려놓지 못하고 비틀거리다가 순순히 기권을 했다. 다른 아이들도 마찬가지였다. 한 바퀴를 다 돌았지만, 성공한 아이는 지호뿐이었다. 아이들의 시선이 나에게 집중되었다. 미주도 해야지 하는 표정이었다.

"미주 대신 내가 해."

지호가 선언했다.

"야, 그런 게 어딨어?"

평소 내가 축구에 끼는 것을 마뜩잖아했던 수민이었다. 하지만 그게 얼마나 어려운지 이미 안 아이들은 더 이상 불평하지 않았다. 하나마나 나 역시 실패할 것이 틀림없으니 그냥 지호가 하는 것이나 한 번 더 보자는 심산이었을 것이다.

　지호가 나를 향해 손을 번쩍 들었다. 공 위로 지호의 몸이 석상처럼 솟아올랐다. 축하라도 하듯 마른 바람이 인색한 그늘을 덮치며 우리들 주변을 휘돌아 나갔다. 까슬까슬한 옷감이 바람에 밀린 것뿐인데도 나는 흠칫 몸을 떨었다. 젖꼭지가 아릿했다. 나도 모르게 젖가슴에 손을 대었다. 다시 지호와 눈이 마주쳤다. 지호의 얼굴이 귀까지 빨개졌다. 그 순간, 날카로운 화살이 몸을 통과하기라도 한 것처럼 갑자기 지호의 허리가 푹 꺾였다. 지호의 몸보다 먼저 쿵 하는 소리가 귀를 울렸다. 아이들이 비명을 질렀다. 지호는 공 위에서 넘어지면서 시멘트 의자에 머리를 부딪쳤다. 피 한 방울 흘리지 않은 채로 지호는 눈을 감고 누워 있었다. 아이들이 지호를 흔들었다. 지호의 몸과 머리가 흔들렸으나, 눈은 잠긴 문처럼 열리지 않았다. 아이들은 공포영화라도 보는 것처럼 한순간에 얼어붙어 버렸다. 우리 모두의 얼굴에서 땀이 식어 갔다. 나는 석현이를 불렀다. 우리 중에서 석현이가 가장 덩치가 크고 달리기가 빨랐다.

　"업어, 빨리 업어!"

　나무토막처럼 뻣뻣하게 서 있던 석현이가 고개를 끄덕였다. 아이들이 지호를 석현이의 등에 올려 주었다. 지호를 업은 석현이가 운동장을 달리기 시작했다. 빈 등에 잔인한 햇살을 진 아이들이 가쁜 숨을 뱉어 내며 석현이를 따라 달렸다. 석현이의 얼굴에서 땟물이 비처럼 흘러내리고, 땀에 젖은 등에서는 지호의 머리가 텅텅 흔들렸다. 운동장을 벗어나면서 나는 문득 뒤를 돌아보았다. 언제 튕겨져 나왔는지 축구공이 저 혼자 운동장 가운데서 열병 같은 햇살을 받고 있었다. 나는 다시 운동장으로 뛰어가 축구공을 주워 들고 아이들의 꽁무니를 따라 뛰었다.

집에는 아무도 없었다. 지호를 방에다 눕힌 아이들은 누가 쫓아오기라도 하는 것처럼 슬금슬금 뒷걸음쳐 도망가 버렸다. 나 역시 지호 옆에 있을 수가 없었다. 지호에게 이불을 덮어 주고 밖으로 나왔다. 지붕 뒤로 핏빛 노을이 졌다. 나는 지호가 누운 방문 앞에 꿇어앉았다. 미닫이문을 드르륵 열고 지호가 나올 것 같아 바람소리에도 귀를 기울였다. 어두워질 때까지 아무도 오지 않았다. 지호가 너무 오랫동안 혼자 있다는 생각이 들었다. 나는 방으로 들어갔다. 지호의 얼굴이 말린 고구마처럼 허옇게 변해 있었다. 나는 지호의 가슴에 얼굴을 대었다. 지호에게서는 여전히 나를 들뜨게 하는 냄새가 났다.

"지호야."

다시 눈을 뜬다면, 이제 막 솟아나기 시작한 새알 같은 젖멍울을 보여 주고 싶었다. 지호의 손을 끌어 내 작은 가슴에 대어 주고 싶었다.

지호는 병원으로 옮겼으나, 일어나지 못했다. 지호가 한줌 재로 변하는 동안, 아버지는 엄마 곁에서 꼼짝도 하지 않았다. 나는 할 일이 없었다. 지호를 볼 수도 없었고, 아버지 곁에 갈 수도 없었다. 나는 밤새 더 부풀어 오른 가슴만 움켜쥐고 있을 뿐이었다. 바람도 불지 않는데, 가슴이 아파 견딜 수가 없었다. 갑자기 젖이 산처럼 커지는 느낌이었다. 화장장 굴뚝에서 지호가 날아갔다. 나는 가슴을 있는 힘껏 끌어안았다. 산처럼 커진 젖이 목구멍을 타고 올라오는 것 같았다.

지호를 화장시키고 돌아왔을 때 엄마는 한 달 동안 단팥빵과 우유만 먹어 댔다. 나는 그 한 달 동안 구석자리에 쭈그리고 앉아 허공을 베어 먹는 듯한 엄마의 공허한 입을 흘끔흘끔 훔쳐보고만 있었다.

3

사흘 뒤 운동장에서 남자를 봤다. 그가 말하던 아내라는 여자와 트랙을 돌고 있었다. 여자는 긴 머리를 뒤로 묶었고 이마가 하얗게 빛났고 가늘고 길었다. 그들이 트랙을 두 번 돌고 국기 게양대 앞에 왔을 때 나는 휴대폰을 열고 그가 찍어 둔 번호를 눌렀다. 그가 걷던 걸음을 멈추고 아내에게 뭐라고 말하며 추리닝 바지에서 휴대폰을 꺼냈다. 나는 내가 이층 중간쯤의 교실에 있고 고개를 들면 보일 거라고 말했다. 남자는 보지 않는 척하면서 이층 쪽에 시선을 보내며 하얀 치아를 잠깐 보였다. 남자가 오늘 만날래요? 하고 물었다. 나는 저번 그곳에서 소주를 마시고 있겠다고 말했다. 전화는 짧게 끝났고 그는 다시 아내의 손을 잡고 트랙을 돌았다.

그날 밤 그가 소주방에 왔을 때도 K제과점 빵이 들려 있었다. 그는 내가 사 온 K제과점 빵 옆에 그가 가져온 빵 봉투를 나란히 세

위 놓았다.

남자는 공 위에 올라가는 모습을 한 번만 더 보여 줄 수 있겠느냐고 했다. 나는 깔깔 웃으며 백 번이라도 보여 줄 수 있다고 했다. 좋아요, 라고 말한 남자는 술을 따랐다. 남자가 술을 마시는 모습이 썩 유쾌하지는 않았지만, 나는 상관할 바 없다고 생각했다. 잔뜩 취한 남자가 중얼거리기 시작했다.

"내가 아내를 처음 본 것은 고등학교 1학년 때입니다. 십 년 동안 그녀만 쳐다봤어요. 아내의 몸에서는 늘 교태 어린 어리광과 애교가 넘쳐났지요. 또 그걸 누구보다 아내 자신이 잘 알았고요. 어쨌든 난 내가 원하던 여자를 얻었습니다. 흐흐……, 아버지 덕을 많이 본 셈이죠. 운 좋게도 우리 아버진 가난하지 않았거든요……. 아내는 여성잡지에 나오는 사진처럼 집을 꾸미고 싶어 했어요. 드라마에 나오는 곳도 가 봐야 하고, 많은 걸 가지고 싶어 했죠. 그녀는 스스로 자기 이미지를 만들고 거기에 매혹되는 겁니다. 아내는 생활이라는 것이 빵처럼 달콤해야 한다고 생각하는 거지요. 난 가끔 그녀가 즐겨 먹는 빵 같은 존재가 아닐까 하는 생각도 들어요. 아내는……, 아이도 원치 않았어요. 엄마가 되는 일이 아내에게 빵처럼 달콤할 수만은 없겠죠. 달콤하지 않다면, 그녀의 인생에서 존재할 가치가 없는 거죠."

나는 고개를 주억거렸다. 달콤한 빵 같은 존재라…….

"그러니 난 무서워지는 겁니다. 내가 이런 여자를 어떻게, 그렇게 긴 세월 좋아할 수 있었는지……. 그래요, 맞아요. 난 벌써부터 지쳐 버렸어요. 비겁한 소리 같지만, 매일 난 아내를 보면서 생각하죠. ……떠나고 싶다.”

떠나고 싶다는 남자의 소리와 함께 술집 내부가 빙 돌기 시작했다. 탁자와 술잔과 사람들이 울렁거리며 춤을 추었다. 나는 익숙한 술꾼처럼 내 빈 잔에 술을 가득 부었다.

그날 이후 우리는 수시로 만났다. 비밀을 공유한다는 것은 우리에게는 구원과도 같았다. 우리는 K제과점의 빵 봉투를 나란히 탁자에 올려놓고 술잔을 부딪치며 그것을 바라보았다. 술집을 나오면 남자는 묵묵히 걸었다. 어느 날 술에 취한 남자가 말했다.

“아, 오늘은 집에 들어가기 싫은데…….”

남자는 전봇대에 기대더니 미끄럼을 타듯이 주르륵 바닥에 앉아 버렸다. 나는 그를 일으켜 세웠다. 그의 팔짱을 끼고 가까운 모텔에 들어갔다. 방안에 들어서자 서로가 뿜어낸 술냄새로 알콜도수가 높아져 정신은 더 혼미해졌다. 아무것도 생각나지 않았다. 우리는 폭탄주처럼 엉겨들었다. 물에 빠진 사람처럼 팔다리를 허우적거리던 남자는 긴 숨을 내쉬더니 내 몸에서 떨어져 나갔다. 평소에 한 번도 피우는 걸 보지 못했는데, 남자에게서 낯선 담배연기가 넘어왔다.

남자가 말했다.

“아내가 임신을 했어요. 내가 아이를 그토록 원했을 때, 그럴 거면 차라리 이혼하자고 하던 아내가요. 아이 때문에 소중한 인생을 송두리째 저당 잡히는 어리석은 짓은 죽어도 하지 않겠다던 아내가요. 그러던 그녀가 말이지요. 흐흐. 그게 무슨 뜻인지 알겠어요? 그녀가 변했냐고요? 아니, 하나도 변하지 않았어요. 아내는 내가 변한 걸 눈치 채기 시작한 거예요. 위기감을 느낀 거죠. 그악스럽게 빵을 잡기 위해 아내는 제 몸을 희생하기로 결정한 거예요. 무섭지 않나요?"

나는 아무 말도 할 수 없었다. 한참 동안 담배연기만을 내뿜던 그가 담배꽁초를 비벼 끄며 신음하듯 내뱉었다.

"빵을……, 버릴 수 있겠어요?"

나는 그 말이 무슨 뜻인지 금방 알아챘다. 그는, 내가 엄마를 버리고 그가 아내를 버리는 일에 대해 말하고 있는 거였다. 나는 머뭇거렸다. 어쩌면 빵을 버릴 수도 있을 것이다. 하지만 나는 공을 들고 집으로 돌아가는 습관을 버릴 수는 없었다. 나는 별로 중요하지 않은 것처럼 시들하게 대꾸했다.

"당신은 내게도 곧 싫증을 느낄 텐데."

"난, 몽골로 떠날 거예요. 광활한 초원, 그 끝없는 초원에서 자유를 느끼고 싶어요."

한참 후에 남자가 한숨처럼 덧붙였다.

"그곳에서 공 위에 올라선 당신 모습을 찍고 싶어요."

그 말을 마친 남자는 내게서 등을 돌리고 누웠다. 우리는 한동안 말이 없었고, 잠시 후 남자의 코 고는 소리가 낮게 들렸다. 나는 쉬이 잠들지 못했다. 저녁 내내 먹었던 안주와 술을 다 토해 냈다. 찬물로 세수를 하고 다시 침대로 올라갔다. 입을 벌린 채 잠들어 있는 남자의 얼굴을 천천히 쓰다듬었다. 지호에 대한 그리움이 노란 쓴물처럼 올라왔다. 슬픔이 근육통처럼 밀려들었다.

그에게 연락이 없는 동안 나 역시 연락을 하지 않았다. 그것이 마지막이 될 줄 알았다면 내가 먼저 전화를 했을 것이다. 그는 학교에도, 빵집에도 나타나지 않았다. 보름이 지났을 때, 그에게서 문자 메시지가 왔다.

'나, 어제 떠났어요. 미리 연락하면 만나고 싶어질까 봐 지금 예약문자로 보내는 거예요. 내가 그곳에서 무엇을 보고 얻을지는 알 수 없어요. 확실한 건 지금 내가 떠난다는 거예요.'

문자를 받고 내가 한 일은 그에게 전화를 거는 일이었다. 당연하게도 그의 핸드폰은 꺼져 있었다. 그는 확실히 몽골인지 어딘지로 떠난 모양이었다. 하긴 언제나 그랬다. 소중한 것들은 금방 내 곁을 지나가 버린다. 먼 훗날 어느 빵집 모퉁이에서 그를 다시 만날 수 있을까? 그는 공 위로 올라가는 나를 한 번 더 보고 싶다고 하지 않았던가? 하늘이 흐리고 고요한 날 나는 가끔 그런 생각을 했다.

몽골의 사막에 시커멓게 탄 얼굴을 하고 턱수염을 기른 그가 공 위에 우뚝 서 있는 꿈을 꾸었다. 꿈에서 깨자 그가 너무 그리워서 훌쩍거리며 울었다.

어느 날 집으로 돌아오면서 20분이나 줄을 서서 산 빵을 지하도에 엎드린 노숙자에게 줘 버렸다.

"빵은?"

엄마가 물었다.

"안 샀어."

엄마의 얼굴이 하얗게 변했다.

"왜? 왜 안 샀어?"

"제발 그 빵 좀 그만 먹어. 그게 뭔데 그래? 왜 죽자고 그 빵을 먹느냐구? 아무 거나 좀 먹으면 안 돼? 그러니까 위궤양이나 걸리고 당뇨가 오고 그러지."

"망할 년, 사 오기 싫으면 싫다고 그러지. 아주 작정을 했구나. 에미 죽일려구."

나는 문을 쾅 소리 나게 닫고 방으로 들어가 버렸다. 밤늦도록 타령조의 신세한탄 소리가 안방에서 흘러나왔다. 귀를 틀어막았으나, 나는 그 소리에서 벗어날 수 없었다. 아름다운 소리로 뱃사람들을 유혹하여 난파시켰다는 세이렌의 노랫소리처럼 엄마의 질긴 통곡소리는 나를 휘감고 놓아주지 않았다. 결국 나는 그 소리에 난파되고 말 것이다.

내가 사진으로나마 그를 다시 본 것은 계절이 두 번쯤 지난 어느 오후, 학교 운동장에서였다. 아이들이 체육창고를 정리하고 있는 내 손을 잡아끌었다. 빨리요, 빨리요. 급해요. 급해. 나는 운동장으로 나가면서도 아이들의 말을 믿지 않았다. 아이들은 내게 '사람이 죽었다.'라고 이야기했다.

운동장은 오랜 가뭄에다 바람까지 불어 흙먼지가 회오리처럼 몰아치고 있었다. 흙먼지 속에 둥그렇게 원을 그린 아이들이 보였다. 아이들이 와글거렸다.

"운동장을 돌다가 갑자기 뒤로 쿵 넘어졌어요."

여자는 하늘을 보고 반듯하게 누워 있었다. 다리와 팔은 가지런했고, 옷도 흐트러지지 않았다. 운동화를 신은 발만 아니라면 마치 늘 자던 방에서 금방 잠이 든 사람 같았다. 아랫입술이 지나치게 입 안으로 들어가 있었다. 죽음이 그녀의 몸속에서 기다리고 있다가 마구 혀를 잡아당기고 있는 것 같았다. 나는 목을 높여 기도를 확보하고 휴대폰을 열었다. 119를 누르려고 하는데, 자꾸 다른 버튼이 눌러져서 노래가 나오거나 카메라가 켜지곤 했다. 엄마 때문에 119를 부른 게 어디 한두 번인가. 그런데도 나는 지금 허둥대고 있는 것이다. 엄마는 속이 안 좋아 신트림만 해도 119를 부르라고 난리를 피웠다.

나는 여자 앞에 무릎을 세우고 앉았다. 여자의 맥은 조용했다. 흰모래처럼 창백해진 여자의 얼굴은 가장자리부터 파르스름해졌다. 심장과 폐는 멎은 후라도 4분 이내에 심폐소생술을 시행하면 소생이 가능해질 수도 있다. 나는 여자의 입술에 입을 대고 코를 막은 후 길게 숨을 불어 넣었다. 핏기가 가신 여자의 입술은 까칠하고 무력했다. 젖가슴은 누운 상태인데도 바람이 든 듯 부풀어 있었다. 나는 여자의 가슴에 두 손을 대고 흉부압박을 시작했다. 여자의 목과 가슴 위로 내 땀방울이 후드득 쏟아져 내렸다. 교실에 있던 교사들이 운동장으로 우르르 몰려나왔다.

곧 구급대의 사이렌소리가 들렸다. 119가 온 것이다. 아이들은 이제 운동장에 누운 여자보다 119구급차에 더 관심을 가졌다. 아이들이 교문을 향해 달려 나갔다. 구급차가 운동장에 들어서자 아이들은 차가 이동하는 방향을 따라 움직이며 고함을 지르기 시작했다. 구급차는 마치 서커스를 하는 것처럼 아이들을 길게 달고 운동장을 가로질러 왔다.

구급대원이 다시 심폐소생술을 시도했다. 흉부압박을 반복하던 대원이 나를 보았다. 그가 고개를 끄덕였다.

"살아났어요. 선생님 덕분입니다. 수고하셨어요."

여자를 구급차로 옮긴 그가 여자의 주머니를 뒤져 빨간 반지갑 하나를 찾아냈다. 소방대원이 나에게 지갑을 보여 주었다.

"김연우. 76년생이네요. 혹시 아세요? 빨리 보호자에게 연락이 닿아야 하는데……."

지갑 속에는 여자와 남자가 함께 찍은 사진이 있었다. 그제야 나는 가늘고 긴 이 여자를 처음 본 게 아니라는 사실을 깨달았다. 나는 사진 속의 남자에게서 눈을 뗄 수가 없었다. 사람들이 지갑을 돌려보고 있는 사이에 아까는 보이지 않던 운동복을 입은 노인네 둘이 얼굴을 디밀었다.

"이걸 어째. 요 앞에 사는 새댁이에요!"

구급대원이 노인네를 보고 말했다.

"혹시 보호자가 나타나면 길 건너편 L병원으로 연락해 주세요."

L병원. 나는 사람을 부르듯이 병원 이름을 되뇌었다. 그 병원은

엄마가 자주 이용하는 병원이었다. 구급차가 교문을 벗어날 때까지 사람들은 자리를 떠나지 못했다. 마른 흙바람이 불었지만, 바람은 아무것도 지우지 못했다. 교실에 들어가던 교사들 중 누군가가 내 등을 두드렸다.

4

계절병처럼 앓는 위출혈이었다. 위출혈 때문에 L병원에 입원한 엄마는 소화시키지도 못하면서 빵을 사 오라고 칭얼거렸다. 허겁지겁 택시를 타고 나가 K제과점 빵을 사 왔다. 빵을 엄마 머리맡에 놓자마자 간호사에게서 연락이 왔다.

"10분 후 검사실요."

빵을 본 엄마는 다시 들볶을 기력을 얻은 것처럼 투덜댔다.

"2인실로 옮겨라. 시끄럽고 더러워서 있을 수가 없다."

엄마는 목소리를 낮추어 6인실 환자들을 싸잡아 욕했다. 나는 할 수 없이 간호사실로 갔다. 간호사실은 복도 중간에 있었다.

링거대를 잡고 천천히 병실로 걸어가는 여자를 봤을 때 나는 대뜸 그녀를 알아봤다. 더 이상 누군가와 함께 운동장을 돌 일이 없어져 미련 없이 삶을 버리려 하던 그 여자가 틀림없었다. 고행자처럼 움푹 꺼진 그녀의 뺨은 며칠 전보다 더 깊어져 있었다.

2인실은 빈 침대가 몇 개 있었다. 나는 간호사실로 가서 김연우 씨가 있는 2인실로 옮겨 달라고 했다. 엄마를 검사실로 올려 보내고, 6인실로 가서 나머지 짐을 가지고 왔다. 2인실 문앞에 서자 여자를 봐야 한다는 생각에 긴장감이 밀려왔다. 천천히 손잡이를 돌렸다. 좁은 문틈으로 어딘가에 질기게 매달린 울음소리가 쏟아져 나왔다.

"이것아, 제발 한 숟가락만 뜨자."

"……."

"며칠째 밥은 입에도 안 대고 운동장엔 왜 갔어, 이것아. 그때 그대로 쓰러져 죽었더라면 어쩔 뻔했냐 이것아. 애를 생각해서라도 살아야지."

"지 애비한테 버림받은 애를 낳아서 뭐하겠어?"

"천벌 받을 소리. 애가 듣는다. 그런 소릴랑은 아예 말아. 이서방 올 거다. 암, 오고말고. 지 자식이 불러서라도 올 게야. 제발, 정신 차리고 한 숟가락만 뜨자. 응? 이러다가 다시 쓰러지면 어쩌려고 그래!"

"그냥……, 죽고 싶어. 더 이상 살고 싶지 않아."

가슴이 졸아드는 것 같아 나는 가슴을 꽉 움켜쥐었다. 다시 한번 여자를 살리고 싶었다. 꼭 그래야 할 것 같았다. 나는 성큼 안으로 들어섰다. 주름진 골마다 걱정이 흉터처럼 붙어 있는 여자의 늙은 어미가 나를 힐끗 보더니 벌게진 눈을 아래로 내리깔고 밖으로 나가 버렸다. 흰죽 그릇이 꼭 버림받은 여자처럼 사물함 위에 내팽개쳐져 있었다. 나는 여자의 방문객처럼 침대 앞에 섰다. 부러진 가지 같은 팔이 이불 밖으로 비죽이 빠져나와 있어 여자는 더욱 가

늘어 보였다. 만날 때마다 그와 나 사이를 간단하게 장악해 버리던 달콤한 K제과점의 빵 냄새가 병실 안을 어지럽게 떠다녔다.

나는 빵과 우유를 K제과점 봉투에 담아 여자의 머리맡에 놓았다. 여자의 미간이 움찔하더니 눈꺼풀을 힘겹게 밀어 올리며 나를 쳐다 보았다. 냄새를 감지한 것일까. 꼼짝도 하지 않을 것 같던 여자가 천천히 고개를 들었다. 그러고는 내가 놓아둔 빵봉지로 시선을 돌 렸다. 이마가 찌푸려지며 여자의 입가에 경련이 일었다.

"엄마 걸 사면서 조금 많이 샀어요. 혹시 입맛에 맞으면……."

여자의 눈에 곧 쏟아질 것 같은 물기가 어른거렸다. 나는 얼른 고개를 돌렸다. 엄마 침대를 대충 정리하고 엄마에게 줄 빵과 우 유를 챙겨 병실을 나섰다. 검사를 마친 엄마는 여전히 불평을 늘 어놓았다.

"사람이 죽어가는데도 의사라는 것들은 검사만 하잔다. 그래서 검사비만 잔뜩 뜯어내는 거지. 아이고, 갑갑하다. 병실은 옮겼냐? 그 빵 이리 줘. 휴게실에나 들렀다 가자."

휴게실 소파에 앉은 엄마의 등이 묘지의 봉분처럼 둥글게 굽어 있었다. 아버지를 열광케 했던 가느다란 어깨는 세탁소에서 주는 옷걸이처럼 뼈만 남아 있었다. 먹어도 먹어도 위병만 일으키던 K 제과점 빵들이 한 점으로라도 저 살 위에 남아 있을까. 환자복 위 로 우둘우둘하게 튀어나온 등뼈가 손에 만져질 듯 선명했다. 지호 가 저 모습을 봤더라면 뭐라고 했을까. 엄마, 예쁜 내 엄마라고 말 했을까.

“엄마, 예쁜 내 엄마.”

엄마의 고개가 천천히 돌려졌다.

“금방, 너 무슨 소리 못 들었니?”

“무슨 소리요?”

“아, 아니다. 녀석이 이렇게 크게 말한 적은 없었는데…….”

엄마의 두 볼에 금방 홍조가 어렸다. 마치 무언가 찾는 것이라도 있는 것처럼 엄마는 고개를 휘휘 돌려댔다. 나도 모르게 내뱉은 말을 지호가 한 말이라고 착각한 것일까. 그렇다면 엄마는 평소에 지호의 목소리를 환청처럼 듣고 있었다는 말일까. 가슴이 먹먹해져 왔다. 문득 지금 이 순간, 엄마를 위해서 공 위에 우뚝 올라서고 싶다는 열망이 뜨겁게 나를 파고들었다.

엄마가 빵을 꺼내 먹다가 나에게도 하나 건네주더니 어서 받으라는 듯 손을 재촉했다. 나는 엄마의 주름진 목 언저리쯤을 물끄러미 바라보다가 빵을 받았다. 남자는 빵을 버렸지만, 나는 버리지 못했다. 대신 나는 엄마를 위해 그 하찮은 빵을 한 번쯤 열심히 씹어 주기로 했다.

한 손에 링거대를 밀고 한 손에 제과점 봉지를 들고 여자가 복도에서부터 휴게실 쪽으로 천천히 걸어오고 있었다. 마치 나를 예전부터 알아 온 것처럼 여자는 망설임 없이 내 앞자리에 앉았다. 여자와 나의 무릎이 닿을 듯 가까웠다. 봉지를 뒤적거린 여자가 빵을 꺼내었다. 엄마가 내 귀에다 대고 속삭였다.

“어머, 얘. K제과점 빵이다.”

엄마는 아이처럼 감탄했다. 우리 세 여자는 나란히 앉아 빵을 씹었다. 마치 오래전부터 알고 있던 다정한 가족처럼. 달콤한 빵이 있는 한, 인생은 아직 절망할 단계가 아니라는 듯이 묵묵히 말이다.

즐거운 게임

아마도 사진 속의 여자는 무척 발랄한 성격인 모양이다. 굵은 웨이브 분홍가발을 쓰고 이를 드러낸 채 활짝 웃고 있다. 하지만 남자는, 남자는 아니다. 노랑가발을 쓰고 어정쩡하게 서 있는 꼬락서니가 여자의 등쌀에 억지로 뒤집어썼다는 인상이다. 거기다가 하늘로 삐친 노랑머리는 남자에게 전혀 어울리지 않는다. 민숙 씨가 이 사진을 본다면 여자에 대한 질투심보다 어울리지 않는 남편의 노랑가발 때문에 더 분노할 것 같다.

쯧쯧, 이런 스티커사진을 아무 생각 없이 흘려 놓다니. 이 집 남자는 아무래도 좀 허룩한 것 같다. 남자는 제 아내 것이 아닌 향수를 셔츠에 묻혀 오는 것을 비롯하여 애인과의 만남이 적힌 쪽지, 포장된 넥타이, 팬티에 말라붙은 정액 같은 바람난 증거물을 요실금 걸린 노인네처럼 질질 흘리고 다닌다. 발견될 때마다 선심 쓰듯 몰래 숨겨 주어도 남자의 부주의는 곳곳에 눈에 띈다. 그래서인지 이 집에만 들어오면 남자가 또 어디다가 오입 흔적을 남겨 놓았는지 두리번거리게 된다.

오늘도 그랬다. 세탁을 위해 창 쪽의 커튼을 떼어 내지 않았다면 장롱 모서리에 떨어진 작은 스티커사진을 발견할 수 없었을 것이다. 이 사진을 어떻게 처리할까 고민하다 장롱 안에 있는 남자의 감색 양복 안주머니에 넣어 주기로 한다. 언젠가 그 양복을 입었을 때 남자는 잊고 있던 사진을 발견하고 깜짝 놀라겠지.

민숙 씨는 '오늘은 커튼을 세탁해 주세요.'라는 메모를 남겼다. 그녀는 먼지에 민감하다. 그런데 벌써 두 달째 커튼 세탁을 하지 않은 것이다. 민숙 씨는 오늘, 아이들을 데리고 친정에 갔다. 부부 싸움의 결과인지 친정에 집안 행사가 있어서인지까지는 얘기하지 않았다. 하지만 '애들 아빠는 아마 밤 열두 시나 되어야 올 거예요. 저녁은 준비하지 마세요.'라고 메모에 덧붙인 걸로 보아 늦게까지 이 집이 비어 있다는 것은 확실하다. 나는 괜히 기분이 좋아져서 사방을 둘러본다. 여기가 내 집 같은 생각이 든다.

커튼을 탁탁 친다. 사방으로 휘날린 먼지는 접착제처럼 얼굴에 달라붙는다. 머리카락도 마찬가지다. 젖은 머리카락 사이에 먼지가 기름때처럼 뒤엉켜 있다. 나는 인상을 찌푸린다. 내가 세들어 사는 집의 주인 노인과 마주쳤을 때처럼 기분이 더럽다.

노인은 언제나 베란다 유리에 몸을 바싹 붙인 채 서서 빨래통을 들고 2층 옥상으로 올라가는 나를 본다. 한 번은 고개를 휙 돌려서 노려보았다. 역광에 비친 노인의 모습이 어렴풋했지만 나는 노인이 웃고 있다는 것을 알았다. 노인은 지금 내 팬티를 바지 주머니 속에 넣고 주무르고 있거나 아니면 아예 입고 있는지도 모른다. 망할 놈의 변태영감 같으니. 옥상에 널어놓은 팬티가 없어진 게 벌써 세 번째다. 그런다고 데친 시래기 같을 그것에 약발이나 갈까. 아마 노인은 내가 좀 더 적극적인 적의를 가지고 노려봐 주기를 바랄지도 모른다. 나는 서둘러 계단을 밟는다. 밤이면 노인의 주름투성이 손이 내 아랫도리를 헤집는 것 같아 자다가 화들짝 놀라 깬 적이 한두 번이 아니다. 이사를 가고 싶어도 갈 수가 없다. 처음 계약을 하러 갔을 때, 송충이처럼 들러붙는 노인의 눈길을 의식하면서도 모른 척했다. 내가 가진 돈으로 선택할 수 있는 집은 이곳 외에는 없다.

　나는 고개를 숙이고 머리카락을 탈탈 턴다. 아침에 머리를 감은 게 잘못이다. 이렇게 뒤집어쓸 줄 뻔히 알면서 꼭 아침엔 머리를 감게 된다. 목욕탕 때밀이할 때 생긴 버릇이다. 그때는 하루에 머리를 세 번, 네 번 감은 적도 있다. 특히 아침에 일을 시작하기 전에는 꼭 머리를 감았다. 한 번 간지럽다는 생각이 들기 시작하면 아무 일도 할 수가 없다. 손님 등을 밀다가 머리를 긁을 수는 없는 일이다. 아무래도 오늘은 청소가 끝나면 바로 샤워를 해야 할 것 같다.

　커튼 고리를 하나하나 분리한 후 세탁기에 집어넣는다. 세탁기가 돌기 시작하자, 나는 안방으로 들어가 이 집 남자의 회색 여름 양복 안주머니에 들어 있는 담배와 일회용 라이터를 꺼낸다. 민숙 씨는 남편의 담배가 어디 숨었는지 모르지만 나는 안다. 이 집에 처음 왔을 때부터, 벽을 타고 스멀거리는 니코틴 냄새를 나는 사냥개처럼 맡아냈다. 날씨가 추워지고 창문을 닫게 되면서 그 냄새는 더 짙어졌고, 나는 더욱 몸이 달아 올랐다.

남자는 아이와 아내가 잠든 틈을 이용해서 베란다 창을 열어 놓고 담배를 피웠으리라. 차마 창밖으로 버릴 수 없어 창틀 틈에 꽁초를 박아 둔다. 나는 창틈에 맞춤한 듯 끼워 놓은 담배꽁초를 검지로 파낸다. 표시 나지 않게 끼워 넣느라 진지해졌을 남자의 얼굴을 떠올리면 내 얼굴에 미소가 번진다.

일회용 라이터의 액화 가스는 지난주에 왔을 때보다 눈에 띄게 줄었다. 어린 자식과 새끼손가락 걸고 맹세한 금연 결심을 저버릴 만큼 그에게 새로운 고민거리가 생긴 것일까. 나는 담배를 물고 가슴속 깊이 빨아들인다. 온몸이 나른하고 아득해진다. 자글거리던 마음이 어느새 설핏해진다. 그런데 갑자기 기분이 나쁘다. 나른함 속으로 형체를 알 수 없는 이물질 같은 것이 서서히 끼어든다. 동그랗고 하얀 얼굴…….

유림이다. 나쁜 기집애. 어제도 밤 12시가 넘어서야 기어들어 왔다. 그것도 책가방을 땅바닥에 질질 끌면서였다.

"독서실 갔다 왔어."

묻지도 않았는데, 거짓말은 잘도 한다. 확인하는 게 싫고 두려워서 나는 가만있는다.

"씻고 자."

유림이 화장실 문을 닫으며 내 옆을 스쳐 지나갈 때, 담배냄새가 났다. 가끔 술냄새를 풍길 때도 있다. 하지만 아이를 붙잡고 싸울 수도 없다. 또 집을 나가 버리면 그 감당을 어떻게 한단 말인가. 1년 전, 유림이가 가출했을 때를 생각하면 지금도 심장이 녹아내린다. 한 달 만에 중학교 때 같은 반이었던 아이에게서 연락을 받고 그 기집애가 있다는 찜질방을 찾았다. 어미는 다리가 후들거려 제대로 서 있을 수도 없는데, 개그맨처럼 수건을 머리에 뒤집어쓴 딸이란 년은 해죽해죽 웃고 있었다. 손바닥만 한 이불을 제 몸에서 걷어 내지도 않고 벽에 기대어 앉은 유림이년이 한 말은 녹도 슬지 않은 채 지금도 가슴에 대못으로 박혀 있다.

"엄마는 세상이 너무 겁나지? 왜 그렇게 우거지상으로 살아? 아빠한테 속았다고 세상을 송두리째 거부할 필요 있어? 아빠 갔어. 제발 그렇게 살지 마. 엄마 눈엔 내가 몹쓸 년으로 보이겠지만 난 엄마처럼 살지 않아. 다 용서해. 다 용서하고 즐겁게 살아. 인생은 즐거운 게임 같은 거야. 눈으로 보고도 몰라?"

"뭐? 게임? 미친년, 뭐 용서? 퍼뜩 일어나 이년아. 이게, 이 거지 같은 꼬락서니가 즐거워?"

"내가 어때서? 난 적어도 엄마처럼 엄살을 피우지는 않아. 죽은 남편 때문에 인생 전부를 지옥으로 만들지는 않는다구. 난 지금 즐거워. 그러면 오케이 아냐?"

불행도 익숙하면 불행하지 않다. 불행하지 않으면 그 다음부터는 즐겁다. 쫑알거리는 유림이년 입을 쿡 쥐어박아 주고 싶었지만 유림이년이 한 말이 이상하게도 가슴팍을 팍팍 찔러 대는 통에 나는 꼼짝도 할 수 없었다. 머리끄덩이를 쥐어트는 대신 나는 유림이의 손을 꽉 잡고 그 애 얼굴을 한참이나 들여다보았다. 이년이 언제 이렇게 커서 엄마를 되레 나무라는가. 그것 때문이었는지 어쨌는지 유림은 그 이후로 집을 확 나가버리겠다는 말은 하지 않는다. 어쩌면 그 이후로 내가 달라진 것인지도 모른다. 심각한 건 없다. 어떤 싸움도, 어떤 억울한 일도 시간은 결국 아주 사소한 것으로 만들어 준다.

나는 담배를 입에 문 채 베갯잇을 뜯는다. 담뱃재가 침대에 떨어지지 않도록 조심해야 한다. 한 모금 길게 빨아들이고 이 사이로 연기를 내보낸다. 얼굴의 피부가 일제히 입술을 향해 모아지는 느낌이다. 베란다 창으로 고개를 길게 내밀어 위태하게 끄덕거리는 담뱃재를 떨군다. 아마도 담배 주인은 베란다 창 쪽에 자는 모양이다. 그쪽에 놓인 베개에서 특유의 남자 땀냄새와 담배냄새가 난다. 그는 이제 막 흰머리가 나기 시작한 것인지 베갯잇에 가끔 흰머리가 떨어져 있기도 하다. 베갯잇에 묻은 흰머리는 불길하고 기분 나쁘다. 나에겐 죽음을 연상시킨다.

그해 여름, 병원에서였다. 언제 그렇게 많이 자리하고 있었는지 남편의 귀밑머리는 새의 속털처럼 하얬다. 낯설음. 남편이 아닐지도 모른다는 안도감. 이 남자에게 흰머리를 이렇게 많이 심어 준 여자는 누구일까, 하는 의혹.

무슨 짓이라도 해봐야겠다고 마음이 다급해졌을 때에는 이미 두 사람의 관계는 손댈 수 없을 만큼 깊어져 있었다. 내 머릿속에는 수만 가지 시나리오가 떠올랐다가 사라졌다. 여자를 만나러 갈까. 남편과 담판을 지을까. 설득을 해야 할까. 제발 가지 말라고 붙잡아야 할까. 베란다에 서서 아파트 주차장에 차를 대는 남편을 보면 압박붕대로 가슴을 감아 대는 것처럼 숨이 막혔다. 정말 무서운 것은 남편의 입을 통해 모든 사실을 확인받는 것이었다. 그것은 추락이 아니라 매몰과 같을 것이라고 생각했다.

그런데 그 추락 직전의 시점에 남편이 먼저 추락해 버렸다. 남편은 나에게 아무런 기회도 주지 않고 그냥 무심하게 날아갔다. 술에 취한 채 차를 몰던 남편은 마주 오던 차를 들이박고 그 자리에서 한 바퀴를 돌아 가드레일을 부수고 벼랑 아래로 굴러 떨어져 버렸던 것이다. 그 도로의 끝에는 마법의 성처럼 생긴 러브모텔들이 사열하는 병사들처럼 끝도 없이 줄지어 서 있었다. 남편은 그곳을 향해 달려가고 있던 중이었다. 유림이를 위해서 음주운전만큼은 하지 않겠다던 남편은 그 자리에서 산산이 해체되고 말았다.

여자는 끝내 장례식장에 나타나지 않았다. 아니, 어쩌면 나타났을지도 모를 일이다. 여자는 옆집 여자일 수도 있고, 윗집 여자일 수도 있었다. 동료직원 중 가장 슬프게 운 미스 리일 수도 있고, 손수건으로 눈물만 찍어 낸 홍대리일 수도 있었다. 증오를 품은 시간들이 사막의 모래처럼 쌓여 갔다. 간혹 그 모래들을 들여다보고 있으면 얼굴도 알지 못하는 여자가 사무치게 그리워지기도 했다. 하지만 손톱만큼의 단서도 없었다. 자신의 감정을 숨기지 못해 늘 뭔가를 줄줄 흘려 대던 남편은 여자를 숨기는 일에 있어서는 뻔뻔스러울 정도로 완벽했다. 그것은 여자도 마찬가지였다. 나만 뻔뻔하지도, 완벽하지도 못했다. 심부름센터에 의뢰해 남편의 뒤를 밟았어야 했다. 그의 눈을 노려보며 물어야 했다.

남편이 죽고 나서도 그랬다. 어떻게 이 어지러운 생을 살아가야 하는지 알지 못했다. 눈을 뜨면 어지러웠다. 세상은 너무나 빠르게 돌아갔다. 마치 신호등이 고장 난 교차로에 혼자 서 있는 느낌이었다. 유품을 정리하면서 작은 노트 한 권을 발견했다. 석 달 전, 회사에서 갔다던 중국여행기가 간단하게 적혀 있었다.

진시황은 많은 백성들이 굶어 죽어 가는 것을 외면하며 이 곳에 성을 쌓고 보물을 만들었다. 하지만 지금 사람들은 진시황이 일찍 예금통장을 만들어 놓고 죽었다고 말한다. 가난한 이곳 사람들은 진시황이 백성을 억압하고 착취하여 만들어 놓은 위대한 유산 덕분에 관광객들이 떨궈 준 돈으로 먹고살고 있다. 지금 가난한 서안 사람들의 밥줄이 된 위대한 조상 진시황. 내가 이렇게 말하자 윤서는 이상한 논리도 다 있네 하고 깔깔 웃었다. 웃는 그녀의 모습이 아름다웠다.

나는 그 글을 한참 동안 들여다보았다. 당신이 우리에게 남긴 예금통장은 무어지? 낯선 여자의 이름인가? 나는 중얼거렸고 당연히 남편은 대답하지 못했다. 나는 노트를 갈기갈기 찢은 다음 불에 태워 버렸다. 그러나 그 여자의 이름은 결코 태울 수 없었다. 그를 용서할 수 없는 시간이 나에게 주어졌다는 사실이 견딜 수 없었다. 거추장스럽게도 나에게는 너무나 많은 시간이 남아 있었다. 그 많은 시간은 당장 시급한 경제적인 문제를 함께 떠안고 있었다. 아파트를 마련하면서 이미 집값에 버금갈 만한 돈을 대출한 상태였다. 보험 하나 든 것 없고, 깰 적금통장 하나 없었다. 비싼 대출이자가 무서워서 아파트를 붙잡고 있을 수도 없었다. 깜깜한 터널 속, 작은 불빛 하나 보이지 않았다. 갑자기 세상이 으스스한 감옥처럼 생각되었다. 바람을 피운 데 대한 배신감보다 처자식을 길거리에 나앉게 만든 무책임함이 더 뼈아프게 다가왔다.

친구들은 말했다.

"직장 구해서 열심히 살아. 니 딸 유림이, 아버지 없이도 잘 컸다는 걸 보여 줘야지."

친구가 운영하는 식당에 들어가서 일을 했다. 밑천 없이 달려들 수 있는 돈벌이는 몸뚱이를 아낌없이 던지는 것뿐인데, 몸뚱이는 제 처지를 몰라보고 움츠러들기부터 했다. 나이 어린 여자들이 나를 보며 짜증을 냈다.

"아줌마, 몇 번째예요? 이건 7번 테이블 음식이잖아. 또 잘못 갖다 주면 어떡해요!"

여기서 나가면 어디로 가나. 어디서 무슨 일을 해서 밥을 먹게 될까. 손님이 없을 때에도 의자에 앉아 쉬지 못했다. 3개월을 버티다가 식당에서 나왔다. 벼룩신문을 뒤지고 인터넷 구인광고를 보았

다. 동네 반장의 소개로 목욕탕 때밀이를 시작했을 때는 자존심이
나 부끄러움 같은 감정은 더 이상 남아 있지도 않았다. 두 달 정도
배우면 자격증을 딸 수 있다고 했다. 열심히 하면 팁도 쏠쏠하다는
말이 솔깃했다. 하지만 생각보다 일은 쉽지 않았다. 일을 마치고 집
으로 돌아오면 허리가 휘어질 듯 아프고 어깨가 내려앉을 것만 같
아 잠을 잘 수가 없었다. 뼛속까지 물이 들어차는 것 같은 무거움,
무자비하게 두드려 맞은 것처럼 욱신욱신 쑤시는 온몸의 고통. 모
두 발가벗은 장소에서 오직 혼자만 팬티와 브래지어를 입고 있다
는 모멸감.

　하지만 목욕탕은 빠르게 나를 변화시켰다. 축축한 습기 속에서
남의 몸을 밀고 마사지하는 일이 자연스러워졌다. 남편에 대한 배
신감은 나를 단단하게 만들어 주었다. 시간이 지나자 단골도 생기
고, 요령도 생겼다. 그런대로 수입도 괜찮았다. 하지만 그 일도 그
만두지 않으면 안 되었다. 여자가 내 앞에 나타난 것이다. 그것도
발가벗은 몸으로, 내가 일하는 목욕탕에 말이다.

　이제 이 집을 통째로 삶을 시간이다. 어디서부터 삶을까. 안방, 거
실. 주방, 아이들 방, 다용도실, 화장실, 베란다. 창고. 어디서부터
뜨거운 물에 푹 담가 삶을까. 베갯잇을 속옷과 함께 빨래 삶는 솥
에 넣고 물을 붓는다. 세제를 넣고 가스불을 당긴다. 이 집에 오면
먼저 작업복으로 갈아입는다. 헐렁한 티셔츠와 몸뻬바지를 입으
면 여염집 부인에서 순식간에 도우미 아줌마로 변신한다. 도우미

아줌마는 삶는 솥에 세제와 속옷을 넣고 가스불을 켠다. 그 불길을 신호로 청소가 시작된다. 마지막에는 걸레를 삶는다. 빨래를 삶으며 일을 시작하고 빨래를 삶으며 일을 끝내는 것이다. 나는 자주 집 구석구석을 뒤진다. 그가 흘린 것들 중에 삶고 소독할 만한 것들이 없는가 해서이다. 오늘은 아직까지 스티커사진 외에는 별다른 소득이 없다.

화장대 위에 아무렇게나 놓여진 작은 귀고리 하나를 줍는다. 귀고리는 한 짝뿐이다. 나는 귀고리 한 짝을 손에 움켜쥔다. 두 개가 있어야 제 구실을 할 수 있는 물건들은 하나만 남았을 때 우리를 불편하게 만든다. 아무리 찾으려야 찾을 수 없었던 양말 한 짝, 젓가락 한 짝도 있다. 혼자 남은 것들은 외롭다. 아니다. 혼자 남은 것들은 쓸모없다. 쓸모없는 것들은 구석에 처박히거나 버려진다. 나는 흐흐 음침하게 웃는다.

나는 남편의 짝인 줄 알았다. 그래서 그에게서 버려지고 나면 얼마나 외로울지 두려웠다. 하지만 그가 죽고 나서야 나는 내가 남은 양말 한 짝이 아니라는 사실을 깨달았다. 나는 남은 장갑도 남은 젓가락 한 짝도 아니었다. 나는 그냥 원래부터 그렇게 혼자였던 것을 나만 모르고 있을 뿐이었다.

주머니 속에 귀고리를 흘려 넣는다. 파출부 철칙 제1조. 남의 물건에 손을 대지 않는 것. 나는 대체로 그 철칙을 잘 지키는 편이다. 하지만 오늘은 예외로 하기로 한다. 비대칭 무늬목이 새겨진 문갑 속에는 노란 봉투 안에 만 원권 지폐가 몇십 장씩 들어 있다. 그리고 침대 밑에는 보석함이 있다. 그 정도는 안다. 그런 것들만 못 본 척하면 된다.

거울을 닦고, 문갑을 닦고, 의자를 닦다가 나는 드디어 내가 찾는 먹잇감을 발견했다. 휴지통 안에는 클렌징크림으로 얼굴을 닦아낸 화장지가 반쯤 차 있고, 그 밑에 깨진 유리컵과 찢어진 편지지가 흩어져 있다. 깨진 유리컵은 신문지에 싸서 쓰레기봉투에 넣어야 한다. 그냥 넣었다가는 봉투가 찢어질 것이다. 유리조각을 건져내어 신문지 위에 하나씩 놓다 말고 나는 찢어진 편지지를 꺼낸다. 퍼즐 맞추듯이 방바닥에 늘어놓고 하나씩 붙여 나간다.

민숙 씨,

당신을 만나고 난 뒤부터 내 삶은 완전히 바뀌었습니다. 세상 모든 것들이 당신 때문에 눈부십니다. 아름다운 경치를 보아도, 좋은 음악을 들어도, 좋은 음식을 먹을 때도 나는 당신을 생각합니다. 아아, 왜 우리는 이렇게 늦게 만났을까요? 당신과 함께 하지 못하지만 당신을 사랑하는 것 자체를 나무라지는 마십시오. 이번 토요일, 저번에 갔던 그 카페에서 기다리겠습니다. 차는 가져오지 마십시오. 늦게까지 함께 있어 주면 됩니다.

붓펜으로 정성스럽게 쓴 글씨다. 그렇구나, 이 집 주인여자 민숙 씨도 만만한 여자가 아니구나. 나는 갑자기 맹렬하게 즐거워진다. 아마도 민숙 씨는 아이와 친정을 팔아 남자를 만나러 간 모양이다.

누가 먼저 들킨 것일까. 유리컵이 날아든 것은 어디서부터였을까. 컵이 깨지고, 리모컨이 날아가고, 욕설이 난무하는 밤이 지나갔을 테지. 그러고 보니 실크벽지 한쪽이 잔인하게 찢겨져 속살이 너덜너덜 드러나 있다. 어젯밤의 모든 것을 알고 있는 벽은, 공중 화장실 벽에 서투르게 그려진 외설적인 그림처럼 유치하다. 나는 찢어진 벽을 쓰다듬으며 손가락을 넣어 더 찢어 놓는다. 그들의 균열은 이미 시작되었고, 시작된 것은 점점 더 두꺼워질 뿐이다. 두꺼워지고 있는 반대편에서 그들이 사랑했던 시간이 종잇장처럼 얇아지고 있겠지. 흐흐흐. 나는 유리조각을 신문지에 둘둘 말아 쓰레기봉투에 넣고, 조각 편지는 귀고리 한 짝을 넣었던 주머니 안에 넣는다.

서랍장과 장롱을 닦고, 바닥에 떨어진 잠옷을 장롱 속에 넣는다. 걸레를 뒤집어 다시 접고 이번엔 거실 책장을 닦는다. 책상을 닦고 방바닥에 흩어진 책을 책상 위로 주워 올린다. 그리고 청소기를 돌린다. 윙 하는 소리가 세상의 모든 소음을 삼켜 버린다. 소음뿐 아니다. 세상의 모든 것이 그 속으로 사라진다. 슬픔과 고독과 뒤틀림과 질투와 시기, 그리고 과거와 현재와 미래까지 모두 없어진다.

고무장갑을 끼고 삶은 빨래를 치댄다. 뜨거운 김이 얼굴을 와락 덮친다. 주인남자의 팬티에 먼저 비누칠을 한다. 오늘 남자의 팬티는 네 개다. 그는 일주일에 세 번 팬티를 벗어 놓는다. 간혹 다섯 개나 여섯 개일 때도 있다. 남편도 이틀에 한 번씩 팬티를 갈아입었다. 그러다가 하루에 한 번씩 갈아입었고, 그런 날 팬티에서는 밤꽃 냄새가 났다. 그러고 보면 남편 역시 이 집 남자처럼 완벽하지 못한 사람이었음이 분명하다. 흔적을 남겨 두었고, 둘러대지 못했고, 여자를 만나고 온 날은 들뜬 기분을 감추지 못했다.

방과 화장실, 현관과 다용도실을 차례로 청소하고 나면 베란다가 남는다. 베란다에 세제를 조금 풀고 수세미로 바닥을 닦고, 호스를 연결해 헹군다. 화분에 물을 주고, 물이 튄 유리창을 닦는 것으로 청소는 마치게 된다. 청소를 하는 사이에 세탁기가 다 돈다. 커튼은 빨래건조대에 널지 않는다. 고리를 걸어 원래 있던 자리에 걸어 두기만 하면 다림질할 필요도 없이 잘 마를 것이다. 걸레의 먼지를 떤 다음 삶는 솥에 넣고 가스렌지의 불을 켠다. 그런 다음 이 집 남자의 셔츠를 다림질해야 한다. 남자의 셔츠는 눈부시게 하얗다. 그는 색깔이 있는 셔츠는 입지 않는다. 어렴풋이 배여 있던 낯선 향수냄새는 모두 날아가 버렸다. 셔츠를 다리는 동안 걸레는 금방 삶긴다. 30분 정도 창고나 다용도실을 정리할 수도 있을 것이다. 하지만 오늘은 그만하기로 한다. 오늘은 그럴 기분이 아니다. 삶은 걸레를 세탁기에 넣고 버튼을 누른다. 그리고 나는 욕조에 버블바디샴푸를 풀고 샤워 준비를 한다. 그리고 옷을 벗는다.

여자가 목욕탕에 나타난 것은 남편이 죽은 지 거의 일 년 만이었다. 그동안 나는 베테랑 목욕관리사가 되어 있었다. 목욕관리기술만 그렇다는 게 아니다. 천연덕스럽게 동네여자들과 대화하고, 그들의 고민도 들어주는 전문직업인이 되었다는 말이다.

그녀는 내 앞에 알몸을 드러내고 누웠다. 귀고리 때문에 여자를 알아봤다. 여자는 귀고리를 한 짝만 하고 있었다. 사각 사파이어가 박힌 하트 모양의 화이트골드였다. 똑같은 귀고리가 나에게도 있었다. 기억났다. 그가 죽기 전 결혼기념일 때였다. 남편은 나에게 귀고리를 주었고, 뜨겁게 나를 안았다. 그날 밤의 기억은 남편이 죽고 난 후에도 오래 오래 내 가슴에 파고들어 먹물 같은 기억을 남겼다. 누구에게나 평생 가슴에 남는 하룻밤이 있다면 나는 그 밤을 꼽을 것이다.

여자의 몸을 만지려는데 갑자기 온몸에 마비가 온 듯했다. 나는 손을 깍지 끼었다가 다시 폈다. 그래도 팔목의 근육은 사후경직된 쇠고기처럼 딱딱하게 굳어 버렸다. 잠깐만요. 나는 뜨거운 탕에 들어가 팔과 어깨를 문질렀다. 뜨거운 물이 검은 브래지어 속 젖가슴을 서늘하게 쓸고 지나갔다. 쿵덕거리던 가슴이 서서히 가라앉았다.

"이 목욕탕은 처음이신가 봐요? 못 보던 분이시네."

"지난주에 이사 왔어요. 아줌마하고는 안면을 트고 살아야겠네. 일주일마다 올 거니까."

여자의 몸은 창백하고 부드러웠다. 둥근 어깨에서부터 허리까지의 곡선이 헤엄치는 물고기처럼 유연했다. 솟아오른 엉덩이 아래로 가늘고 긴 다리가 쭉 뻗어 있었다. 한겨울 은사시나무를 보는 것처럼 갑자기 온몸이 싸늘해졌다. 천장에 매달려 있던 물방울 하나가 나의 어깨 위로 뚝 떨어졌다. 서늘한 정적이 어깨로부터 번져나가기 시작했다. 우들우들한 등뼈가 손끝에 전해져 오자 나는 부르르 진저리를 쳤다.

"어디서 귀고리를 흘리셨나 봐요. 목욕탕에선 잘 찾을 수가 없는데……."

"아, 그거요? 아녜요. 전 원래 하나만 하거든요. ……전에 알던 남자가 귀고리를 한 짝만 하는 걸 좋아해서요."

손목에서 시작된 피곤기가 어깨까지 올라오는 것 같았다. 나는 때수건을 왼손으로 바꿔 끼었다. 아랫배에 힘을 주고 여자의 엉덩이 부분을 밀기 시작했다. 여자의 몸에서 하얀 때가 구더기처럼 밀려나왔다. 엉덩이와 다리를 미는 동안 여자는 가끔 낮은 신음만 낼 뿐 아무 소리도 하지 않았다. 여자가 몸을 뒤집었다. 여자의 젖가슴이 잘 반죽된 밀가루 덩어리처럼 옆으로 퍼지고, 자잘한 물방울이 이슬처럼 맺혀 있는 음모가 무방비하게 드러났다.

"결혼하셨어요?"

천장을 보고 누운 여자가 짧은 신음과 함께 말을 토해 냈다.

"네, 얼마 전에요."

"어떻게 이 동네로 이사 오셨어요? 바깥분 직장이 여기서 가까우신가? 아니면 친정이 근방이신가……?"

나의 말이 채 끝나지도 않았는데, 여자가 자르듯이 말을 했다.

"……집을 구하려고 이 동네 저 동네 다니는데 마땅한 곳이 없더라구요. 참 이상한 게 ……옛날에 알던 사람이 이 동네 살았는데, 자꾸 이쪽으로 발걸음이 옮겨지는 거예요. 새로운 것을 먹으려고 음식점을 뱅뱅 돌아다녀도 먹을 게 없어서 결국 늘 가던 집으로 가는 것처럼요."

"그렇게 못 잊을 사람하고는 왜 헤어지셨대요?"

"그 사람요……, 죽어 버렸거든요."

내가 힘주어 씻기는 대로 몸이 흔들리면서 여자의 목소리는 리듬을 타고 있었다. 그래서 헉헉거리는 여자의 숨소리는 마치 섹스 중인 것처럼 들렸다.

나는 차마 그녀의 이름을 묻지 못했다. 하지만 자꾸 허연 달덩이 같은 것이 뱃속에서부터 차올라 목구멍을 메우고 있는 것 같은 느낌에 허걱허걱 숨을 뱉어 내야 했다. 그녀의 발등과 발가락들을 하나하나 씻으며 숨을 고르고 깻잎 절이듯 차곡차곡 속을 다독였다.

언젠가 TV에서 귀고리를 한 짝만 하고 나온 연예인을 보고 남편과 짧은 대화를 한 적이 있었다.

"난 말야. 귀고리를 한 짝만 한 여자를 보면 괜히 흥분이 되더라."

남편이 그런 이야기를 했고, 내가 눈을 흘겼다. 그리고 안방으로 들어간 내가 귀고리를 한 짝만 하고 남편 앞에 섰고, 그는 카펫만 깔려 있는 거실 바닥에 나를 넘어뜨렸다. 하지만 그날 이후 내가 한쪽만 귀고리를 한 적도, 남편이 맨바닥에 나를 넘어뜨린 기억도 없는 걸 보면 우리는 그 이야기를 잊었던 것일까.

아직은 쓸 만하다. 조금 처지긴 했지만 가슴은 살집이 붙어 있어서 풍성해 보이고, 약간 튀어나온 아랫배는 오히려 육감적으로 보인다. 샤워기를 들이대자 비눗물이 몸을 간질이며 바닥으로 떨어진다. 손바닥으로 미끌미끌한 몸을 쓸어 댄다. 내 의지와는 상관없이 몸이 저 혼자 꿈틀꿈틀 살아 움직인다. 나는 샤워기에서 떨어지는 물방울에 몸을 완전히 맡겨 버린다.

샤워를 마치고 욕조를 나온다. 그러나 나는 벗어 놓은 내 옷은 쳐다보지도 않는다. 거울 속에는 묘한 흥분으로 부풀어올라 두 볼마저 상기된 여자가 서 있다. 리모컨으로 음악을 넣는다. CD의 표지에는 모차르트라고 적혀 있다. 첫 번째 곡은 아이네 클라이네 나흐트무지크다. 어디선가 자주 듣던 곡이지만 이름이 이렇게 긴 줄은 몰랐다. 나는 음악을 따라 고개를 천천히 좌우로 젓는다.

독일제 빨간 범랑 주전자에 물을 올리고 믹스 커피를 한 봉지 탄다. 커피잔은 기분에 따라 달라진다. 오늘은 장미가 그려진 영국제 커피잔을 쓰기로 한다. 도자기로 만들어진 커피 스푼은 잔에 닿을 때마다 달각 달각 소리를 낸다. 방울 달린 말을 타고 달리는 것처럼 그 소리는 명쾌하다. 일회용 커피에 설탕 한 스푼을 더 넣는다. 커피는 사탕처럼 달콤해졌다.

벌거벗은 채로 커피잔을 들고 침대에 걸터앉아 아끼듯이 조금씩 커피를 마신다. 커피는 이 순간 세상을 살아가는 유일한 이유인 것처럼 느껴진다. 사이드테이블에 커피잔을 놓고 담배를 한 대 피워 문다. 폐 깊숙이 연기를 빨아들인다. 폐를 지나 오장육부를 거쳐 뼛속까지 연기가 스며든다. 뇌를 한 바퀴 돌고 나온 연기가 머릿속에 어지러이 널려 있던 모든 것들을 감춰준다. 나는 다시 한 번 깊숙이 들이마신다. 연기가 발톱 끝까지 진군한다. 완벽한 혼자만의 시간이다. 누구에게도 방해받지 않는 시간. 일부러 맞벌이 부부의 집만 고집한 것은 그런 이유에서였다. 때밀이를 그만둔 것은 정말 잘한 일이었다.

목욕탕에 오는 대부분의 여자들이 귀고리를 하지 않지만 여자는 여전히 한쪽만 귀고리를 하고 나타났다. 하지만 나는 여자의 이름을 묻지 않았다. 여자의 이름을 내 귀에 담는 일이 두려웠다. 묻지 않는 한, 그녀가 남편의 여자였다는 증거는 어디에도 없었다. 귀고리 한 짝과 옛날에 알던 사람이 살던 아파트로 이사 왔다는 이유만으로 여자의 등짝에 주홍글씨를 새길 수는 없는 일이다. 하지만 여자가 올 때마다 내 몸은 굳어졌고, 먹이를 앞에 둔 맹수처럼 손톱이 날카로워졌다. 지압을 하느라 가느다란 목덜미를 누를 땐 의식적으로 손가락에 힘을 빼느라 애를 써야 했다. 미끈한 여자의 등과 볼록하게 솟은 가슴이나 검은 숲을 이룬 아랫도리를 밀면서 나는 나 자신도 어찌해 볼 도리 없는 질투심에 사로잡히고, 출산을 앞둔 임산부처럼 초조해졌다. 아무래도 목욕관리사 일을 그만두어야 할 것 같았다.

여자는, 내가 아랫입술을 꽉 깨물고 이사를 나왔던 성은아파트에 살았다. 나는 5층 베란다를 올려다보며 주머니 속에 든 팔찌를 만지작거렸다. 팔찌는 여자 것이다. 지난주에 여자가 왔을 때 그녀의 옷장 속에서 팔찌를 훔쳤다. 여자는 팔찌를 잃어버렸다고 한바탕 소동을 벌였으나 찾을 수 없었다. 귀중품은 카운터에 맡기라는 글귀를 따르지 않은 실수에다 다른 손님들이 도둑으로 몰린 것을 억울해하였으므로 여자는 쫓기듯 집으로 돌아갈 수밖에 없었다.
나는 벨을 눌렀다.

"아줌마가 여긴 웬일이세요?"

"이거 새댁 꺼 맞죠?"

"어머, 이거 어디서 났어요?"

여자가 나의 손을 마주 잡았다. 그녀의 얼굴은 예기치 않은 기쁨
으로 거의 울 지경이었다.

"청소하다가 찾았어요. 옷장 사이 틈에 끼어 있더라구요."

여자가 나의 손을 잡아끌었다.

"아니, 이럴 게 아니라 잠깐 들어오세요."

여자의 집은 온통 흰색이었다. 하얀색 벽에 미색 소파, 그리고 소
파와 같은 색깔의 커튼이 드리워져 있었다. 호들갑을 떨며 여자가
주스를 가지고 왔다.

"이거 결혼예물이거든요. 잃어버리고 얼마나 속상했는지 지금까
지 한숨도 못 잤어요."

나는 고개를 끄덕였다. 여자가 고개를 뒤로 젖히고 깔깔 웃었다.
목젖이 훤히 보이도록 입을 크게 벌린 여자는 행복해 보였다. 결혼
예물과 옛 애인의 선물을 번갈아가며 하고 다니는 여자는 그 모두
를 소유할 수 있어서 더욱 행복해 보였다. 나는 벽의 삼분의 일을
차지하는 대형사진을 보았다. 결혼사진이었다. 남자는 어딘지 모
르게 남편과 닮아 있었다. 특히 눈매와 얼굴선이 남편과 비슷했다.

"피곤하시죠?"

여자가 주스잔을 내 쪽으로 들이밀었다. 나는 잔을 받으며 다시 부부의 사진을 보았다. 오른쪽으로 약간 기운 듯한 사진 속의 남자를 보고 있자니 어쩐지 죽은 내 남편이 그곳에 있는 것 같았다. 남편이 죽었다는 것은 감쪽같은 거짓말이고, 몰래 이 집에 숨어 살고 있는 것은 아닐까.

"저 사진, 저 안 같죠? 수정을 너무 많이 해서 그런가 봐요. 다들 저 안 같다고들 해요."

여자가 급하게 호주머니를 뒤지더니 핸드폰을 꺼내었다. 아마 진동으로 해 놓은 전화가 온 모양이었다.

"응, 자기. 오늘?"

여자가 나를 흘끔 보더니 핸드폰을 든 채 안방으로 들어갔다. 나는 자리에서 일어나 부부사진과 눈높이를 맞추었다. 남편은 죽었다. 무슨 상상을 하는 것인가. 나는 베란다로 눈을 돌렸다.

베란다 빨래건조대에 여자의 속옷이 널려 있었다. 팬티들이 한 줄로 줄지어 늘어선 모습이 마치 여자의 풍성한 치모가 한 움큼씩 붙어 있는 것처럼 보였다. 나는 팬티 한 장을 걷었다. 팬티는 내 검은 망사팬티와는 다르다. 하얗고 오글오글한 레이스가 앞쪽에 세 줄씩이나 둘러져 있다. 여자의 통화는 금방 끝날 것 같지 않다. 안방을 할끔 쳐다본 나는 손에 잡히는 대로 팬티를 모두 걷어 가방 속에 넣었다.

웃음을 채 수습하지 못한 여자가 긴 머리를 틀어 올리며 거실로 들어섰다. 잔털 하나 없이 말끔한 여자의 겨드랑이가 시야에 들어

찼다. 갑자기 전신에 좁쌀 같은 소름이 돋았다. 나도 모르게 숨이 거칠어졌다. 죽이고 싶었다. 여자의 삶이 이 아늑하고 햇살 가득한 곳에 존재하고 있다는 것만으로도 이유는 충분했다.

　여자의 깍듯한 배웅을 받으며 그 집을 나서면서 나는 가방 속에 든 여자의 부드러운 팬티를 만지작거렸다. 505호. 그녀의 집 우편함 속에서 나는 오래전에 내 머리 속에 새겨 두었던 '윤서'라는 이름을 발견했다. 그녀의 성은 박씨였다. 박윤서.

　옥상 빨랫줄에 빨래를 널면서 여자의 팬티 하나를 함께 널었다. 노인은 가장 야하고 예쁜 팬티만 훔쳐간다. 다음날 여자의 팬티는 노인의 쪼그라진 성기에 싸여 있을 것이다. 그날은 정말 오랜만에 단잠을 잤다. 꿈도 꾸지 않았다. 유림이 기집애가 온 줄도 모르고 나는 잠 속으로 빠져들었다.

　음악이 절정으로 치닫는다. 거울을 본다. 화장도 하지 않은 얼굴엔 군데군데 버짐이 허옇게 앉아 있다. 부챗살처럼 퍼진 주름이 눈가에 자글자글하다. 오늘 아침엔 스킨이 떨어져서 로션만 바르고 왔다. 로션은 바르는 즉시 피부 속으로 스며들었다. 유분기나 수분이라고는 찾아볼 수 없는 얼굴은 물을 들이부어도 젖지 않을 만큼 건조하다. 그 사막 위에 어울리지 않게 큰 입술이 부표처럼 떠 있다. 나는 입술을 만진다. 그리고 루주를 바른다. 립라인을 그리지 않아서인지 입술은 오래 삶은 어묵처럼 퍼져 보인다. 가만히 들여다보니 칼로 그은 듯한 자국이 루주 윗부분에 길게 생겼다. 입술의 거스러미 때문이다. 손바닥에 루주를 문질러 자국을 지우고, 뚜 껑을 닫는다. 루주만 바른 얼굴은 새로 떼를 입힌 봉분처럼 낯설고 슬프다.

화장대 서랍 안에 루주를 넣고, 아이섀도를 꺼낸다. 눈두덩을 황금색으로 퍼 바르고 짙은 브라운으로 포인트를 준다. 눈썹은 조금 길게 그린다. 질끈 묶은 머리를 풀어내려 빗질을 하고, 향수를 뿌린다. 독특한 향이 투명반구처럼 몸을 감싼다. 코를 매캐하게 하던 먼지내 대신 향수가 온몸으로 퍼진다. 처녀 때에도, 남편이 살아 있었을 때에도 향수는 사용해 본 적이 없다. 향수에 관심을 가진 적도 없다. 파출부 일을 시작했을 때, 호기심에 한 번 뿌려 본 것이 처음이었다. 향수 냄새는 밤까지 갔다. 그리고 새벽이 올 때까지 나는 그 냄새 때문에 잠들지 못했다. 아무 이유 없이 가슴이 두근거렸다. 외로웠고, 우울했고, 그리고 나도 모르게 뜨거워졌다. 뜨거워지자 남편이 생각났고, 어이없게도 여자도 함께 생각났다. 그녀를 먼저 버린 것은 나였다.

여자가 다시 목욕탕에 온 것은 이튿날이었다. 틀림없이 용건이 있어 찾아왔을 것이다. 나는 모른 척하고 때수건을 들고 여자에게 다가갔다. 여자의 얼굴은 불안해 보였다.

"오늘, 어떻게 또 오셨네요."

"아, 네. 뭘 물어볼 게 있어서. 혹시 저……."

"네?"

“우리집은 어떻게 아셨어요?”

“아, 그거요. 저번에 같은 아파트 아주머니랑 이야기 나누는 걸 들었어요.”

“아, 그래요? 전 또……, 제가 아주머니한테 이야기한 기억이 없어서…….”

“물어볼 게 있다고 하신 게…….”

“아, 아뇨. 그게 아니라……. 어제 팔찌 찾아 준 것 고마웠다구요. 고마웠어요. 그냥 모른 척할 수도 있었을 텐데.”

“모른 척하다니. 사람이 그러면 되나? 오신 김에 누우세요.”

오늘은 서비스로 씻겨 줄 참이었다. 빨래건조대에서 갑자기 사라진 일곱 장의 팬티 이야기를 꺼내지 않은 데 대한 보답이었다. 나는 정성을 다해 여자를 씻겼다. 겨드랑이와 항문과 국부까지, 발가락 사이사이와 팔꿈치와 발뒤꿈치가 반들반들해질 때까지 때수건으로 문대고 또 문대었다. 희고 창백한 그녀의 피부가 발갛게 달아올랐다. 하지만 나는 노란 때수건을 쥔 손에 힘을 빼지 않았다. 여자가 몇 번이나 인상을 쓰며 나를 보았으나 상관하지 않았다.

“아줌마, 이제 그만하셔도 될 것 같은데요.”

누워 있는 여자가 웃지도 울지도 못할 그런 표정으로 나를 보았다. 땀인지 물인지 모를 것들이 내 얼굴에서 여자의 몸으로 두둑두둑 떨어졌다. 서비스라는 때밀이의 호의를 차마 무시할 수가 없어서 꾹 참고 누워 있던 여자가 발딱 몸을 일으켰다. 여자의 얼굴은 핏기가 모두 빠져나간 것처럼 창백했다. 짧은 목례를 하고 휙 돌아선 여자가 자리로 돌아갔다. 아직 샴푸도 하지 않았다. 마사지도 하지 않았다. 그런데도 여자는 쫓기는 사람처럼 후다닥 목욕통을 챙기고 있었다. 입구에서 물을 한 바가지 뒤집어쓰고 있는 여자의 벌겋게 달아오른 등짝이 눈에 들어왔다. 덜컥 문이 닫히고 목욕탕 안에 짧은 침묵이 흘렀다. 뿌옇게 서리 낀 유리문 저쪽 편에서 여자가 물을 뚝뚝 흘리며 동상처럼 서서 이쪽을 보고 있었다. 여자는 이쪽을, 나는 그쪽을 보며 서로 마주 선 꼴이었다. 흐린 유리창 때문에 여자가 어떤 표정을 짓고 있는지 알 수가 없었다. 그제야 나는 여자가 나와는 아무 상관도 없는 사람일 것이라는 생각을 했다. 설사 그녀가 남편의 여자였다고 하더라도 이제 나와는 아무 상관 없는 사람이었다. 모든 게 부질없었다. 내 속에 오랫동안 들끓던 복잡하고 뜨겁고 미친 바람들이 그 순간 너무나 낯설고 하찮게 느껴졌다. 나는 이튿날 일을 그만두었다. 세상이 갑자기 내 앞에 무방비하게 드러누워 있는 것처럼 만만하게 생각되었다. 새 일자리를 찾는 건 그리 어렵지 않았다.

그의 회색 여름 양복에서 담배를 하나 더 꺼내 문다. 그리고 거울을 보고 귀고리를 단다. 거울 속에 불을 붙이지 않은 담배를 문 여자가 한쪽만 귀고리를 단 채 무표정하게 서 있다. 한쪽만 귀고리를 한 여자는 아까보다 훨씬 섹시해졌다.

서랍장을 열고 민숙 씨의 속옷을 고른다. 팬티와 브래지어와 거들과 속치마들. 민숙 씨는 속옷에 각별하게 신경을 쓰는 것 같다.

그녀의 몸을 보면 그런 기호는 자연스럽게 생각된다. 서른 중반이 다 되어 가는데도 그녀는 아직 군살 하나 없이 매끈하다. 속옷들은 정리가 잘 되어 있다. 위에 있는 것들은 비교적 점잖은 색깔이지만 밑으로 내려갈수록 요란하고 화려하다. 나는 서랍 아래쪽에서 노랑색 장미가 프린트된 팬티와 브래지어 세트를 꺼낸다. 가느다란 어깨끈과 가슴 부분이 그물 처리가 된 핑크빛 슬립도 꺼내어 몸에 대어 본다. 슬립은 촉감이 부드럽고 라인이 아주 잘 살아 있다. 속옷은 나에게 아무래도 사이즈가 작다. 억지로 입은 팬티와 브래지어 때문에 등과 골반 살이 불룩 튀어나온다. 그 위에 핑크빛 슬립을 입는다. 팽팽한 슬립은 속살을 더욱 자극적으로 드러내고 있다. 거울 속의 여자는 제법 미끈하다. 거울 속의 여자는 처음 보는 여자 같다.

그리고 나는 이 집 남자를 바라본다. 비록 사진이긴 하지만 일주일에 한 번 보는 그의 얼굴은 남편처럼 익숙하다. 익숙해진 남자의 얼굴은 오늘따라 초췌해 보인다. 내 안타까운 노력에도 불구하고 다음 주에 나는 깨어진 액자나 찢어진 와이셔츠를 쓰레기봉투에 넣어야 할지도 모른다.

나는 옷걸이에 걸린 남자의 바지를 본다. 바지는 구겨지고 먼지가 묻어 여기저기 얼룩져 있다. 문득, 나는 그의 바지를 뒤져 보기로 한다. 그의 바지주머니를 뒤지다가 나는 혀를 찬다. 포장이 구겨진 콘돔이 나온 것이다. 협탁 안의 것과 같은 상표다. 애인을 만나러 가는 날 아내가 사 놓은 콘돔을 들고 가다니. 쯧쯧. 콘돔이 그대로 있다는 것은 사용하지 않았다는 증거다. 발랄한 분홍가발과 뭔가 잘 되지 않는 것일까. 싸우다가 시간만 보내고 그냥 돌아왔다든지, 모텔주차장에서 여자가 얼굴을 감싸고 울어 버렸을지도 모를 일이다. 나는 거실벽을 가득 채운 가족사진, 식탁 위에 나란히 놓인 부부잔, 도자기 수저통 속의 금장 수저 세 벌, 색깔과 모양이 같은 칫솔, 지금은 낡아 버린 그들의 세트 잠옷을 바라본다. 속이 근질근질해 온다. 미칠 것처럼 근질근질해지는 것을 참을 수가 없다.

그렇다. 나도 이제 먼지를 싫어하는 여자로 살고 싶다. 문득 유림이년의 말이 떠오른다. 뭐가 겁나? 인생을 즐기라고. 그 맹랑한 것이 제법 그럴듯한 말을 했다.

민숙 씨의 외출복들은 오른쪽 장롱에 있다. 치마나 블라우스보다는 청바지나 몸에 딱 달라붙는 스판 티셔츠가 많다. 그녀가 손빨래를 부탁하며 내놓는 티셔츠들은 손에 쥐면 한줌도 안 되는 것들이다. 그런 것들은 내 취향이 아니다. 나는 캐주얼룩 속에서 이방인처럼 걸려 있는 에이라인 스커트와 시폰 블라우스를 집어 든다. 갈색과 베이지색이 줄무늬로 섞여 있는 블라우스는 민숙 씨 옷 중에서 내가 가장 맘에 들어 하는 옷이다. 블라우스의 단추를 끝까지 채우고, 주부합창단의 유니폼 같은 검은색 롱스커트에 다리를 끼운다. 치마는 조금 작지만 걱정할 건 없다. 후크단추를 약간 풀어 놓으면 된다. 벗어 놓은 작업복은 가지고 온 쇼핑백에 넣는다.

옷은 여러 가지 기분을 느끼게 해 준다. 간혹 환각작용을 일으키기도 한다. 미묘한 들뜸과 신비한 쾌감이 몸의 부분 부분을 깨워 일으킨다. 처음엔 어색하고 이상했다. 솔직히 말하면 빈방에서 알몸으로 서 있을 때의 기분과 같다고나 할까. 그래도 입고 싶은 욕망을 이기지 못했다. 아주 잠깐 동안이지만 내가 아닌 다른 사람이 되는 것 같았다. 그 은밀한 기분을 즐기는 것, 처음엔 단지 그것뿐이었다. 하지만 시간이 흐를수록 그 기분만으로는 즐거워지지 않는다는 것을 깨달았다.

나는 입었던 옷들을 다시 벗는다. 분홍색 속치마와 속옷까지 벗는다. 그리고 다시 민숙 씨의 서랍장을 열고 새 속옷을 고른다. 한 번 입은 속옷은 입지 않는다. 이번에는 좀 더 노골적인 다홍색으로 고른다. 나는 벌겋게 서 있는 여자를 보며 벌겋게 웃는다. 그리고 그 순간 결심한다. 남자가 쓰지 못한 바지 속의 콘돔을 쓰게 해야 겠다. 그게 내가 이 집을 완전히 삶는 일이 될 테니까.

나는 침대에 눕는다. 알 수 없는 열기가 몰려든다. 나는 간절하게, 남편을 용서해 주고 싶었다. 그가 살아 있을 때 나는 그것을 하지 못했다. 남편은 오로지 나에게 고통으로만 존재했고 고통은 나에게 독한 풀씨로 남았다. 그 풀씨는 점점 자랐고 빠르게 내 몸을 지배했다. 그런데 이상한 일이 일어났다. 윤서라는 여자를 만난 이후였다. 고통은 고통으로만 존재하지 않았다. 고통은 삶의 지렛대처럼 나를 지탱해 주었다. 고통을 뼛속 깊이 받아들이자 모든 것은 의외로 쉽게 풀렸다. 고통이 하나씩 해체되어 가슴에 와 닿으면 그것을 양파 벗기듯 하나씩 헤집고 또 헤집는 것이다. 종국에 가서 그것은 양파처럼 아무것도 아닌 것이 된다. 아무것도 아닌 것. 마치 진공청소기 속에 모인 먼지처럼 말이다.

이렇게 슬며시 잠들어 버려도 좋을 것 같다. 그렇게 되면 어떤 일이 벌어질까? 그런 경우를 상상해 본 적이 없다. 아니다 그럴 리가 없다. 상상해 보지 않았다니? 이렇게 남의 침대에 남의 여자 속옷을 입고 누워 그런 경우를 상상해 보지 않았다니. 나는 흐흠, 하고 웃는다. 이제 와서 비겁하게 나를 속이지 말아야 한다. 나는 그런 경우를 수없이 상상해 봤다. 모든 것을 용의주도하게 준비하지 않았는가. 나는 이런 날을 오래 기다려 왔다. 아니면 이 집 남자의 흔적들을, 그리고 이 집 여자의 흔적들을 그렇게 치밀하게 염탐하지 않았을 것이다.

어쩌면 남자가 나타나지 않을지 모른다. 그렇게 되면 나는 내일 아침 이 집 주인여자로 느긋하게 자리에서 일어나면 된다. 그러나 게임의 완성을 위해서는 이 집 남자가 가능한 빨리 등장해 주어야 한다. 어쩌면 남자는 지금쯤 회사에서 나오고 있을 것이다. 그는 지금 너무 피곤해서 운전대를 잡은 채 그냥 잠들고 싶어 한다. 하루를 떠올리면서 바깥에서의 위안이라는 것이 잠시 동안의 속임수라는 걸 깨닫고 있을 것이다. 남자는 지친 몸으로 집으로 돌아와서 거실 소파에 윗도리와 넥타이를 풀어 내던지고, 냉장고 문을 열고 물이나 주스, 혹은 캔 맥주를 마시며 텔레비전을 틀어 놓고 한참 늘어져 있다가 화장실에 다녀와서 어딘가에 전화를 하거나 받을 것이다. 그때 나는 벽 하나를 사이에 두고 만사태평으로 잠들어 있을지도 모르지만, 무슨 상관인가. 어쩌면 남자는 밤새 안방문을 한 번도 열지 않고 소파에 고꾸라져 그대로 잠들지 모르고, 잠든 그의 몸 위에 이불을 덮어 준다 해도 내 존재조차 느끼지 못할지 모른다. 그렇지만 아무래도 그가 안방 문을 열어 볼 확률이 더 높다. 깊은 밤, 안방문을 열었을 때 남자는 어떤 표정을 지을까. 그 표정을 절대 놓치지 말아야 한다. 바로 그 순간이 가장 드라마틱한 순간이 아니겠는가? 화려한 속옷차림으로 널브러져 있는 여자를 보고 입이 쩍 벌어지고 눈이 동그래진 그는 아마 혼이 쏙 빠져 버리겠지. 아니, 자신이 남의 집에 잘못 들어온 걸로 착각해서 주위를 두리번거리며 나가려 할지도 모른다. 그렇다고 내가 남자에게 당신은 집을 잘못 찾아온 게 아녜요, 하고 친절하게 설명해 줄 필요가 있을까. 그렇게 되면 게임은 재미없어진다. 왜냐하면 남자가 나의 뻔뻔함에 기가 막혀 놀라 자빠지는 순간이 이 게임의 클라이맥스가 될 테니까. 남자는 마침내 이 미친 여자가 누구냐고 고래고래 고함을 지르며 경찰에 신고라도 할 것처럼 수화기를 들 것이다. 그래도 나는 가만히 누워 있을 것이다. 남자가 나를 일으켜 세우고 거실로 끌고 나가 당장 꺼지라고 고함을 지르면 나는 아무 말도 하지 않고 쇼핑 가방 속에 있는 내 옷을 꺼내 입고 유유히 이 집을 나갈 것이다. 그러면 그만이다. 다시는 이 집에 올 일이 없을 테니까.

그러나 내가 지금껏 맡아 온 냄새로 판단하자면, 이 집 남자는 상황을 그렇게 최악으로 몰고 가지는 않을 것이다. 그도 세상 사는 일에 잔뜩 지쳐 있는 남자이므로 이 게임의 법칙을 금방 눈치 챌지 모른다. 분홍가발과도 민숙 씨와도 잘 되지 않는 그는 어쩌면 곧

사태를 파악하고 히죽거리며 슬며시 내 곁에 누울 것이다. 남자는 내 몸의 뜨거운 열기를 흥감해하며 한없이 부드러운 손길과 목소리로 내 게임에 적극 참가할 것이다. 그럴 때, 나는 처음으로 입을 열면 된다. 한없이 부드럽고 달콤한 목소리로 '걱정 말아요. 아무 걱정 하지 마.'

아아, 빨리 남자가 나타나 나를 발견해 주었으면 좋겠다. 내 몸이 과열된 전열기처럼 타올라 터져 버리기 전에. 제발.

토끼풀의 탄생

삼촌이 운영하는 당구장에 간다. 그곳의 녹색 펠트 천을 바라보고 있으면 마음이 차분해진다. 그래서 일이 없으면 자주 가는 편이다. 삼촌은 게임방이 난무하는 이 시대에 과감하게 옛날 오락에 목숨을 걸었다. 숙모의 갑작스러운 죽음이 삼촌에게 과거로의 회귀 본능을 일으켰는지도 모른다.

말기 간암 선고를 받고 막 투병생활을 시작하려 했던 숙모는 자살로 삶을 마감했다. 남은 사람에 대한 배려라고 하기에 죽음은 너무나 불친절했다. 수술은 이미 늦었다는 의사의 말을 그녀는 운명의 선고쯤으로 받아들인 것일까. 자신으로 인해서 남은 가족이 경제적으로 고통받을 것이라는 예상이 그녀를 온통 사로잡고 있었을지도 몰랐다. 하지만 그녀가 존재하지 않아서 삼촌의 인생이 총체적으로 위태로울 거라는 상상을 그녀는 하지 못했다.

　준비도 안 된 채 남겨진 사람은 남은 삶을 어떻게 처리해야 할지 몰랐다. 삼촌은 늘 허둥댔다. 뚜껑 닫힌 물병에 물을 붓거나 신발을 신지도 않고 엘리베이터를 탔다. 삼촌의 집은 빈 술병들이 낙엽처럼 굴러다니더니 순식간에 게으른 정원사의 정원처럼 지저분해졌다. 내가 가서 술병을 치우고 청소기를 돌려도 삼촌은 일어나지 않았다. 그러면 나는 엄마처럼 삼촌의 등을 끌어안아 주었다. 삼촌의 야윈 등은 지난밤의 불면을 고스란히 나에게 전해 주었다. 삼촌, 내가 있잖아. 이번엔 내 차례야. 내가 위로해 줄게, 걱정 마. 내 말에 삼촌은 신음 섞인 울음을 울었다. 꼭 폐선의 밑바닥에서 끌어올린 그물처럼 힘겨운 울음이었다.

　회사에도 나가지 않고 한 달째 그러고 있던 삼촌은 12년간 다니던 섬유회사를 그만뒀다. 그러더니 어느 날 문득 사라져 버렸다. 나는 기다렸다. 나는 삼촌이 돌아올 것을 믿었다. 그 언젠가 우리 둘에게 아무것도 남아 있지 않다고 느꼈을 때 나를 일으켜 세웠던 삼촌의 힘을 믿고 싶었다. 매일 삼촌 집에 갔지만 삼촌을 볼 수 없었다. 내가 할 수 있는 일은 고작 금붕어의 먹이를 주고 사흘에 한 번 어항의 물을 갈아 주는 일뿐이었다. 다시 한 달쯤 지났을까. 삼촌에게서 전화가 왔다. 퇴직금과 그동안 숙모가 무섭게 모아 온 적금을 모두 털어서 당구장을 인수했다는 것이다. '그냥 우연히 당구를 치러 들어갔지. 주인이 당구장을 내놓는다기에…….' 게임방이 열두 군데 있는 대학가 도로 앞 16층짜리 건물의 2층이었다.

　"왔니?"

　카운터에 앉은 삼촌의 얼굴은 지난번보다 더 초췌해 보인다. 숙모가 죽은 후로 삼촌은 몸집이 조금씩 줄어들고 있다는 생각이 든다. 하루에 20밀리미터쯤 피가 증발하고 100그램쯤 살이 분해되어 공중으로 날아가지 않을까, 나는 종종 그렇게 생각한다.

　"며칠 사이에 배가 또 불렀구나."

　"여긴 계단이 너무 많아. 숨이 차서 이젠 놀러오지도 못하겠어."

　당구장은 2층이라 엘리베이터가 서지 않는 데다가 3층 높이는 되어 보이게 계단이 많고 가파르다. 걱정스러운 표정으로 다가온 삼촌이 내 배에 손을 얹는다. 먼 해조음이라도 듣는 사람처럼 삼촌의 눈빛이 순간 아련해진다. 자궁 속 깊은 바다에 헤엄치는 아이의 몸짓을 고스란히 읽고 있는 사람 같다. 삼촌의 얼굴에 엷은 미소가 번진다.

　"아직도 일은 나가니? 배가 불러서 일이 힘들 텐데, 그냥 여기 와서 있으면 좋을 텐데."

　나는 고개를 젓는다. 삼촌과 내가 하는 이야기는 늘 똑같다.

　"담배 때문에 안 돼."

　당구장은 도심 속의 흡연실이다. 언제나 뿌옇다. 그 연기 속에 정물처럼 앉아 있는 삼촌을 보면 오래된 판화 같다는 생각이 든다. 상세한 묘사도 없고, 음영만 뚜렷하게 검정색으로 찍은 단색판화 말이다.

　나는 창가에 내놓은 탁자로 간다. 당구장 안에 손님은 40대쯤으로 보이는 아저씨들 한 팀뿐이다. 탄산음료를 홀짝거리는 아저씨한 명은 당구채 끝에 초크를 바르며 소리 없이 웃고 있다. 배가 나와 허리 뒤로 치는 것이 곤란한지 몇 번이나 포즈를 잡아 보던 다른 한 남자는 작정을 했는지 채를 앞으로 고쳐 잡고 이내 허리를 구부린다. 이로 담배를 문 채 숨을 멈추고 공에 집중한 그의 눈은 먹이를 앞에 둔 육식 동물 같다. 탐색과 집중, 그리고 포획. 그들을 보는 것은 흥미롭다. 담배 연기만 없다면 나는 매일 올지도 모른다. 저렇게 작은 사물에 빨려들 듯이 집중하는 사람을 보는 일이 얼마나 흥미로운지 그들은 알까. 당구공을 겨누고 있는 그 순간, 그들의 세상은 멈춘다. 숨소리조차 들리지 않는다.

탁자 위에는 낡은 잡지가 하나 놓여 있다. 잡지의 가장자리는 금속시계에 닳은 셔츠의 소매 끝처럼 해져 있다. 나는 잡지를 집어서 눈앞으로 가져간다. 고개를 숙이고 책을 들여다보는 일은 이제 하지 않는다. 배가 부르면서 자동적으로 그렇게 되었다. 나는 모든 사물을 그렇게 내 앞으로 끌어들인다. 발가벗긴 이라크 포로들을 피라미드처럼 차곡차곡 쌓은 옆에서 만면에 미소를 띤 채 포즈를 취한 미군 병사들의 모습이 잡지 가운데 실려 있다. 나는 잡지의 발행연도를 본다. 2004년에 발행된 잡지이다. 손님이 없을 때 삼촌은 아마도 잡지의 빈칸까지 모조리 읽어치울 것이다. 삼촌은 그렇게 과거를 되새김질하며 살고 있다. 오래된 도서관처럼 삼촌의 다락방에는 어지럽고 복잡한 과거가 빼곡히 전시되어 있다. 숙모는 큰 사건이나 사고가 나면 그 기사가 난 잡지나 신문을 항상 보관했다. 숙모는, 현재는 과거로 쌓은 집이기 때문에 과거를 잊으면 현재는 존재할 수 없다고 했다. 힘들고 괴로운 암투병이 현재가 된다면 미래는 있을 수 없고 그래서 자신의 죽음도 당연하다고 여긴 것일까.

나는 당구를 치는 아저씨를 향해 핸드폰을 들이댄다. '씨웅' 하는 소리와 함께 사진이 찍힌다. 순간은 삽시간에 저장된다. 어차! 배부른 아저씨의 기합에 무거운 당구공이 살짝 공중으로 뜬 듯한 착각이 든다.

당구장 카운터 옆에는 어항이 있다. 어항은 숙모가 죽기 한 달 전에 산 것이다. 어느 날 비닐봉지에 금붕어 다섯 마리를 넣은 노파가 와서 끈질기게 사라고 했다는 것이다. 하루 동안 금붕어들은 몸을 돌리기에도 좁은 빈 커피병 속에서 서로 복닥거리며 살았다. 숙모는 밤늦도록 잠도 자지 않고 그것들을 보고 있었다고 했다. 새벽에 깬 삼촌에게 숙모는 이렇게 말했다고 했다.

"당신에게 남겨 줄 게 어쩌면 하나도 없을까."

숙모는 아이 갖길 원했다. 가끔 삼촌은 배란기만 되면 니 숙모가 덤벼들어서 죽겠다고 내 앞에서도 고개를 절래절래 흔들곤 했다. 우리를 웃게 했던 그 농담은 이제 잊히지도 않고 남아 삼촌을 괴롭혔다.

당구장을 인수하고 난 뒤, 삼촌은 제일 먼저 집에서 어항을 가지고 왔다. 그리고 삼촌은 숙모처럼 쪼그리고 앉아 하루 종일 금붕어들을 바라보았다. 너무 바라보아서인지, 담배연기 때문인지 다섯 마리였던 어항 속 금붕어는 지금은 한 마리뿐이다. 한 마리를 바라보는 삼촌의 시선은 지나치게 익은 당근처럼 물컹해 보인다.

초등학교 3학년 때 내 부모가 한꺼번에 교통사고로 죽어 버렸을 때도 삼촌은 그런 눈을 하고 있었다. 그때 나는 부모가 죽은 슬픔보다 이제 혼자 남은 나를 위해 밥을 지어야 할 삼촌의 우울하게 젖은 눈이 무서웠다. 삼촌을 꽉 붙잡고 화장실도 못 가게 하며 내 곁에 있어 주기를 강요했다. 하루에도 몇 번씩 삼촌 팔을 잡고 몸을 벌벌 떨며 눈물을 뚝뚝 흘렸는데, 그것은 삼촌에게 책임감을 심어 주기 위한 나의 계략적인 행동이기도 했다. 부모가 죽어 버린 입양아의 운명적 삶이 얼마나 비극적일지 나는 온몸으로 느끼고 있었다. 이물질이 끼었을 때 핏줄이 얼마나 무섭게 변하는지 나는 알고 있었다. 핏줄로 똘똘 뭉친 친척이라는 이름의 그들이 처음 입양되어 온 여섯 살짜리 아이에게 거침없이 쏘아 대던 차가운 눈빛을 나는 여전히 기억하고 있었다. 밤에는 삼촌이 없으면 잠들지 못했다. 삼촌의 품속에 태아처럼 웅크리고 들어가면 나른한 봄날 춘곤증처럼 서서히 잠이 찾아왔다. 잠결에 나는 갓난아기처럼 삼촌의 젖꼭지를 찾아 물었다. 그러면 온몸의 작은 털까지도 편안해졌다. 내가 젖꼭지를 물고 있는 한, 절대로 삼촌은 나를 버리지 않을 거라는 확신이 있었다.

기억할 수 없지만 나는 한 번도 엄마라는 여자의 젖꼭지를 물어 본 적이 없다는 사실을 알았다. 그녀가 누구든 제 젖꼭지를 물렸다면 나를 추운 겨울날 보육원 앞에 갖다 버리지는 않았을 것이다. 모든 것이 비어 버린 채 버려진 나의 두려움을 삼촌은 이해하는 듯했다. 겨우 나보다 열한 살이 많을 뿐인 어린 삼촌은 엄마처럼 내

등을 두드려 주고 가끔 젖이 도는 여인처럼 가슴을 손바닥으로 슥
슥 쓸기도 했다.

하지만 나는 더 간절하게 바랐다. 앞으로 이 거친 세상에서 나를
지켜야만 하는 삼촌이 좀 더 전투적이고 화려해지기를 원했다. 그
것만이 내가 살 길이었다.

*

「나이가 들면서 시간이 빠르게 느껴지는 이유가 뭔지 아세요?」
「글쎄요.」
「노인들은 시간이 빠르다고 느끼잖아요. 그건 기억력 때문이래
요. 하루의 일부 기억을 잃기 때문에 하루 중에서 그만큼을 건너뛰
게 되는 거죠. 그러니까 시간이 빠르다고 느끼는 거예요. 젊을수록
기억을 많이 하니까 그만큼 시간이 느린 거고요. 그러니까 시간은
기억력과 상관관계가 있다는 거죠.」

카이로스의 말이다. 나는 키보드 위에 놓인 손가락을 움직이지
못한 채 가만히 있는다. 이 모든 것을 기억할 수 없으면 나는 엄청
난 시간을 건너뛰게 되는 것이다. 먼 훗날, 그가 아무것도 기억하지
못하게 되었을 때를 위해서라도 나는 이 시간을 찍어야겠다는 생
각을 한다.

배는 둥글다. 때로 약간 울퉁불퉁해지기도 한다. 나는 원피스의

단추를 하나씩 끄른다. 앞섶이 벌어진 원피스는 어깨끈을 내리기만 하면 바닥으로 주르륵 흘러내릴 것 같다. 하지만 어깨끈을 내려도 원피스는 바닥으로 흐르지 못하고 배꼽 위에서 척 걸쳐진다. 물이 가득 찬 물주머니처럼 말랑말랑하고 처진 젖가슴이 쑥 나타난다. 젖꼭지는 시간이 갈수록 색깔이 짙어진다. 분홍빛이었던 적이 있었는지 기억도 할 수 없다. 까만 젖꼭지는 정말 오디 같다. 나는 까만 내 오디를 만지작거린다. 오디를 먹어 본 적이 있다. 작년에 그와 함께 등산을 하다가였다. 짙은 초록이파리로 뒤덮인 제 키만 한 나무를 손바닥으로 짚으며 그가 물었다.

"뽕나무를 왜 뽕나무라고 하는 줄 알아?"

그는 많은 나무와 풀 이름을 알고 있었다. 어렸을 때 시골에서 자랐기 때문이라고 했다. 이름은 물론이고 그들의 특징과 차이점을 정확하게 파악하고 있었다. 백일홍과 과꽃을, 꽃무릇과 상사화를 어떻게 구분하는지, 개미취와 구절초가 어떻게 다른지를 그는 전문가처럼 진지하게 설명했다. 그럴 때 그는 무척 다정한 사람처럼 보였다. 스쳐 지나가는 동네 아이들 이름을 하나하나 알고 있는 친절한 동네 아저씨 같은 느낌이었다.

"그건 오디를 많이 먹으면 방귀가 잘 나와서 그래. 방귀나무라는 뜻으로 뽕나무가 된 거지. 조금 더 익어 새까매지면 맛있지만 이 정도도 괜찮아."

돌기가 울퉁불퉁하게 나 있는 흑자줏빛 열매 하나를 따 그가 내 입에 넣어 주었다. 달지도 쓰지도 않았다. 약간 시금털털한 편이었지만 혀의 세포를 자극하는 힘이 있었다.

"꼭 니 젖꼭지같이 생겼지?"

그가 오디열매를 후드득 땄다.

"오디는 이렇게 먹어야 돼. 어릴 땐 온통 입가를 보라색으로 물들이며 하루 종일 뽕나무를 찾아다니곤 했는데……."

그의 손바닥에 으깨진 오디가 파편처럼 묻어났다. 그가 손바닥 위의 오디를 남은 소주 마시듯이 입에 탁 털어 넣었다. 그의 손과 혀와 입술이 시커멓게 물들었다. 그것은 마치 빠져나올 수 없는 낙인처럼 보였다. 그래서 그랬을까. 길섶의 풀에 손을 비비는 그의 표정이 썩 좋지 않았다. 오디를 많이 먹어서 그랬는지 어쨌는지 그날 그는 섹스 도중에 방귀를 세 번이나 뀌었다. 그리고 내 기억이 맞다면 그날 결합한 난자와 정자는 오디 같은 작은 알을 만들었다.

배에 걸쳐진 원피스를 바닥으로 떨어뜨린다. 현재의 아름다운 몸을 영원히 남기고 싶다는 이유로 여자 연예인들은 누드사진을 찍는다고 한다. 하지만 내 몸이 어디 영원히 남기고 싶을 만한 물건인가. 뱃가죽은 갈라지고 터져서 소나무껍질처럼 선명한 무늬가 나 있다. 젖가슴은 축 처지고 까만 젖꼭지는 전혀 매혹적이지 않다. 몸매를 남기고 싶은 생각은 추호도 없다. 단지 나는 이 시간을 그에게 보여 주고 싶을 뿐이다. 팔을 쭉 뻗어 핸드폰의 화면을 배에 맞춘다. '찰칵'이라는 의성어 대신 '씨웅' 하고 바람을 가르는 소리가 난다. '찰칵'이라는 소리를 들으면 내가 몰래 나쁜 사진을 찍는다는 느낌이 든다. 그래서 바람소리로 바꾼 것이다. 사진을 저장하고, 전송 버튼을 누른다.

「전송하였습니다」라는 메시지가 뜬다. 전송하였단다, 아가. 나는 배를 쓰다듬는다. 아가는 내 말에 반응이라도 하려는 것인지 잠깐 동안 아주 격렬하게 움직인다. 마치 월드컵 경기장에서 터져 나오는 함성처럼 급하고 우렁차다. 성깔 있는 녀석이다. 나는 복부를 둥글게 오른쪽으로 문지른다. 녀석은 금방 수그러든다. 녀석이 내 말을 알아듣는 것이 틀림없다.

핸드폰과 컴퓨터를 연결하고 방금 찍은 사진을 블로그에 올린다. 사진을 올리기 시작한 것은 8개월이 되는 첫째 날부터다. 하루에 한 번씩 찍어 그에게 사진을 전송하고 나면 곧장 블로그에 사진을 올린다. 그러므로 사진은 오늘로 서른 개가 되었다. 컴퓨터 앞에 앉아 한 달간의 시간을 펼쳐 놓으면, 한 달 전의 일은 나에게 언제나 현재의 일로 성큼 다가온다. 블로그에는 벌써 어제 찍은 사진에 대한 댓글이 다섯 개나 올라와 있다. 그들은 여러 각도에서 찍은 내 배만 본다. 올라온 사진은 배뿐인데도 하루에 정기적으로 들락거리는 사람들이 있다. 조금 전에 올린 사진에도 벌써 댓글이 달린다. 댓글을 달아 준 사람은 카이로스다.

「배가 예쁘네요. 멋져요. 생명을 잉태한 몸은 그 자체가 예술이죠.」

카이로스의 댓글은 언제나 나를 감동시킨다.

나는 빈 자루처럼 바닥에 널브러진 원피스를 주워 든다. 원피스는 삼베처럼 까끌거리지만 동네 양품점에서 산 싸구려다. 그래도 나는 이 원피스가 좋다. 요란한 꽃무늬가 있고 가슴 부분에 주름이 져 있어서 브래지어를 하지 않아도 전혀 티가 나지 않기 때문이다. 나는 원피스의 어깨끈을 올리고 천천히 단추를 잠근다. 몸이 무거워지면서 행동이 많이 굼떠졌다. 가끔 옷을 벗고 있는 시간을 감지하지 못할 때도 있다. 오늘만 해도 옷을 벗은 채로 사진을 찍고, 사진을 보내고 블로그에 올리기까지 하지 않았는가. 행동이 느려지면서 나는 하루 스물네 시간이 아주 길게 늘어난 것 같은 착각에 빠지곤 한다.

*

　휴가철이다. 삼촌은 손님도 없는 당구장에 앉아 지나간 잡지를 뒤적거리며 앉아 있다. 에어컨도 켜지 않은 당구장은 담배연기와 지난밤 손님들의 체취가 뒤섞여 퀴퀴한 냄새를 풍긴다. 나는 창문을 활짝 열어젖힌다. 무더운 바람이 당구대 위에 가볍게 내려앉는다. 어딘가로부터 배제된 듯한 느낌을 주었던 당구장은 그제야 새로운 세상 속으로 편입되는 듯하다.
　"삼촌, 우리도 휴가 가자."
　나는 삼촌을 억지로 일으켜 세운다.
　"산이나 바다 말고, 사람들이 아무도 찾지 않을 만한 곳으로 가는 거야."

내가 그렇게 말하자 여기가 제일 사람들이 안 찾는 곳인데, 하고 삼촌이 웅얼거린다. 삼촌의 낡은 아반떼 승용차를 타고 우리는 다음 날 아침 일찍 출발하기로 한다.

아침부터 날씨는 찌는 듯하다. 간단한 짐이 든 가방을 뒷자리에 넣고 나는 조수석에 앉아 지도를 펼쳐 든다. 공룡을 보러 갈 참이다. 배가 불러서 산이나 바다로 갈 엄두는 아예 내지도 못한다. 한여름의 공룡박물관이라니. 무엇보다 그런 곳은 사람들이 없어 조용할 것 같다. 물론 그 이유 때문은 아니다. 나는 공룡이 보고 싶다. 단순한 과거가 아닌, 누적되고 퇴적된 과거는 어떤 모습을 하고 있는지 확인해 보고 싶다.

우리의 예상을 깨고 사람들은 많다. 아이들 손을 잡고 온 부모들이거나 현장체험학습을 나온 초등학생들이 대부분이다. 땀으로 뒤범벅된 그들의 상기된 얼굴은 공룡탐사대라도 된 듯 흥미진진해 보인다. 입장료를 내고 입구에 들어서서도 발자국을 보기까지는 한참을 걸어 들어가야 한다.

"공룡발자국이 아니라 정말 공룡이 있는 것 같아. 저 사람들 여기가 쥬라기공원이라고 생각하고 있는 거 아냐?"

내리쬐는 햇볕도 아랑곳하지 않고 사람들은 씩씩하게 걸어가고 있다. 내 말에 아무런 대꾸도 없이 삼촌은 그들 뒤를 묵묵히 따라간다. 부른 배를 안고 숨을 헐떡이며 걸어가고 있는 나를 안쓰럽게 바라보는 사람들도 있다. 임산부와 공룡, 어울리지 않기는 하다, 라고 나는 생각한다.

"약 1억 4,500만년 전 중생대 백악기의 공룡 발자국입니다. 지름 30cm 내외의 공룡 발자국들이 해변 양쪽의 바위에 찍혀 있는데, 그 흔적으로 미루어 2족 보행 공룡과 4족 보행 공룡들이 함께 서식한 것으로 추정됩니다. 이는 세계 어디서도 유래를 찾을 수 없다고 하죠."

초등학생 대여섯 명을 이끈 안내자가 아이들을 상대로 설명을 하고 있다. 나는 뒷줄에 서서 안내자의 말에 귀를 기울인다.

공룡은 바닥에 발자국을 남겼다. 엄청난 지각변동이 있었고, 지구 내부의 폭발도 있었다. 1억 년이 지나고 2억 년이 지나고 그것은 완벽하고 까마득한 과거가 되었다. 발자국을 들여다본다. 저렇게 큰 발을 가진 녀석이라면 보폭이 작을 리가 없다. 좁은 보폭으로 찍힌 것으로 보아 두 마리 정도일 것 같다. 둘이서 뭘 했을까. 사랑을 했을까. 그러다가 깜짝 놀랐을까. 쿵쿵거리고 다니며 놀라기도 하고 기겁을 하기도 하고 행복하기도 하고, 고독하기도 했을 것이다. 공룡의 발자국을, 움푹 팬 그 웅덩이를, 알 수 없는 그 깊이를 나는 가만히 들여다본다. 그때 갑자기 삼촌이 난간을 잡고 몸을 구부린다.

"삼촌, 뭐 하는 거야?"

"한 번 만져 보고 싶어서……."

나는 몸을 구부리고 있느라 저 혼자 공중에 떠 있는 삼촌의 팔을 가만히 잡는다.

"지나간 건 다 화석이 되는 거야, 삼촌."

몸을 바로 세운 삼촌이 고개를 끄덕인다.

이것은 다르다, 라고 나는 생각한다. 낯선 곳을 여행하고 느끼는 문화충격과는 차원이 다른 것이다. 과거가, 그것도 까마득한 과거가 사용설명서를 빠트린 복잡한 기계를 들여다볼 때처럼 막막해져 온다. 과거란 이미 알고 있다는 것을 전제로 하고 있다. 과거는 때로 낱낱이 파헤쳐지기도 하고, 누군가에 의해 분석되기도 하고 그래서 학생들에게는 암기해야 할 과제이기도 하다. 하지만 공룡의 자취는 역사시대가 아니라 선사시대에 일어난 일이며, 우리는 외우고 공부할 아무런 기록을 가지고 있지 못했다. 너무나 먼 옛날이 눈앞에 화석이 되어 나타났다는 사실을 나는 믿을 수 없다. 그냥 움푹 패고 지나갔을 공룡의 발자국이 수억 년을 지나면서 그 수억 년이라는 시간을 모두 포함하고 더욱 단단해져서 버젓이 현재를 구성하고 있다는 사실에 나는 경악한다. 역사의 유물은 후세에 길이 남겨질 의도로 제작되거나 만들어진다. 하지만 공룡이 이곳을 지나칠 때 그런 생각을 단 한 번이라도 한 적이 있었을까. 움푹 팬 구덩이 속에 감춰진 수억 년이라는 시간은 도대체 어떻게 해서 지금의 내게 이리도 선명하게 보여지는 것일까.

공룡을 보고 돌아 나오자 극심한 피로가 우리를 덮친다. 마치 중생대 백악기 어디쯤을 다녀온 듯한 기분이다. 우리는 진도까지 가려던 계획을 접고 집으로 돌아온다. 나는 나를 입양한 부모가 나를 버리고 죽어 버렸을 그때처럼 삼촌의 품속으로 파고든다.

나는 무섭다. 무참하게 나를 버린 부모, 그리고 어쩔 수 없이 나를 버려야만 했던 양부모, 그리고 당당하게 나를 버린 남자가 거대한 공룡의 발자국이 되어 나를 짓누른다. 삼촌마저 나를 버릴 것 같다. 눈사태가 시작되는 산 밑에 홀로 서 있는 기분이다. 나는 그 언젠가처럼 온몸을 떨어 댄다. 삼촌이 나를 안는다. 아이가 뱃속에서 갑갑하다는 듯 발버둥을 칠 때에야 삼촌과 나는 그 진동으로 서로를 껴안은 팔을 푼다. 우리는 잠시 서로를 본다.

배고파. 내가 말하자 삼촌이 자리에서 일어난다. 라면을 끓이는 냄새가 봄밤의 풀냄새처럼 향긋하게 공기 속으로 스며든다. 라면 먹어. 삼촌의 목소리가 꿈결처럼 아련하다. 응, 겨우 대답을 하고 죽음처럼 깊은 잠 속에 빠진다. 깨어났을 때는 여전히 밤이다. 삼촌은 없다.

컴퓨터를 켜고 메일 검색을 하던 나는 깜짝 놀란다. 무려 이틀이 지나 있다. 시간이 뭉텅 잘려져 나간 것이다. 계산해 보니 내가 잔 시간이 무려 스물일곱 시간이나 되었다. 꿈속에서 공룡을 보았던가. 그것조차도 기억이 나지 않는다. 그렇게 자는 것도 병이야. 그동안 비워 둔 당구장을 청소하고 왔다며 저녁이 다 되어서 들어온 삼촌이 말한다. 휴가 마지막 날이다. 선풍기도 틀지 않은 방은 후텁지근했으나 나는 이불을 목까지 끌어올리며 말한다.

"임신하면 원래 그래. 한기도 들고."

"정아야……."

내 이름을 부르고 삼촌은 아무 말도 하지 않는다. 그에 관해 말을 할 때면 으레 나오는 삼촌의 버릇이다. 얼마 전에야 삼촌은 내가 그와 헤어진 사실을 알았다. 숙모의 죽음에서 헤어나지 못하고 있는 삼촌에게 내 걱정까지 더해 주고 싶지 않아서 나는 일체 그와 나의 이야기를 하지 않고 있던 참이었다. 그를 꼭 만나 봐야겠다고 삼촌이 단호히 말했을 때에도 나는 고개만 흔들고 있었다. 내가 끝까지 침묵하자 삼촌은 체념하듯 말했다. 그럴 거면 니 얼굴에 있는 미련부터 지워. 그리고 그만해라. 너 힘들어. 이제 그만해.

이별하는 남녀들이 으레 그렇듯이 그는 헤어지기 두어 달 전부터는 만나기만 하면 괜한 트집을 잡고 싸움을 걸어왔다. 내가 좋아하지 않는 일을 일부러 하려고 작정을 한 사람처럼 매사에 어깃장을 부렸다. 한동안 내 전화를 끈질기게 피하던 그는 어느 날 다른 여자와 결혼을 하겠다고 통보했다. 나보다 훨씬 일찍부터 알고 지내온 여자라고 했다. 짧은 침묵이 우리 사이에 흘렀다. 잠시 후 그가 아무 일도 아니라는 듯 손톱의 거스러미를 떼어 내며 같은 회사 여직원이야, 라고 말했다. 그리고 생각할수록 짜증난다는 듯 인상을 확 찌푸리며 덧붙였다.

"내가 제일 싫어하는 꽃이 뭔 줄 아니? 토끼풀이야. 꽃이라고 핀 꼬락서닐 좀 봐. 동그랗고, 질기고, 볼품없고, 지저분하게 번식도 잘해 잔디를 죽이고 화단을 어지럽히기만 하지. 난 토끼풀만 보면 질려. 요즘 널 보면 딱 그래."

하고 싶은 말을 모두 쏟아 내 버린 그의 얼굴에 묘한 쾌감이 번졌다.

나는 그의 결정을 수긍했다. 하지만 전적으로 그의 방식에 따를 수는 없었다. 이미 오디 한 알이 내 몸속에 둥지를 튼 뒤였다. 그는 아이의 아버지이므로 당연히 궁금해할 것이라고 믿었다. 처음엔 카메라를 하나 장만해서 비디오를 찍을까 했다. 하지만 돈이 없기도 했고, 있다고 해도 아이가 항상 태동을 하는 건 아니어서 그 시간에 정확하게 맞추어 비디오를 찍기가 힘들 것 같았다. 핸드폰은 아주 성능이 좋았다. 찍고 바로 전송할 수 있으니 일석이조라 할 만했다.

전송을 하면 가끔 그에게서 전화가 왔다. 듣기엔 차분한 목소리다. 하지만 끓어오르는 화를 억누르느라 흥분한 그의 몸 전체가 광포한 주먹으로 변해 있을 것이라는 걸 나는 쉽게 상상할 수 있다.

"날 이런 식으로 협박해서 뭘 어쩌겠다는 거지?"

"그냥 알려 주는 것뿐이야. 내가 임신한 걸 몰랐던 것도 아니잖아. 난 니가 궁금할 거라고 생각했어."

"난 분명 내 의사를 밝혔어. 난 아이를 원치 않아. 이건 폭력이고 범죄야. 내 의사 없이 너 혼자서 낳겠다고 결정할 수도 없고, 만약 그랬다면 난 책임질 수 없어. 그럴 필요도 없고."

그리고 전화가 끊긴다.

다음 날 나는 다시 사진을 전송한다. 그런 일이 사흘쯤 반복되면 이성을 잃은 그의 목소리가 핸드폰의 숫자 사이로 숨겨진 빛처럼 터져 나온다. 여보세요, 라든가 나야, 라는 말을 생략한 채 발악을 하는 그의 목소리는 가히 폭발적이라 할 만하다. 그는 말한다. 어떻게 해서 사람이 살인을 하게 되는지 이해가 된다! 그 말을 들으면서 나는 제법 나쁜 여자처럼 목소리를 높여 깔깔거리고 웃는다. 그는 전화번호를 바꾸지 못한다. 그의 핸드폰 번호 1번에 내 이름이 아닌 낯선 여자의 이름이 있는 것을 몰래 훔쳐 본 날, 나는 당연히 그 번호를 저장해 두었다. 아내의 전화번호를 옛 애인이 알고 있다는 건 좋은 협박거리가 되었다. 쿨하게 그를 보내야 한다는 생각이었지만 나는 그러지 못하고 있었다.

그만하라는 말 대신 삼촌이 뒤에서 내 등을 안는다. 내 목 아래로 팔베개를 하듯이 삼촌의 오른손이 나온다. 삼촌의 손은 마치 내 목에 처음부터 붙어 있었던 몸의 일부분인 것처럼 익숙하고 자연스러워 보인다. 나는 삼촌의 손등에 내 손을 얹는다. 삼촌이 손을 뒤집는다. 삼촌의 손바닥에 사진이 놓여 있다. 사진은 바닥이 움푹 팬 자국만 나 있다. 마른 호수 같기도 하고 전쟁이 끝난 폐허 같기도 하지만 그것은 공룡 발자국이다.

"맞아. 지나간 건 화석이 될 뿐이야. 우린 그걸 보지만, 쉽게 놓지도 못하지만 정아야, 그건 아무런 힘이 되어 주지 않아."

삼촌의 왼손이 내 배를 감싸 안는다. 아이가 마치 제 애비에게 그러는 것처럼 팔딱팔딱 움직인다. 순간 삼촌의 손바닥에서 떨어진 공룡발자국이 방바닥으로 미끄러진다. 삼촌도 알고 있었다. 지나간 건 화석이 될 뿐이라는 것을.

*

　스마트폰이나 디지털카메라를 장만하시는 게 좋을 것 같네요, 라고 말해준 사람은 카이로스였다. 그가 말했다. 디지털카메라는 아주 매력적인 물건이에요. 편집기능과 삭제기능이 가장 큰 매력이죠. 편집과 삭제, 그 말은 매혹적이었다. 마치 하나의 파일을 편집하거나 삭제하는 것이 아니라 감정이나 꿈까지 내 마음대로 만들거나 삭제할 수 있다는 뜻으로 들렸다. 나는 과거를 현재로 보존할 수 있고, 마음에 들지 않으면 삭제하거나 편집도 가능하다. 얼마나 황홀한 일인가.

　배가 불러오고 있었으므로 일을 하기는 쉽지 않다. 하지만 일을 해야 한다. 모아 둔 돈으로 출산 후의 육아비를 어느 정도까진 해결할 수 있지만 비상시를 대비해야 한다. 그리고 디지털 카메라도 욕심이 난다. 내가 하는 일은 마사지 아르바이트이다. 배가 불러오자 피부관리실 원장은 손님들이 부담스러워한다며 일을 그만두기를 강요했다. 관리실을 그만두고 나니 할 수 있는 일이 없었다. 결국 하던 일이니 낫지 않겠나 싶어 아파트 게시판에 마사지 광고를 붙여 두었다. 경비가 먼저 발견하고 광고지가 뜯겨져 나가는 경우도 있지만 가끔씩 전화가 왔다.

　전화가 오면 그 집으로 찾아간다. 시설은 부족하지만 전자레인지와 씻을 수 있는 물만 있으면 그런대로 마사지를 할 수 있다. 소파나 침대에 손님이 눕고 내가 머리맡에 의자를 두고 앉으면 작업

120

이 그리 불편할 정도는 아니다. 간단한 두피마사지를 하고 클렌징과 핸들링이 끝나면 콧구멍을 제외한 얼굴에 두툼하게 팩을 바른다. 주변은 순식간에 고요해진다. 입과 눈이 봉쇄된 집주인 여자는 볼 수도 말을 할 수도 없기 때문이다. 거실 한 구석 화분에 심어진 산세베리아가 자라는 소리까지 들릴 정도의 고요가 찾아오면 나는 얼른 TV를 켠다. 눈이 보이지 않으면 자연히 청각이 예민해질 수밖에 없다. 완전히 잠들 때까지 그녀들은 내 행동에 모든 주의를 집중시킬 것이다. TV 소리는 나의 움직임을 완벽하게 숨겨 준다.

내가 보는 것은 주로 홈쇼핑이다. 내가 홈쇼핑 광고를 선호하는 것은 그들이 쉴 틈도 없이 일정하게 떠들어 대기 때문이다. 눈과 얼굴에 석고나 수분팩을 얹어 둔 여자들은 홈쇼핑 광고를 자장가 삼아 낮게 코를 골기 시작한다. 여자에게 첫눈 같은 달콤한 잠이 쏟아지는 것이다.

나는 발소리를 죽이고 거실 장식장 앞으로 다가간다. 여자가 깊이 잠들었더라도 오늘은 꼭 조심해야 할 일이 있다. 지난주에 이 집에 처음 왔을 때 나는 거실 장식장 위에 놓인 유리사육장을 보았다. 꼬리를 늘어뜨린 노란 전갈 한 마리가 아주 느리게 나무껍질 위를 기어 다니고 있었다. 내가 가까이 다가가자 전갈은 위협적으로 등을 구부리더니 꼬리를 공처럼 말아 올렸다. 꼬리 끄트머리에 둥근 물방울처럼 생긴 침이 보였다. 뱀의 혀처럼 화려하고 유혹적이며 치명적인 침이었다. 그것은 나를 전율시키기에 충분했다. 내가 사육장 앞에 서서 눈을 떼지 못하자, 배가 나만큼 나온 주인아

주머니가 묻지도 않은 말을 자랑하듯 해댔다.

"이놈이 데스스토커라는 전갈이야. 이름도 아주 강렬하지 않아? 이 노란 집게발 좀 봐. 정말 눈부시게 아름답지? 아름다움 속에 이 놈의 독한 속성이 숨어 있어. 하지만 아름다움에 속으면 안 되지."

"하, 한 놈인가요?"

나는 전갈에게 이미 물린 사람처럼 몸에 독이 퍼져 나가는 듯한 느낌에 사로잡혔다.

"아냐, 여섯 마리야. 나무껍질 밑이나 돌멩이 밑에 있을 걸. 모래 속에 굴을 파기도 하고 말야. 애들은 야행성이야. 낮에는 자거나 숨어 있어."

데스스토커? 죽음의 추적자?

"얘 꼬리 좀 봐. 이렇게 꼬리가 두껍게 발달되어 있는 이런 놈이 독이 센 놈이야. 대신 집게발이 작지. 얘의 매력은 사냥할 때야. 집게로 이리저리 어르다가 독침을 푹 찔러 넣지. 독이 먹이의 몸에 서서히 퍼지기 시작하지. 자신의 독에 마비된 먹이를 그때서야 먹기 시작하는 거야. 사냥 포스가 아주 죽여줘. 그걸 보고 나도 완전 반했다니까. 잔인하고 아름다워. 위험해서 매력적인 놈이야. 전갈 중 최고지. 최고의 독침으로 조용한 전투를 치르는 거야. 남편이 입버릇처럼 그래. 이런 치명적인 독을 가지고 있는 여자가 있다면 하룻밤 같이 자고 죽어도 좋겠다고 말야. 호호호."

여자가 경망스럽게 웃었다. 나는 웃지 않았다. 전갈의 노란 꼬리가 나를 향해 빳빳하게 세워졌다. 유리 뚜껑을 뚫고 내 심장을 향

122

해 쏘아 올릴 것 같은 기세였다. 가슴이 터질 것 같았다.

"나, 나오진 않나요?"

"나오면 큰일 나지. 저게 얼마나 독성이 강한 놈인데. 독 품어 올리고 있는 저 노란 꼬리 좀 봐. 먹이 줄 때마다 남편도 긴장하거든."

그날 나는 마사지를 하면서 처음으로 주인 여자가 켜 놓은 텔레비전을 껐다. 전갈의 숨소리, 발소리까지 듣고 싶어서였다. 그놈은 나를 현기증 나게 했다. 먼 시간 속을 독하게 헤쳐 온 강인한 그 무엇처럼 데스스토커는 일주일 동안 나를 흥분시켰다.

나는 홈쇼핑의 볼륨을 조금 더 높인다. 그리고 사육장의 뚜껑을 열고 준비해 간 긴 핀셋으로 전갈을 들어올린다. 꼬리 부분을 집어 유리병에 넣는다. 잠깐 유리와 핀셋이 부딪히는 소리가 나긴 했지만 홈쇼핑 소리가 넉넉하게 잡아 흡수시킨다. 그러고도 시간은 남는다. 나는 무릎을 세우고 앉아 홈쇼핑을 본다.

스팀타월을 만들기 위해 수건을 물에 적셔 짠 후 전자레인지에 돌린다. 희한하게도 코를 골면서 자던 여자들은 전자레인지가 땡 하는 소리에 움찔하며 깨어난다. 잘 마른 석고팩은 무거운 가면 같아서 절대 스스로 떼어낼 수 없을 것처럼 보인다. 여자는 내가 얼굴에 손을 댈 때까지 얌전하게 기다린다.

여자의 남편이 오면 데스스토커가 한 마리 없어졌다는 것을 알게 될까. 아마 자기들도 모르는 사이에 사육장을 빠져나갔다고 생각할 것이다. 전갈이 없어졌다는 사실 앞에서 그들은 매 초 긴장과 흥분과 불안 속에 살게 될 것이다. 짜릿한 상상이다.

*

당구장 입구에 경광능이 켜진 경찰차 한 대가 서 있는 것이 보인다. 경찰차는 삼촌과 어울리지 않지만, 당구장과는 왠지 어울려 보여서 걱정이 된다. 나는 숨을 헐떡이며 당구장의 계단을 급하게 오른다. 당구장 안에는 두 팀이 당구를 치고 있다. 삼촌은 탁자에 앉아 경찰과 마주보고 있다.

"그러니까 그 학생은 그냥 당구만 치고 돌아갔다는 이야기입니까?"

"네."

"혼자 와서 말이지요?"

"그게…… 제가 손님하고는 잘 안 치는데……, 혼자서 공을 치는 모습이 안돼 보여서…… 한 게임은 저하고 쳤죠."

"칠 때 뭐 좀 이상한 기미 같은 건 없었나요? 누구 때문에 죽고 싶다던가, 고민이 있어 보인다든가……."

"전혀요. 그냥 아무 말도 하지 않았어요. 기억나는 말도 두서너 마디 정도인걸요."

"당구는 잘 치던가요?"

삼촌이 아무 대답도 하지 않고 경찰의 입을 빤히 쳐다본다. 경찰도 그 질문이 적당치 않다고 생각했던지 버릇처럼 고개를 끄덕이

124

며 시선을 피한다. 수첩에 이것저것 적어 넣던 경찰이 건성으로 거수경례를 붙이며 나가는데도 삼촌은 내다보지 않는다. 나는 경찰이 앉았던 의자를 끌어당겨 앉는다.

"오전에 여기 와서 당구를 치던 애가 죽었어. 당구장을 나간 뒤에 건물 옥상으로 올라가서 말이야."

삼촌이 웅웅 울리는 듯한 목소리로 말을 한다. 우리는 한참을 침묵한다. 손님들도 입을 다문다. 당구장 안은 그저 공과 공이 부딪히는 소리, 당구채가 공을 치는 소리만이 담배연기처럼 가득 들어찬다. 잠시 죽음이 삼촌 몸을 통과해 지나가는 듯한 착각이 인다. 밥때가 되었는데도 삼촌은 저녁 먹자는 말을 하지 않는다.

몸이 무거웠지만 나흘 뒤 나는 다시 당구장에 간다. 죽음을 바라보는 사람들의 각도는 여럿이겠지만, 나는 자살이라는 죽음의 유형 앞에서 맨 먼저 삼촌을 떠올린다. 죽음은 산 자에게 엄청난 상실이겠지만, 자살은 살아 있는 자의 모든 것을 유실시킨다. 출산예정일이 이틀 남았지만 나는 삼촌을 만나야 한다는 생각에 사로잡힌다. 삼촌마저 잃게 된다면 나는 이 세상을 쿵쿵거리며 살아갈 자신이 없다.

삼촌은 당구를 치고 있다. 삼촌 말처럼 삼촌은 좀처럼 손님과 당구를 치지 않는다. 그런데 삼촌은 엊그제 죽은 학생에 이어 다시 손님과 당구를 치고 있는 것이다. 얼마나 당구에 열중하고 있는지 삼촌은 내가 들어서는데도 눈길도 주지 않는다. 실내에 에어컨이 켜져 있는데도 삼촌의 이마는 땀으로 젖어 번들거린다. 마치 목숨을 담보로 내기당구라도 치는 사람처럼 신중하고 심각한 얼굴이다. 나는 삼촌이 치는 당구테이블 옆 의자에 앉아 금방이라도 아이가 따박따박 걸어 나올 것 같은 배를 감싸 안는다. 과도할 정도의 집중은 삼촌만 하고 있는 것이 아니다. 정리되지 않은 수염이 덥수룩하게 난 삼촌의 상대편 아저씨도 마찬가지다. 며칠 잠도 못 잔 사람처럼 초췌한 아저씨의 눈은 핏발이 서서 무섬증이 일 정도다. 두 사람은 침묵한다. 몸을 옮길 때에도 발소리가 나지 않는다. 초크 묻힌 당구채를 당구대에 탁탁 치는 일도 없다.

아저씨가 이겼다. 모르는 내 눈에도 아저씨는 당구를 꽤 잘 치는 것처럼 보인다. 삼촌이 정중하게 인사를 한다. 아저씨는 목례를 하고 당구장을 나선다. 얼핏 그의 눈에서 엷은 물기 같은 것을 본 것 같다. 갑자기 삼촌이 그를 불러 세운다. 아저씨가 말 잘 듣는 아이처럼 다시 당구장으로 들어선다. 그의 얼굴은 눈물로 범벅이 되어 있다. 삼촌이 아저씨를 껴안는다. 아저씨의 등을 감싸 안은 삼촌의 손이 가만가만 움직인다. 아저씨가 어깨를 들썩이며 울기 시작한다. 며칠 동안 참았던 눈물이 목구멍 언저리에 겨우 붙어 있다가 쏟아져 나오기라도 한 듯 아저씨는 꺼이꺼이 소리 내어 운다.

"바쁘다는 핑계로 아이를 팽개쳐 두었습니다……."

아이가 외롭게 학교생활을 한 것을 모른 척했다고, 3주 전에 힘들다고 전학 가고 싶다고 이야기했었는데 그냥 지나쳤다고, 심지어 아이에게 소리쳤다고, 너한테 문제가 있는 거라고…… 아이에게 숨 쉴 틈조차 막아 버린 거라고……, 아이를 사랑하는 방법을 몰랐다고, 오열한다. 삼촌이 그의 손을 잡는다. 열꽃이 핀 것처럼 얼굴이 벌겋게 달아오른 아저씨가 다 닦아 내지 못한 눈물을 얼굴에 주렁주렁 매단 채 몸을 돌린다. 삼촌이 문을 열어 준다. 오래오래 삼촌은 아저씨를 배웅한다.

삼촌이 돌아선다. 삼촌의 뒤에서 당구장 유리문이 널을 뛰듯 흔들리고 있다.

"저 아저씨 누구야?"

"두 사람이 너무 닮아서 부자지간이라 말하지 않아도 한눈에 알아보았지. ……당구 한 게임 칠 수 있겠느냐고 하는 거야."

"죽은 아이의 아버지?"

삼촌이 고개를 끄덕인다.

"아이에게 당구를 처음 가르쳐 준 사람이 바로 자기였대. 오늘 당구 한 게임 치고 나면……, 보낼 수 있을 것 같다고, 그래서 왔다고……. 그 말 듣는데, 내 몸 어디에서인지 모르지만 무슨 뿌리 같은 게 생겨나는 느낌이었어. 마치 무언가 잉태된 것처럼 힘이 생겼어. 아, 정말 열심히 당구 한 게임 쳐야겠다, 그런 생각이 드는 거 있지. 그래서…… 열심히 쳤어. 그런데 이상했어. 게임에 열중할수록 묘한 느낌에 빠져드는 거야. 결국 내 차례가 오고 나는 공을 쳐야만 했어. 쉬운 공이거나 어려운 공이거나 내가 그림을 그려야 했고, 각도를 만들어 내야 했고, 설사 길이 보이지 않는 공이라고 하더라도 어쨌든 내가 쳐 내야 했어. 정아야, 마치 태어나서 처음 당구를 치는 기분이었어. 정말 잘 치고 싶었어. 이렇게 집중한 건 처음이야."

"잘했어. 삼촌."

내가 삼촌을 향해 고개를 끄덕여 준다. 삼촌은 풍선처럼 터져 버릴 것 같은 얼굴을 하고 나를 보고 있다. 가끔 삼촌에게서 나에 대한 주체할 수 없는 애정을 느끼곤 하는데, 지금이 바로 그런 순간이다.

삼촌이 내 배에 손을 얹는다. 삼촌은 이 녀석을 정말 좋아한다. 언젠가 삼촌은 그런 말을 한 적이 있다. 니 배에 손을 얹으면 젖이 도는 것처럼 가슴이 찌릿찌릿해질 때가 있어. 얘가 태어나면 세계 최초로 남자의 젖꼭지에서 젖이 나오는 그런 일이 생길지도 몰라. 그 말을 생각하며 나는 웃는다.

삼촌의 어깨 너머로 어항이 비어 있는 것이 보인다. 어항은 당연히 비어 있을 것이다. 지난번에 왔을 때, 마지막 남은 한 마리가 물 위에 떠 있기에 손으로 잡아 화장실 변기에 버리고 물을 내려 버렸다. 보면 뭐라고 할 것 같아 삼촌이 잠깐 딴청을 피우는 사이에 그런 것이다. 오늘 오면 분명 어쨌냐고 물어볼 것 같았는데, 삼촌은 금붕어에 대해서는 일체 말이 없다. 버리지도 않은 물은 뿌옇게 흐려져 있다.

나는 화장실로 어항을 가져가 물을 버리고 수건으로 깨끗이 물기를 없앤다. 쇼핑백 속에 넣어 온 비닐봉지에서 모래를 꺼내 깐다. 모래를 좀 두텁게 까는 것이 좋다고 했다. 돌멩이들을 정원석처럼 군데군데 심는다. 은신처가 필요하다고 해서 작은 빈 화분을 눕혀서 모래 속에 반쯤 나오게 했다. 아파트 화단에서 주운 나뭇가지를 화분 옆에 비스듬히 세워 둔다. 플라스틱 가리개와 밥그릇, 페트병 뚜껑에 물을 적신 스펀지는 화분 앞쪽에 둔다.

이제 모든 준비가 끝났다. 병의 뚜껑을 열고 어항 속에 전갈을 넣는다. 전갈은 떨어진 자리에서 꼼짝도 하지 않는다. 뭔가를 탐색하는 분위기다. 나는 어항을 손가락으로 톡톡 건드린다. 전갈의 등이 휘어지며 꼬리가 말려 올라간다. 그렇게 해. 항상 그렇게. 나는 전갈에게 말한다. 그렇게 삼촌을 자극시켜 줘. 나는 삼촌의 시간들이 전갈처럼 화려하고 전투적으로 바뀌길 기도한다.

그날 밤 나는 꿈을 꾼다. 그를 만나 가족사진을 찍는 꿈이다. 사진 속에 그는 고개를 외로 돌리고 있다. 꿈속에서도 평소 그의 소원대로 그의 얼굴은 나오지 않는다. 새벽에 진통이 온다. 나는 삼촌에게 전화를 건다. 아, 아, 아, 그래, 그래 내 곧 갈게. 조금만 기다려. 조금만 기다리라고 그래. 허둥대는 삼촌의 목소리에서 기대와 설렘이 함께 느껴진다. 진통이 없는 잠깐 동안 핸드폰을 들고 사진을 찍는다. 핸드폰을 쥔 손을 눈앞으로 가져간다. 둥그런 배가 찍힌 화면이 빛무리처럼 환하다. 나는 카이로스가 한 말을 기억하고 있다. 편집과 삭제. 나는 시간을 건너뛰거나 버릴 수도 있다. 나는 핸드폰을 닫는다.

순간 내장을 훑어 내리는 듯한 고통이 아랫배를 짓누른다. 허리가 종잇장처럼 찢어질 것 같다. 아이는 강력한 방법으로 나에게 메시지를 전하고 있다. 나가도 되겠습니까? 나는 대답한다. 네. 드디어 젖꼭지만 하던 오디가 다 자랐다. 나는 아이가 전하는 메시지 속으로 빠져들어 간다. 동그랗고 질긴 토끼풀처럼 생긴 아이가 있는 힘을 다해 내 아랫배를 지그시 누르며 깊은 발자국을 찍어 대고 있다.

육포 냄새

　호주머니에 손을 푹 찔러 넣고 시내를 어슬렁거리며 걷는다. 옷
가게를 지날 때마다 쇼윈도에서 쏟아져 나오는 불빛이 살갗에 착
색되듯 달라붙는다. 빨간 체크무늬 모직 상의를 입고 있는 마네킹
이 유난히 내 시선을 사로잡는다. 상의는 엉덩이를 감싸지 못하고
댕강 올라가 짧지만 귀엽고 앙증맞다. 함께 코디한 목폴라 티셔츠
와 목도리가 눈처럼 희다. 바지는 짧은 검은색 반바지, 그리고 검은
색 스웨이드 부츠를 신었다. 겨울이 오려면 조금은 더 기다려야 하
는데, 계절을 앞서가는 쇼윈도는 언제나 나를 들뜨게 만든다.
　쇼윈도 앞에 한참을 서 있던 나는 자석에 빨려들 듯 매장 안으로
들어서고 만다. 한번 입어 보세요. 아까부터 나를 지켜보고 있었을
점원이 빨간 체크무늬를 들고 내 옆구리에 딱 달라붙는다. 밤색 롱
스웨터에 베이지색 스키니진을 입은 여자는 무척 세련되어 보인다.

짧게 커트한 머리가 제법 잘 어울리게 어른티를 냈지만 나이는 나와 비슷하지 싶다.

"이게 S명품 짝퉁이잖아요. 브랜드만 다르지 옷감하고 디자인은 똑같은 거라고요. 이거 한 장 남은 거예요."

나는 보풀이 일어 지저분한 내 겨자색 점퍼를 벗고 여자아이가 주는 옷을 받아 입는다. 옷은 나에게 꼭 맞다. 여자아이가 어머 하고 탄성을 지르며 호들갑을 떤다. 옷을 벗으며 슬쩍 가격표를 본다. 7만 5천 원. 가격표를 슬쩍 보는 나를 여자아이도 슬쩍 흘 겨본다.

"이거 입고 나가면 아무도 짝퉁이라고 안 할걸요. 마지막 한 장 남은 건데 꼭 하세요. 어울리지도 않는 다른 사람한테 파느니 잘 어울리는 사람한테 팔고 싶어요. 장사하는 사람도 그런 게 있다니 까요. 임자를 제대로 만나 팔면 얼마나 기분이 좋다구요."

나는 아무 말도 하지 않고 옷을 벗어 점원에게 주며 내 점퍼를 받아 입는다. 그리고 들릴 듯 말 듯 조그맣게 말한다. 둘러보고 올 게요. 여자아이의 얼굴에서 미소와 눈가의 잔주름이 일시에 사라 진다.

"그럼 그렇게 하세요. 다른 곳으로 가 봤자 이런 건 없어요."

가게문을 채 나서기도 전에 여자아이의 비웃음 섞인, 안녕히 가 시라는 말과는 전혀 다른 말이 내 뒤통수에 명중한다. 정확하게 어 떤 내용인지 확실치는 않지만 아주 기분 더러운 말이라는 건 틀림 없다. 다시 들어가서 머리를 확 쥐어뜯고 싶지만 상대방을 주눅 들게 하는 세련된 옷차림과 당당한 화법이 마음에 걸린다. 질 게 뻔해. 나는 나를 다독인다. 너한테도 복수하지 뭐. 너도, 내 유서에 한 줄 넣을 거야. 가난한 여고생의 자존심을 짓밟은 K옷가게의 숏커트 점원. 너 때문에 죽는다. 첨가한 유서를 떠올리자 기분은 한층 더 비감해진다.

나는 입을 꾹 다물고 머리핀, 곱창 고무줄, 귀걸이, 장갑들을 지나친다. 머플러와 레깅스와 휴대폰 고리와 매니큐어들도 지나친다. 넌 학생이 손톱에 그게 뭐니 하며 엄마가 눈을 흘겼던 때가 차라리 그립다. 돈이 사라짐과 동시에 질책도 사라졌다. 욕구는 늘어가고 욕망은 커졌다. 세상은 그 어느 때보다 많은 물건들로 넘쳐났고, 먹을 것들은 사악한 냄새를 피워 대며 콧구멍을 쑤셔 댔다. 그리고 못생긴 여자들이 잘생긴 남자의 팔짱을 끼고 지나갔다. 그 어느 때보다 자주.

나는 고개를 휙 돌린다. 금방 쇼윈도에서 보았던 것과 비슷한 빨간 체크무늬 상의를 입은 여자애가 짧은 목을 뒤로 젖히고 천박하게 웃으며 지나간다. 저것도 나보다 못생겼다. 뚱뚱하다. 키도 작다. 남자 팔에 제 팔을 억지로 끼워 넣고 매달린 여자는 웃느라 옆에 사람이 있는지 없는지도 모르고 내 팔을 턱 치고 지나간다. 아이 씨, 뭐야. 여자를 꼬나본다. 그런데 여자는 내가 자기를 꼬나보는 줄도 모르고 웃음을 날리며 지나가 버린다. 이런, 씨팔. 내가 날린 욕설은 어색하게 내 귀에 다시 꽂힌다. 모르는 욕은 없는데, 그 욕을 입 밖으로 낼 때의 발음은 왜 이리 어색해지는 걸까. 벼랑 끝

막다른 곳에서 폭발하는 언어가 바로 욕이다. 내 심장과 오장육부에 바르고 찔러 놓은 욕설은 쌓이고 쌓여 아름다운 욕의 산을 이룰 지경이다. 나는 침을 탁 뱉는다. 에이, 씨 여기까지는 아주 자연스럽다. 곧 익숙해질 것이다. 히어링이 되는데 스피킹이 안 된다는 건 시간이 좀 필요하다는 것이다. 그건 영어선생이 한 말이다.

나는 멀어져 가는 여자의 흔들리는 엉덩이를 본다. 그리고 그 자리에 선다. 벼룩시장을 비롯한 생활정보신문 전시대가 보였기 때문이다. 한쪽 지지대가 파손되어 지린내가 풍기는 벽에 부실한 어깨를 기댄 신문대는 6개월 전에 실직한 가장처럼 을씨년스럽고 초라해 보인다.

나는 신문 한 장을 집어 든다. 그리고 얼른 지하도로 내려간다. 지하분수대가 보인다. 마침 자동판매기 옆에 빈자리가 있다. 여고생 하나가 그곳에 앉아 있다고 해서 사람들이 쳐다보지도 않겠지만, 본다고 해도 친구를 기다리려니 할 것이다. 주변에는 늙은 노인 둘이 그림처럼 꼼짝도 않고 앉아 있다. 나는 차가운 의자에 앉아서 분수대의 물을 본다. 아무 의미도 없이 치솟았다가 떨어지는 물줄기. 그걸 보고 있으니 배가 고프다. 늦은 아침밥을 대충 먹은 이후로 목구멍에 알갱이 비슷한 거라도 넘긴 게 없다. 메고 있던 가방을 연다. 책 세 권과 노트 한 권, 3백 원짜리 화장지, 임자 없는 남의 휴대폰, 그리고 비닐봉투에 아무렇게나 구겨 넣은 육포. 열여덟 살 고딩이 가진 것은 그게 전부다.

나는 육포를 집어 든다. 육포는 엄마가 항상 노래방에서 가져온다. 육포는 엄마가 제일 좋아하는 안주다. 아니 어쩌면 제일 싫어하는 안주일지도 모른다. 노래방 안주상에 올라온 육포는 거의 엄마가 다 먹어치울 것이 뻔하다. 그러고도 모자라 남은 걸 구차하게 집에까지 갖고 오는 것이다. 그처럼 아버지에게 몸서리를 쳤으면서도 저게 저렇게 먹고 싶을까. 나는 그 점이 늘 의문스럽다. 육포만 보면 그렇게 죽고 못 살겠는 게, 그게 설마 아버지의 체취를 느끼고 싶어서는 아니겠지? 언젠가 그렇게 묻자 엄마는 내 말이 채 끝나기도 전에 술냄새가 폴폴 풍기는 입김을 뿜으며 코웃음을 쳤다. 미친년. 그놈의 육포, 누가 맛있어서 씹는 줄 아니? 미워서, 지긋지긋하게 미워서 씹는다. 외로워서라고, 사람이 그리워서 씹는 거라고. 육포를 씹으면 사람냄새가 난다고 이년아. 도대체 무슨 소린지 알 수가 없다. 엄마가 그러는 건 순전히 육포에 원한이 맺힌 탓일 게다.

지금 나는 그 육포를 씹는다. 처음에는 천천히 입속에 굴리다가 축축이 젖어 쫄깃쫄깃해지면 그때부터 어금니에 힘을 주고 꽉꽉 씹어 댄다.

엄마 말에 의하면 아버지는 대형마트 식품부 직원이었고, 엄마는 그 마트의 스무 개나 있는 계산대 중의 계산원이었다고 한다. 늦은 밤, 일이 끝나면 근처 공원 벤치에서 캔맥주와 육포를 씹으며 데이트를 했다는 것이다. 계산대 아가씨는 젊은 남자 앞에서 육포를 우적우적 씹어 대는 모습을 보이고 싶지 않았다. 하지만 식품부 담당

직원은 육포의 좋은 점을 읊어 대며 아가씨 코앞에 그것을 들이밀었다는 것이다. 씹어 봐요. 그저 입에 넣고 무심히 씹기만 하면 점점 단맛이 나거든요. 그러다 보면 나중엔 육포 중독자가 될걸요? 간단하게 단백질 섭취하는 데는 이것만큼 좋은 게 없어요.

그러면서 아버지는 어릴 때 부모님이 건어물 도매상을 했기 때문에 입에서 육포가 떨어지는 날이 없었다는 것, 대학 시절에는 자취방에서, 군대 시절에는 보초를 서면서 줄창 육포를 씹으며 보냈다는 것 등을 이야기했다. 자신이 남들보다 좋은 단백질을 섭취하고 건강한 치아를 가진 건 순전히 육포 탓이라는 것이다. 아버지는 또 순진한 계산원 아가씨에게 육포에도 철학이 있다, 육포의 인간학을 아느냐, 라는 말을 진지한 얼굴로 종종 했다고 한다. 즉, 처음에는 별게 아닐지 모르지만 자꾸 씹다 보면 육포처럼 점점 단맛이 나는 인간이 좋은 인간이고 바로 자신이 그렇다는 것이다. 늦은 밤 공원 벤치에서 부지런히 육포를 씹으면서 두 사람은 사랑을 했고 결국 결혼에 골인했다. 하지만 결혼 생활은 육포처럼 씹을수록 단맛이 진해지고, 먹을수록 입맛이 당기는 그런 맛은 아니었던 모양이다.

아버지는 외박인지 가출인지 모를 모호한 행위들을 종종 자행했다. 아버지 말로는 일상탈출이고, 엄마 말로는 무단가출이었던 그것들을 아버지는 1년에 서너 번씩 꼬박꼬박 실천에 옮겼다. 어쩌면 습관적으로 가출을 일삼음으로써 아버지의 부재를 일상화하자는 계략이었을지도 몰랐다. 그렇다고 모든 가출이 습관적인 것은 아니었다. 굳이 이름을 붙이자면 공식적으로 인정받은 아버지의 가출도 몇 건 있었다는 말이다. 주로 아버지의 사업이 참혹하게 실패하고 난 후, 채권자들에겐 비열한 도주이고 아버지에겐 단순한 도피였던 것들이다.

다리가 자유로이 조절되는 키높이 책상 사업을 하다가 망한 뒤 아버지가 도망간 건, 내가 초등학교 1학년에 막 입학한 뒤였다. 그때 빚쟁이들이 교실까지 찾아와서 하교하는 내 뒤를 몰래 밟아 엄마의 머리끄덩이를 잡고 흔들던 것을 아직도 나는 기억하고 있다. 그리고 내가 초등학교 5학년 때, 내 교육보험과 엄마가 몇 년 동안 착실히 모아 놓은 적금을 해약해서 돈과 함께 아버지는 또 사라졌다. 부엌 리모델링 사업을 하던 아버지가 빚쟁이들에게 내몰리자 잠적하겠다는 말도 없이 날랐던 것이다.

가끔 아버지가 잠적과 가출을 즐겼던 것은 아닐까 하는 생각을 한 적도 있다. 아버지의 모든 잠적과 가출에는 항상 여자가 있었기 때문이다. 잠적이 시작되면 늘 그랬지만 아버지의 휴대폰은 꺼져 있었다. 유일한 연락처가 먹통이 되어 버리기 때문에 소재 파악을 위한 엄마와 나의 수색 작업은 늘 지지부진했다. 어찌어찌 알게 되어 아버지의 연락처를 수소문해 찾아가면 사무실 경리여직원이나 거래처 직원, 때로는 술집여자가 아버지의 밥과 빨래와 마누라 역할을 지겨워 죽겠다는 얼굴로 하고 있었다.

가장 최근, 아버지의 새로운 사업 아이템은 육포였다. 왜 진작 그 품목을 생각하지 못했을까, 하는 안타깝기 그지없는 표정의 아버

지 얼굴은 발견의 기쁨으로 환하게 빛이 났다. 입에서는 금방이라
도 유레카, 라는 소리가 터져 나올 것만 같았다. 하지만 엄마와 내
생각은 달랐다. 항상 그랬지만 엄마와 내 관심은 이번에도 역시, 도
대체 '어디서 돈이 나왔을까'였다.

거의 모든 친척들의 돈을 갖다 쓴 아버지 때문에 친척들은 아버
지 전화는 물론이고 아예 엄마와 내 전화도 받지 않았다. 할아버지
와 할머니가 사시는 집이 경매에 넘어간 것도 아버지 때문이라고
했다. 운이 좋아 '거의 공짜'로 인수했다는 아버지 말을 곧이곧대로
믿지는 않았지만 어쨌든 오래된 시골 슈퍼집 같은 분위기의 육포
공장이 우리 앞에 나타났다. 하지만 물에 빠진 니 아버지, 튜브 잡
아 봤자 구멍난 거라고 말한 엄마의 예언처럼 공장은 고작 6개월
을 넘기지 못했다.

처음엔 도박판의 초장 끗발처럼 잘 돌아가 보였다. 그러더니 아
니나 다를까. 아버지의 공장은 수전증 걸린 마법사의 마술처럼 빠
르게 추락했다. 수입 쇠고기 광우병 파문으로 온 나라가 시끄럽더
니 안락사 주사 맞은 병든 소처럼 육포공장은 순식간에 내려앉아
버린 것이다. 광우병과 구제역에 걸린 소로 육포를 만든다더라 하
는 대한민국 네티즌 통신이 접수한 육포공장은 사실 '거의 공짜'가
아니라 아버지의 목숨 값이었던 모양이다.

아버지는 공장 창고 가장자리를 쭉 둘러 천장까지 팔리지 않은
육포를 쌓아 놓은 그 가운데서 목을 매고 죽어버렸다. 니 아버지
천장에 대롱대롱 매달려 육포처럼 꼬들꼬들하게 말라 가고 있더

라, 매정하긴 하지만 엄마의 표현을 빌자면 그렇다는 거다. 그날 엄마는 창고 천장까지 쌓아 놓은 육포를 헐값에 넘기고 남은 열 봉지를 집으로 가지고 와서 밤새도록 질겅질겅 씹어 댔다. 나는 얼굴을 있는 대로 찡그리고 벌레 보듯 엄마를 쳐다보았다. 그게, 죽은 아버지랑 일주일이나 같이 있던 건데, 그게 목구멍으로 넘어가? 라고 묻고 싶은 걸 나는 꾹 눌러 참았다.

임자를 모르는 휴대폰이 울린다. 한동안 잠잠하더니 정말 오랜만이다. 가방 안에서 휴대폰을 꺼낸다. 발신자는 마눌님이다. 나는 전화기를 들고 잠시 망설인다. 하지만 마눌님이 무슨 소리를 하는지는 조금 궁금하다. 나는 통화 버튼을 누른다.

"당신, 내가 용서하지 않아. 절대로. 죽여 버릴 거야. 각오해."

전화기에서 느닷없이 들리는 소리. 마눌님 목소리는 젖어 있다. 각오해, 라는 말을 끝내자마자 무겁고 짙은 숨을 푹푹 뿜어내기 시작한다.

"아니면……."

여자가 말을 잇지 못하고 숨을 내쉰다.

"내가 죽을 거야. 내가 죽어서 당신 가슴에 평생 없어지지 않을 죄책감을 만들 거라구. 용서 못 해."

헐, 이 여자, 나랑 같은 생각을 하고 있다. 나는 입을 떡 벌리고 전화기를 귀에다 바싹 댄다. 뚜뚜뚜. 전화는 곧 끊겨 버린다. 나는 끊어진 전화를 바라보며 생각에 잠긴다. 이 마누라 뭐지? 이 여자도 자살을 계획하고 있나. 이즈음 내 관심이 오로지 자살이라는 걸 알고 있기라도 한 건가? 손이 와들거린다. 배경화면에 아무 걱정도 없이 웃고 있는 아이를 가만히 본다. 그러다가 무슨 시한폭탄이라도 되는 것처럼 무음모드로 돌린 후 휴대폰을 가방 속에 처넣어 버린다.

그래, 나는 거의 2년 동안 자살을 꿈꾸고 있다. 아니, 이렇게 말하면 여고 2학년짜리가 너무 세게 나온다고 고개를 저을 것이다. 그럼, 표현을 바꾸자. 나는 2년 동안 자살에 대해 연구해 오고 있다. 자기 앞에 떨어진 절망의 무게가 도저히 감당이 안 될 때 사람들은 자살을 한다. 자기가 자기 자신을 죽여 버리는 것이다. 그런데 나는 그렇지 않다. 내 앞에 있는 환경이 감당하기 힘든 건 사실이었지만, 꼭 그것 때문에 자살하려는 것은 아니라는 말이다.

아버지가 죽고 내게 남은 것은 아무것도 없었다. 물질적인 것만 아니라 희망 또한 사라져 버렸다. 장례를 치르자 집주인이 기다렸다는 듯이 영수증을 들이밀었다.

"이 집 아저씨가 보증금 빼 갔어. 지난달에 내가 돈 구한다고 얼마나 힘들었는데! 전세 나갈 때까지만 기다려 달라고 해도 막무가내였어. 계약기간 지났으니 무조건 달라고 하는데, 이제 와서 윤아 엄마가 모른다니 무슨 소리야?"

아, 하는 소리가 엄마의 입에서 새어 나왔다. 곧 악을 쓰며 통곡할 엄마의 모습이 보기 싫어 나는 책가방을 들고 얼른 그 방에서 나와 버렸다. 내가 야자까지 마치고 집으로 왔을 때, 엄마는 방 한

가운데에 앉아 어둠 속에 더 짙은 어둠으로 찍힌 채 엎어져 있었다. 하긴 학교에서 나도 하루 종일 그렇게 앉아 있었다. 공부가 눈에도 귀에도 들어오지 않았다.

이모집에 석 달을 묵었고, 이모 돈을 빌려서 보증금이 싼 월세방을 구했다. 엄마 얼굴에는 퍼런 독기가 새싹처럼 새록새록 돋아났다. 엄마 말에 의하면 아버지는 모든 통장에 돈을 인출해 버렸으며 전세금을 빼 버려서 우리가 지금 부엌도 없는 방 한 칸짜리에 이사해 있을 수밖에 없는 신세라고 했다.

지가 없으면 내가 못살 줄 알아? 그동안 아버지 때문에 식당 주방 일부터 막노동까지 안 해 본 일이 없는 엄마는 이번에도 역시 그 노하우를 유감없이 발휘하는 듯 싶었다. 그러더니 어느 날인가부터 엄마의 화장이 짙어지기 시작했고 귀가시간이 늦어졌다. 그래도 자식한테는 켕기는 게 있었는지 공식적으로 직장이 노래방으로 바뀌었음을 밝힌 것은 불과 두 달 전이었다.

아버지가 있어서 풍족했던 적도 없었는데, 엄마는 그나마 내게 남아 있던 것들이 과대 포장지라도 되었던 것처럼 잔인하게 다 뜯어 버렸다. 제일 먼저 휴대폰이 해지됐다. 차비 외에는 아무것도 보지도 쓰지도 말 것, 필요한 책은 빌려 보고, 간식은 사 먹지 말고, 학원은 끊고, 급식비와 보충수업비와 등록금은 저소득층가정 신청을 해서 내지 않는 방향으로 담임과 의논하고, 대학은 어림도 없고, 미용기술이나 마사지를 배우겠다면 학원비는 줄 수 있고……

미래는 절망적이었다. 나는 쓰레기 같은 내 미래에 모욕감까지 느꼈다. 하지만 이런 일들 때문에 내가 2년 동안이나 자살을 고민한 것은 아니었다. 뭐랄까. 이 극한 상황에서 나는 뭔가 해야 한다고 생각했다. 그때, 그 생각이 떠올랐다. 나를 이 지경으로 내몬 세상에 대해 복수하자, 간단하게……. 나를 아는 사람들의 가슴에 지워지지 않을 상처를 남겨 주는 거다. 유서에 그 사람들의 이름을 나열하여 그 사람들이 죄책감에 떨며 살아가게 만드는 거다……. 아니, 우선 엄마를 철저하게 후회하도록 만들어 줘야 했다. 눈물을 철철 흘리며 딸에게 잘해 주지 못한 것을 두고두고 후회하게 만들어야 했다. 그래서 이리저리 뒤져 보았다. 고통 없이 간단하게 죽는 방법에 대해서 말이다.

하지만 죽는 것도 쉬운 일이 아니었다. 약국에서 미성년자에게 수면제를 팔 리도 없거니와, 처방전은 또 어디서 구한단 말인가. 떨어져 죽는 건 눈만 딱 감으면 될 것 같은데, 설사 백 분의 일이라도 죽지는 않고 다리나 팔이 부러지거나 뇌가 망가진 채로 남은 생을 살아야 한다면 그렇게 끔찍한 일이 또 어디 있을까.

한 번에 죽기 위해서는 아주 단호하고 철저한 계획이 필요했다. 최근 동반 자살이 많아지자 인터넷의 자살 사이트도 모두 폐쇄되었다. 세상이 나에게 도움이 되지 않았다. 그래서 어쩔 수 없이 자살은 유보되고, 유서는 또 한 줄 첨가되었다.

그런데 휴대폰 속의 이 여자, 마눌님도 나와 같은 생각을 하고 있다는 거다. 나는 헐헐헐 웃는다. 동지가 생겼구나. 좋다. 이 여자가

죽나 죽지 않나 지켜보자. 이 여자가 죽는 걸 지켜본 다음에 죽어
도 늦지 않으니까.

이 휴대폰은 엄마가 가지고 온 것이다. 보통 새벽 세 시면 집에
돌아오는 엄마가 그날은 네 시 넘어 들어왔다. 나는 엄마가 문 손
잡이를 돌리는 소리에 잠이 깼다. 그리고 육포 냄새와 술 냄새와
담배 냄새를 맡았다. 설핏 든 잠에서 깬 나는 실눈을 뜨고 어둠 속
에서 휴대폰 불빛에 의지해 훌렁훌렁 옷을 벗는 엄마를 보았다. 엄
마는 집에 들어오면 형광등을 켜지 않고 휴대폰의 폴더를 열어, 그
불빛에 의지해 옷을 벗고 이불을 펴고 몸을 움직였다. 처음엔 혹시
잠자는 나를 배려해서 그러나 하고 감동도 했다. 전기세가 아깝나
하는 생각도 했다. 하지만 둘 다 이유가 아니었다. 그날도 역시 휴
대폰을 열어 둔 채 옷을 벗다가 몇 초 후에 불빛이 저절로 꺼져버
리자 엄마는 고함을 지르기 시작했다. 만취하면 가끔 있는 일이었
지만 그날은 유난히 심했다.

"내 꼴을 어떻게 보란 말이야. 불빛에 훤히 드러나는 내 꼴을 정
말 못 보겠어. 이래 놓고 훌쩍 꺼져 버리면, 난 어떡하라고오—."

어떡하라고오 고오—, 고오—. 엄마가 몸을 비틀면서 비명을 질
렀다. 술을 너무 많이 마신 것 같았다. 나는 일어나 형광등을 켰다.
놀랍게도 엄마는 울면서 육포를 씹고 있었다. 나도 모르게 짜증 섞
인 소리가 튀어나왔다.

"엄마, 왜 이래? 정신 좀 차려! 아, 증말. 그거 좀 뱉을 수 없어? 지
겨워 증말."

“이년아, 니가 이 에미 맘을 알아? 못된 년. 내가 무슨 맘으로 이걸 씹는지 니가 아냐고, 이 심란한 맘을 아냐고!”

“심란하긴 뭐가 심란해? 술을 너무 많이 마신 거지. 그거 뱉고 빨리 잠이나 자.”

“오늘 꼭 니 애비 같은 인간이 왔더라. 혼자 와서 청승맞게 노래를 부르는데……, 니 애비 생각이 나더라.”

“웃겨 증말, 엄마 처지에 그런 감정, 사치 아냐?”

“이년아. 사치고 뭐고, 그런 건 모르겠고, 그런 거 따지고 싶지도 않고…….”

엄마는 횡설수설했다. 그러더니 갑자기 정색을 하고는 손바닥으로 얼굴을 마구 문질러 눈물을 닦아 냈다.

“니 애비 말이다. 니 애비를 죽인 게 내가 아닌가 싶다.”

아무래도 술이 과한 것 같았다. 아버지가 죽고 난 후 이렇게 수습할 수 없는 감정의 나락으로 떨어져서 내가 죽였니 어쩌니 하며 신파를 떠는 엄마 모습은 처음이었다.

“그때 전화만 잘 받아 줬어도…….”

“전화라니?”

“……공장이 부도가 났다는 거야. 잠시 잠적하겠다고 그리 알라고, 그 전화를 받는데 너무 화가 나는 거야. 또다시 원점이야, 아니 원점이 아니라 갈수록 더 나빠지기만 해. 미칠 것 같더라. 기가 차고 화가 나서…… 그만 뒈져 버리라고, 물에 빠져 죽든지, 목을 매고 죽든지 차라리 죽어 버리라고, 다신 집에 들어올 생각 말라고……, 패악을 쳤어."

"나라도 그랬을 거야. 그때……, 누군들 안 그랬겠어?"

"그래 놓고는 일주일 동안 계속 전화를 해 대는데 받지 않았어. 평소 집 나가면 전화 한 통 없는 양반이었다는 걸 그땐 내가 왜 기억 못했을까. 그렇게 전화를 해 댄 게 살고 싶이 그랬다는 걸 왜 몰랐을까."

"그래서 뭐? 전화를 안 받아서 아버지가 목을 맸단 말야? 웃기는 소리 그만 하고 자. 진짜 가관이네, 이 늦은 새벽에 왜 갑자기 죽은 남편 이야기를 하고 그래?"

"오늘 니 애비 같은 놈이, 혼자서 처량하게 노래를 부르는데, 그 것도 육포를 씹으면서……. 아이구 내 심장이 찢어지는 것 같더라."

그러더니 엄마는 세수도 하지 않고 방바닥에 푹 고꾸라졌다. 그리고는 곧 코를 골았다. 나는 불을 끄고, 이불을 끌어안고 앉아 엄마를 보았다. 경대 위의 휴대폰을 들고 폴더를 연 뒤 엄마의 얼굴을 비추었다. 오늘은 눈썹을 너무 진하게 그렸다. 눈썹꼬리도 어디에다가 묻혔는지 토끼꼬리처럼 뭉텅해져 버렸다. 루주는 다 지워지고 없다. 검은 새도우가 눈 밑까지 번져서 부채꼴 모양으로 다크써클을 만들고 있다. 게다가 얼굴 곳곳엔 오래된 지층 같은 주름이 황폐하게 펼쳐져 있다. 화장이 밀려서 주름은 더 선명했다.

다음 날, 엄마가 출근하고 난 뒤 화장대 밑에 낯선 휴대폰 하나가 떨어져 있었다. 엄마의 휴대폰이 아니었다. 언젠가 엄마는, 남자들은 노래방에서 휴대폰을 제 젖꼭지만큼도 중요하게 여기지 않는다고 했다. 붙어 있는지 안 붙어 있는지 확인도 안 한다는 것이다. 테이블 위에 툭 던져두거나 바지 뒷주머니에 꽂아 둔 채 궁둥이를 비비다 보면 소파 안쪽으로 흘러 들어가 버린다는 것이다. 엄마가 주워서 카운터에 맡긴 것만 해도 열 개가 넘는다고 했다.

나는 전혀 예쁘지도 세련되지도 않은, 평범하기 짝이 없는 휴대폰을 집어 들었다. 배터리가 다 되었는지 전원을 켜도 휴대폰은 켜지지 않았다. 나는 충전기 잭을 휴대폰에 꽂았다. 엄마 휴대폰과 같은 회사 기종이어서 그런지 충전기는 꼭 맞았다. 충전이 다 되었다는 초록색 불이 들어오자 휴대폰을 켰다. 이 두 개를 드러내고 활짝 웃는 아기의 얼굴이 배경화면에 깔려 있었다. 예쁘지는 않지만 귀여운 인상이었다. 통화 확인 버튼을 누르자 마눌님과 김성욱이라는 이름만 반복해서 찍혀 있었다. 마눌님에게는 다섯 통 전화가 온 것이고, 김성욱에게는 열 통이 넘게 전화를 건 것이다. 도대체 김성욱이 누군데 전화를 받지 않았을까.

이것으로 무엇을 할 수 있을까. 마누라에게 전화를 걸어 폰을 가지고 있으니 나오라고 한 뒤 만 원이나 이만 원 정도를 받을 수 있을지 모른다. 마누라가 까다로운 사람이면 귀찮은 일이 생길 수도 있다. 아니면? 친구들에게 전화를 몇 통 건 뒤 지하철 쓰레기통에 버린다? 그것도 안 된다. 통화 내역을 추적하면 오히려 걸려들 수 있다. 김성욱이라는 인간에게 전화를 걸어 볼까? 물론 받지 않겠지? 그럴 바엔 차라리 마누라가 나을 것 같다. 아아, 고민하는 건 너무 귀찮다.

마누라에게서 처음으로 전화가 걸려 온 것은 그날 밤 11시가 넘은 시각이었다. 정확하게 '마늘님'이었다. 나는 전화기를 들고 잠시 망설였다. 지금 받아야 되나? 말아야 되나? 조바심이 꼭지까지 올랐을 때 전화를 받아야 효과가 있는데. 그러면 사례비로 2만 원 줄걸 5만 원 줄지도 모르는데. 벨은 지치지 않고 계속 울렸다. 끈질긴 벨소리는 조금 전까지 아무 상관없는 저쪽의 정체불명 인간을 순식간에 나와 가장 가까운 사람으로 만든 듯한 착각에 빠지게 했다. 마늘님이 무슨 소리를 할까. 나는 통화 버튼을 눌렀다.

"이게 몇 번째 전화인 줄 알아. 왜 전화를 안 받아. 왜 안 받느냐고? 내가 괴물이야? 내가 괴물이냐고?"

이건 무슨 소리지. 나는 어안이 벙벙했다. 보통의 경우라면 사례를 톡톡히 할 테니 꼭 좀 돌려 달라, 그 전화기로 연락받을 일이 많아서 아주 곤란하게 되었다, 라는 등등의 하소연이 공손하게 이어져야 했다. 그런데 이건 무슨 소린가? 마늘님이라면 이 휴대폰의 주인의 아내인 모양인데, 자기 남편이 휴대폰을 잃어버린 줄 모르고 있는 게 분명한 것 같았다. 게다가 남편은 아내의 전화를 일부러 받지 않은 지 오래된 모양이었다. 그래서 마늘님의 인내심에 한계가 온 건가?

"왜 말 안 해? 응, 왜 말 안 하느냐고? 내가 괴물이야? 내가 죽일 년이야? 당신이 그렇게 나오면 나도 다 생각이 있다고. 각오해."

도무지 갈피를 잡을 수 없다. 좀 생각해 봐야겠다.

"야, 이 개자식아. 너 때문에 지금 집구석이 어떻게 된 줄 알아?

당장 거리에 나앉게 되었어. 그런데 전화도 안 받아? 내가 25층에서 뛰어내려야 속이 시원하겠니? 이 망할 자식아."

마눌님의 말이 다 끝나지도 않았는데 나는 얼른 전화를 끊어 버렸다.

두 번째 전화는 다음 날 저녁시간을 훨씬 지나서 왔다. 그때까지 전화가 세 통 와 있었다. 입력되어 있지 않은 번호였다. 문자는 다섯 통. 세 개는 돈 빌리라는 스팸문자, 두 개는 동창회에서 날아온 문상 알림 문자였다. 나는 무음을 해제하고 소리로 바꾼 뒤 휴대폰 게임에 열중하고 있었다. 음악이 나오면 버튼을 눌러서 내려오는 벌레들을 죽이는 게임이었다. 생소해서 그런지 금방 게임오버가 되어 버렸다. 서너 번 했더니 싫증이 났다.

그때 갑자기 컬러링이 울렸다. 아아 웃고 있어도 눈물이 난다. 컬러링은 계속 반복되었다. 나는 마눌님이라는 글자를 가만 들여다보았다. 마치 마눌님이 그 노래를 부르고 있는 듯한 착각이 들었다. 나는 전화기를 열었다. 내가 먼저 여보세요, 라고 할 필요는 없었다. 내 전화기가 아니니까. 마눌님도 말이 없었다. 잉, 하는 빈 공간의 소리가 귀를 가득 메웠다. 그녀와 나 사이에 존재하고 있는 이 존재하지 않는 공간이 갑자기 가슴이 턱 막히도록 답답하게 느껴졌을 즈음, 그녀가 윽 하는 신음을 뽑아냈다. 그게 끝이었다. 어제의 그 마눌님이 맞나 싶었다. 차라리 어제처럼 악다구니를 쓰는 게 낫지, 무슨 여편네가 남편한테 전화를 해서 이렇게 끝내나 싶었다.

전화는 한 시간 후 다시 왔다.

"당신 살아 있는 거야? 살아 있다면 말 좀 해 봐. 응."

나는 대답하지 못했다.

"물론 나도 알아, 내가 당신한테 너무 심했지?"

그런 넋두리를 듣고 있는 건 고통스러운 일이었다. 내가 차마 귀에서 떼어내지도 못하고 전화기를 들고 있는 동안 마눌님은 울었다가 웃었다가 알 수 없는 말을 혼자서 떠들었다. 나는 그녀가 흐느끼느라 잠시 침묵한 사이 전화를 끊고 문자를 날렸다.

「여보, 기다려 봐, 지금은 내가 뭐라고 말할 수 없지만…… 곧 좋은 소식 전할게.」

마눌님의 문자가 왔다.

「직접 통화해. 당신 목소리가 듣고 싶단 말이야.」

내가 문자를 보냈다.

「나는 입이 열 개라도 말 못해. 제발 기다려 줘.」

다시 전화가 울렸다. 나는 전화를 받지 않았다.

학교에 가서도 휴대폰에 신경이 쓰였다. 나는 수시로 휴대폰을 확인했다. 가끔 스팸문자가 올 뿐 마누라에게선 더 이상 연락이 오지 않았다.

엄마가 휴대폰에 대해 물어본 것은 이튿날인 일요일 늦은 오후였다. 늦게 일어난 엄마가 턱이 얼얼하게 하품을 해 대더니 찬물을 한 그릇 벌컥벌컥 마시고는 화장실도 가지 않고 부엌에 쪼그리고 앉아 오줌을 누었다. 그리고는 인색한 디자이너가 염색한 땡땡이

무늬처럼 고춧가루 몇 개 겨우 붙어 있는 물기라곤 없는 김치와, 밥
솥 안에서 48시간째 증기찜을 당하느라 누렇게 변색된 밥을 꺼내
방안으로 가지고 왔다. 밥을 먹고 나면 이를 닦고 머리를 감을 것이
다. 세수를 하고 다시 화장을 할 것이고, 그 다음엔 휴대폰을 경
대 위에 두고 그 휴대폰을 뚫어지게 보고 있을 것이다. 전화가 오
면 그때부터 엄마의 일이 시작된다. 밥상에 머리를 박은 엄마의 뒤
통수는 청소라곤 안 한 방을 닦은 걸레처럼 지저분했다.

"너, 휴대폰 못 봤어?"

갑자기 엄마가 생각났다는 듯이 물었다.

"무슨 휴대폰?"

"봤어? 못 봤어?"

"엄마 휴대폰 거기 있잖아? 무슨 휴대폰 말하는 거야?"

"내꺼 말고 엊그제 다른 휴대폰 하나 갖고 온 것 같은데……."

한심하기는. 자기가 가져온 건지 아닌지도 모른다.

"몰라, 그렇게 귀중한 거였으면 잘 보관하지. 왜 그러는데?"

"아니, 혼자 온 어떤 남자가……."

"기억 못 해? 그 남자 이야긴 했잖아."

남자는 혼자 왔다고 했다. 가끔 혼자 온 남자가 도우미를 불러
달라는 일이 있기는 하지만 그리 흔한 일은 아니라고 했다. 남자는
혼자서 노래 한 곡을 하고는 그 다음엔 자신은 부르지 않고 계속
엄마에게 노래를 시키기만 했다. 몸을 더듬거나 치근대지는 않았지
만 남자는 줄곧 머리를 엄마의 어깨에 기대어 놓고 있었다. 약속한

시간이 끝나자 남자가 몸을 일으켰다. 주머니를 뒤지자 만 원짜리 하나와 휴대폰이 나왔다. 엄마에게 팁을 주고 휴대폰을 들여다보던 남자는 엄마에게 휴대폰을 내밀었다.

너 해라. 나 하면 뭐해요? 분실 신고하면 쓰지도 못하는 건데. 그래도 줄 사람이 너밖에 없다. 그냥 받아만 줘. 괜히 나중에 오해받기 싫어요. 그냥 내 몸에 있는 건 다 버리고 싶어서 그래. 어쨌든 받아 줘. 버린다는 말 때문이었는지, 육포를 씹고 있던 모습 때문이었는지 어쨌든 엄마는 휴대폰을 받아 왔다. 그리고 그 다음은 필름이 끊겨 생각나지 않는다고 했다.

"근데?"

"근데는 뭘 근데야. 혹시 그 사람 다시 올지도 모르고……, 아니면 가족에게라도 전화를 해 줘야 하는 거 아닌가 싶어서……."

"엄마가 전활 왜 해? 엄마 혹시 그 남자한테 관심 있어?"

"미쳤어?"

"육포를 씹으면서 노래를 하는데 니 애비 생각이 나더라며? 아버지 냄새가 그 남자한테서 났나 보지?"

"하이고. 이년이 소설 쓰고 있네."

"아니면 왜 그 남자 휴대폰을 갖고 왔는데?"

"그냥 나한테 줬다니까. 나 하라고."

"그런다고 갖고 와?"

"근데 이년이 휴대폰도 못 봤다면서 왜 꼬치꼬치 난리야? 야, 막말로 내가 그 남자에게 관심 있으면 니가 어쩔 건데……."

"그만하시지. 그날 밤 내 앞에서 충분히 주정 다 부렸거든. 혼자 온 남자가 육포를 씹으면서 노래를 불렀니, 불쌍해서 죽겠니, 술에 취해 별 청승을 다 떨더만."

"망할 년, 그게 엄마한테 할 소리야? 아이고 몰라. 세상 다 산 사람처럼 질경질경 육포를 씹는데……. 니 애비랑 똑같더라고. 그런 느낌이 있잖아. 이 남자 심상찮다, 가만두면 뭔 일을 저지를 것 같은……."

"소설은 엄마가 쓰고 있구만."

그날 엄마는 일을 나가지 않았다. 단속이 떨어졌다는 노래방의 연락이 있었기 때문이다. 노래방 주인의 전화를 받고 멍하니 앉아 있던 엄마는 벌떡 일어나 지갑을 들고 밖으로 나가더니 소고기를 사 들고 왔다. 엄마가 집에 소고기를 사 오다니 이건 거의 기적 같은 일이었다. 김치와 밥만으로 연명하고 있는 자식을 드디어 불쌍하게 여겼구나, 하고 감격할 사이도 없이 엄마는 양재기에 찬물을 받더니 그 속에 소고기를 풍덩 집어넣었다.

"뭐 하는 거야?"

"핏물 빼는 거야."

툭 한 마디 던지고는 냄비를 꺼내더니 간장과 설탕, 후추를 넣은 다음 물을 붓고 가스불을 켰다.

"뭐하는 거냐니까?"

엄마는 아무 말도 하지 않았지만 나는 그것이 육포를 만드는 과정임을 알았다. 언젠가 아버지가 하는 것을 본 적이 있었다. 그때 엄마가 옆에 앉아 이것저것 일을 도왔고, 나는 3, 4일 후 축축한 소고기에서 완벽하게 변신한 육포를 먹을 수 있었다.

양재기 속에서 핏물이 배어 나왔다. 선홍색으로 맑고 투명한 핏물이었다. 점점 짙어지는 핏물은 핏물이 아니라 누군가가 흘리고 있는 피처럼 보였다. 적당한 크기로 잘린 살코기는 혓바닥 같았다. 그것은 음식이 아니라 살덩이였다. 욱하고 욕지기가 치밀어 올랐다. 육포가 얼마나 동물적인 음식이었는지 이제야 처음 안 사람처럼 나는 화장실에 가서 헛구역질을 했다.

하지만 4일 후, 나는 음식에 대고 구역질한 것을 정말 미안하게 생각하며 적당하게 마른 그 육포를 맛있게 뜯어 먹었다. 사서 먹는 것보다 감미료가 덜 들어간 것 같았지만 엄마가 만든 육포도 먹을 만했다. 건조기만 있었으면 더 잘 만들었을 거라는 엄마 말에는 동의할 수 없었다. 나는 엄마 실력이 딱 거기까지라는 걸 잘 알았다. 엄마가 말했다. 꾹꾹 씹어 봐. 씹다 보면 단물이 나거든.

집으로 돌아온 나는 방바닥에 드러누워 육포를 씹으며 정보지의 구인구직란을 읽는다. 싸인펜으로 월수입이 많은 순서대로 동그라미를 친다. 학교는 가야 하니 밤에만 할 수 있는 일이어야 한다. 그런 게 뭐가 있을까. 취직을 하려면 아무래도 나이는 속여야 할 테고, 밤에만 할 수 있는 일은 한정되어 있을 터다. 술집이나 카페 같은 곳도 괜찮지 않을까. 그런 곳에는 어떤 괴상한 남자들이 올지도 모르는데…… 아니면 엄마처럼 노래방 도우미라도 해야 하나? 아니면 그 뭔가……, 원조교제라는 거……. 나는 신문을 와락 덮어 버린다. 내가 이런 생각까지 하다니. 몇 시나 되었나? 생각은 처절한데 나도 모르게 슬그머니 잠이 든다.

"휴대폰 말야. 너 아니면 우리 집에서 치울 사람이 없어."

새벽에 들어온 엄마가 나를 흔들어 깨운다.

"몰라, 그렇게 귀중한 거였으면 진작 찾아보지."

"그땐 나도 몰랐지. 그게 이렇게 될 줄."

"왜? 뭐가 어떻게 됐는데?"

"어제 경찰이 왔더라고. 김성욱이라는 남잘 아느냐고."

"김성욱?"

나는 휴대폰에 수없이 찍혀 있던 김성욱이라는 이름을 기억해 낸다.

"그 남자 이름이라네. 그 김성욱이라는 남자가 우리 노래방에서 마지막으로 카드를 썼대."

"마지막으로?"

"그 남자 마누라가 실종신고를 이제야 한 모양이야. 두 달이 넘어 가는데……."

아이고 나도 모르겠다. 귀찮다 귀찮아, 투덜투덜 내뱉으며 엄마가 옷을 벗는다. 감색 스커트를 벗고 꽃무늬 블라우스를 벗어던진다. 옷을 벗느라 굵은 웨이브 단발머리가 엄마 얼굴을 온통 가려 버린다.

"아, 잠깐만. 나 화장실 갔다 와서 이야기해 줘. 그 김성욱 얘기."

나는 가방을 슬쩍 들고 나가 무음 상태로 둔 휴대폰을 빼낸다. 화장실에 들어가서 김성욱에게 전화를 한다. 김성욱의 전화는 통화중이다. 아니, 이 휴대폰의 번호가 김성욱이다. 아저씨는 자기 전화로 자기에게 수없이 전화를 건 것이다. 나는 다시 가방에 휴대폰을 넣고 방으로 들어온다. 얼굴에 클렌징크림을 바른 엄마는 내가 들어오는 기척이 나자 다시 이야기를 시작한다.

"희한하지. 카드는 여기 이후로는 안 썼고, 그날 지갑도 탈탈 털어서 돈 만 원밖에 없었고, 그것도 나 줬고, 휴대폰도 나한테 줬는데, 근데 문자와 통화 기록이 남아 있다는 거야. 마누라는 그러더래. 속이 상해서 혼자 퍼부었지만 대답을 안 하더라고."

"그래서 엄마는 뭐라 그랬는데? 경찰한테 말했어? 그 남자가 휴대폰 준 거?"

"미쳤어? 그날 술에 취해서 기억도 확실하지 않고, 기억이 난다고 해도 내가 지금 가지고 있지도 않은데, 어떻게 그런 말을 하냐?"

"그 남자 살았을까? 죽었을까?"

"죽었는지 살았는지 모르지. 그 집 여자야 살아 있다고 믿고 싶겠지만……."

"모르지. 그 집 여자도 남편이 죽었다고 생각할지도."

"분명히 가지고 온 것 같은데……. 니가 모른다면 나도 모르겠다. 오다가 흘렸을지도 모르지. 누가 주웠는지. 하지만 마누라가 거짓말을 하고 있는 건 분명한 것 같아. 통화기록이 있다는 것도 이상하고. 왜 이제야 실종신고를 하느냔 말야. 마누라는 알고 있는 거야. 남편이 지금 살았는지, 죽었는지.”

나는 가방을 만지작거린다. 김성욱이 김성욱에게 전화한 사실이 소화되지 못한 음식물처럼 가슴에 걸린다. 김성욱이 김성욱에게 전화하다. 통화 중인 김성욱에게 김성욱이 전화하다. 김성욱은 김성욱에게 대체 무슨 말을 하고 싶었을까.

“근데, 그 남자는 왜 없어졌는데?”

“3년 전에 사업에 실패하고 그 다음부터는 하는 일마다 잘 안 되고……, 빚은 엉망이고……. 경찰도 어디서 죽었겠거니 생각하고 있는 것 같아.”

엄마와 나 사이에 침묵이 흐른다. 아주 고요한 침묵이다. 우린 둘 다 아버지의 죽음에 관해 생각하고 있는 게 분명하다. 아버지가 가출했을 때에 비참한 아버지의 다양한 최후에 대해 엄마와 이야기를 나눈 적이 있다. 이야기 속에서 아버지를 죽이고 나면 속이 시원했다. 그러면 엄마는 신나게 소주를 마셨고, 나는 엄마 몰래 물인 양 소주를 마셨다. 나는 조금은 발랄해진 목소리로 묻는다.

“번번이 실패해도 잘 살아 놓고선, 아빤 왜 그랬을까?”

“지랄한다, 죽는 놈이 무슨 이유가 있냐? 이유 있는 놈이 더 서글픈 거지.”

죽은 아버지지만 이미 신뢰를 잃은 아버지는, 존경 따윈 바라지도 않겠지만 그래도 이왕 죽은 마당에 이놈 저놈 하는 건 조금 억울할 수도 있겠다. 조금은 미안한 건지, 엄마가 알아들을 수 없는 딴 나라 방언 같은 말들을 중얼거린다. 그래도 스스로 목숨을 끊은 건 절대로 용서가 안 되니 어쩌니, 자살한 놈이 제사가 가당키나 하니 어쩌니 뭐라고 더 중얼거린 엄마가 브래지어와 팬티만 입고 비틀거리며 일어나더니 벽에 기대어 선다. 보라색 레이스가 어지럽게 프린트된 브래지어와 팬티는 세트다. 못 보던 거다. 씨팔, 욕이 나온다.

"딸래미는 길에 돈 떨어진 거 없나 싶어 땅바닥만 보고 다니는데, 브라자 팬티가 사고 싶어?"

"이년아, 입 다물어."

엄마가 거북이처럼 고개만 바짝 든 내 뒤통수를 퍽 때린다. 너무 아파서 눈물이 찔끔 나온다. 아이, 씨. 나는 이불에 얼굴을 묻고 욕설을 퍼붓는다. 씻으러 가는 줄 알았는데 그게 아니다. 엄마는 속옷만 입은 채로 엉금엉금 기어서 냉장고에 몸을 기댄다. 끙 소리도 내지 않는데, 엄마의 몸 마디마다 힘든 관절의 꺾임 같은 게 마치 냄새처럼 코끝으로 느껴진다. 냉장고 문 여는 소리, 소주가 어디 간 거야? 하는 소리가 나더니 곧 새 병을 따는 소리가 난다. 나는 자리에 벌렁 누워 눈을 질끈 감는다. 잠을 잘 수 있을까. 소리와 냄새가 잠을 방해할 게 뻔하다. 병째로 마시는지 쿨렁쿨렁 소주병의 좁은 목으로 술이 지나가는 소리가 들린다. 이어 뭔가 비릿한 냄새가 난다. 육포 냄새. 분명 화장지에 손님이 먹다 남긴 육포를 싸 왔을 것이다.

이년아, 흥, 브라자? 팬티? 엄마가 중얼거린다. 이년아, 이 브라자 팬티가 날 이용해 먹는 거야. 내가 이용하는 게 아니라고……. 나는 엄마를 본다. 검붉은 육포가 엄마의 허옇고 푸짐한 허벅지에 놓여 있다. 그것은 마치 새로 생겨 전혀 아물지 않은 상처처럼 보인다. 나는 엉덩이를 질질 끌어 엄마 앞에 앉는다. 그리고 엄마가 따라 놓은 소주를 한 잔 입에 들이붓는다. 소주는 쓰다. 엄마가 어이없다는 듯 내 얼굴을 보더니 빈 잔에 술을 채우고 머리를 휙 뒤로 꺾어 잔을 비운다.

"그 인간이 육포 공장 차리면서, 결혼 전에 육포 먹으면서 한 약속 지키는 거라 했을 때 잠시 행복한 적도 있었어. 근데, 지가 맥없이 먼저 뒈지고 노래방에서 날 실컷 육포만 뜯게 하니……. 참, 그러니 그 인간이 내 소원을 들어주긴 한 거지."

거기까지 주절거린 엄마는 털썩, 큰 부대자루 넘어지는 소리를 내며 냉장고 옆에 쓰러진다. 타락한 제자를 보는 선생처럼 나는 입술을 비틀고 엄마를 본다. 엄마는 곧 코를 곤다. 엄마는 요즈음 한숨을 쉬거나 울지 않는 대신 유리창이 흔들릴 정도로 코를 곤다. 잠자기는 글렀다. 나는 엄마 허벅지 위의 육포를 집어 북 찢어서 입에 넣는다. 질겅질겅 씹는다. 육포는 질기고, 달착지근하다. 비릿한 냄새가 입안 가득 퍼지고 방안 구석구석 스며든다. 빈 소주병이 저혼자 잉잉거리는 소리를 들으며 나는 새벽까지 잠을 설친다. 가끔 엄마가 울다 지쳐 잠든 아이처럼 흐득인다.

나는 습관적으로 휴대폰을 열어 본다. 잠적과 동시에 늘 꺼져 있던 아버지의 전화와는 달리, 그의 휴대폰은 아직 건재하다. 말하자면 그의 모든 것은 거세되고, 기계만 남은 것이다. 그래, 나는 휴대

폰을 툭툭 친다. 남아 있는 자들이 기댈 곳 역시 너뿐. 그래, 이 육
질의 시대에 넌 정말 잘 어울리는 물건이야, 라고 말해 준다. 휴대
폰은 물론 아직 해지하지 않았다. 나는 남자가 끈질기게 살아 있다
고 생각한다. 언젠가는 남자가 자신에게 전화를 걸어 올 것을 나는
믿는다. 그는 아직 김성욱에게 할 말을 하지 못했다. 그것이 나의
근거 없는 근거다.

아버지가, 단 한 번이라도 자신에게 전화를 걸었다면, 그래서 정
말 자신에게 할 말을 했다면 그렇게 죽지는 않았을 것이라고 생각
한다. 엄마가 좋아하는 육포 더미 위에서 목을 매지는 않았을 것이
라고 말이다. 나는 휴대폰 폴더를 열고 귀에 대어 본다. 내 손에서
묻은 것인지 방안에 퍼져 있는 것인지 전화기 안쪽에서 지겨운 육
포냄새가 난다. 나는 제법 어른다운 목소리로 전화기에 대고 말한
다. ……씹다 보면 달아, 아저씨.

빨간 체크무늬 상의가 걸린 의상실 바깥벽에 〈밤 근무, 종업원
구함〉이라는 종이가 나붙어 있다. 나는 유리문 안을 들여다본다.
아가씨 대신 아줌마 하나가 처량한 얼굴로 앉아 있다. 나는 안으로
들어간다. 종업원 구한다는 내용을 보고 들어왔다고 말한다. 아줌
마는 시큰둥하다.
“몇 살인데?”
“고등학교 졸업했는데요.”
나는 말한다.

"옷 가게 경험 있어?"

"그럼요. 옷값 아는데 시간 좀 걸리겠지만……, 요즘은 옷값 다 붙어 있잖아요. 정가대로만 받으면 되는 건데요, 뭐."

아줌마가 찬찬히 나를 살핀다.

"낮엔 내가 있을 거야. 물건 해 오고 정리하는 것도 낮에 내가 해. 애가 아파서 저녁시간엔 집에 가야 하니까 계속 있을 수가 없어. 전에 있던 아가씨가 싹싹하게 잘했는데, 말도 안 하고 가 버렸지 뭐야. 저녁부터 밤까진 손님이 많아서 조금 힘들 수도 있어. 알지?"

"네, 알아요."

"몸매가 되니까 옷을 입어도 예쁘겠네. 잘 팔리겠다 싶은 옷은 입고 있어도 좋아. 옷 입고 있으면 훨씬 잘 팔리거든. 월급은 후불인 거 알지?"

주민등록증 보자고 하지 않는 것만 해도 다행이다. 나는 고개를 끄덕인다. 그리고 슬며시 웃는다. 내일은 당장 저 빨간 체크무늬 상의를 입어야겠다고 생각한다.

"내일부터 출근할 수 있어?"

"그럼요."

"좋아, 그럼 내일 저녁 일곱 시까지 나와 봐. 안 나오면 근무할 생각 없다고 알 테니까."

"알았어요. 내일 나올게요. 틀림없어요."

너무 매달리는 것처럼 보이기는 싫다. 그래서 무덤덤한 표정을 지으며 약간 거만을 떤다. 여기서 일했던 숏커트 여자아이처럼 말이다. 여기가 아니라도 일할 데는 얼마든지 있다는 표정으로 고개를 빳빳하게 들고 말로만 인사를 하고 나온다. 거리에 나오니 얼떨떨한 기분이 든다. 빌어먹을, 취직이 이렇게 쉽다니. 까짓것, 하면 하지 못할 게 뭐람, 하는 배짱이 생긴다. 갑자기 거리를 걷는 사람들이 만만하게 생각된다. 내친 김에 마트에 들러 질 좋은 육포라도 좀 사가야겠다. 마침 엄마한테 받아 둔 밀린 급식비가 있다. 행정실에서 밀린 급식비는 현금으로 내라 했다고 엄마한테 거짓말을 하고 받아 낸 돈이다.

어제 엄마는 오늘이 아버지 두 번째 제삿날이라고 했다. 첫 번째 제삿날은 정확하게 죽은 날을 몰라 우왕좌왕하다가 넘겨 버렸다. 그래서 두 번째 제삿날은 경찰에서 죽은 날로 추정되는 날을 계산해서 달력에 동그라미를 쳐 두었다나 뭐라나. 하지만 이번에도 아버지가 제대로 된 제삿밥을 얻어먹기는 그른 것 같다. 지금쯤 탬버린을 치며 한참 엉덩이를 흔들고 있을 게 분명한데, 엄마가 제삿장을 봤을 리가 없다. 그래서 생각한 것이다. 육포나 사서 소주 한 잔 부어 줘야겠다고 말이다. 그러나 저러나 아버지가 그 육포냄샐 좋아할지 의문이긴 하다.

길 건너편에 마트가 보인다. 마트로 가는데 휴대폰에서 벨이 울린다. 나는 긴장하여 전화를 연다. 김성욱은 아니다. 마눌님이다.

「당신, 실종신고 했어. 이제 나도 지쳤나 봐.」

나는 바로 문자를 날린다.

「아니야, 난 살아 있어. 난 살아 있다고. 당신이 믿으면 난 살아 있고, 당신이 믿지 않으면 난 존재하지 않는 거야.」

마눌님은 침묵한다. 더는 답장하지 않으려나 보다. 휴대폰을 만지작거리던 나는 한참 만에 자판을 하나하나 꾹꾹 눌러쓴다.

「사랑한다. 기다려. 꼭 돌아간다. 김성욱.」

나는 휴대폰을 닫는다. 이제 이 휴대폰을 버릴까 보다. 위치 추적이 시작되면 발각될지 모른다. 나는 주위를 둘러본다. 마트 입구에 쓰레기통이 보인다. 아니면 버스 정류장 저쪽에 다리가 보인다. 다리 밑 하천으로 집어던지면 된다. 그러나 나는 선뜻 휴대폰을 버리지 못한다. 김성욱의 전화를 꼭 한 번 받고 싶다는 맹렬한 욕구가 끓어오른다. 나는 일단 휴대폰을 가방 안에 넣는다. 단 몇 시간이라도 더 가지고 있자.

마트 안 육포가 있는 곳으로 간다. 갖가지 육포들이 보기 좋게 포장되어 있다. 나는 두툼하고 건강한 살색이 도는 육포를 고르는 데 정신을 집중한다. 아마 아버지도 좋아할 것이다. 육포를 고르고 계산대로 향하는데 휴대폰이 울린다. 그런데 이상하다. 여느 때와는 벨소리가 다른 느낌이다. 어쩐지 이번 전화는 마눌님의 전화가 아닐 것 같다. 벨소리는 단순한 기계 소리가 아니라 어떤 인간의 속삭임처럼 다가온다. 그래, 고마워, 난 살아 있어. 살아 있어. 그런 느낌이다. 가슴이 뛴다. 그렇다. 그것은 어쩌면 김성욱의 전화인지 모른다. 나는 심호흡부터 깊이 하고 천천히 휴대폰을 연다.

대화법

1

　또 전화가 온다. 벌써 여섯 번째다. 그녀의 빠른 외국어를 나는
단 한마디도 알아들을 수가 없다. 하지만 나는 가끔 네. 네, 라고
대답한다. 여섯 번쯤 들으니 이쯤에서 네, 라고 대답을 해야 할 것
같은 기분이 드는 것이다. 언어에 대한 공통점이 서서히 파악되고
있는 것일까. 처음 세 번째까지 나는 네네, 라는 대답 대신 여보세
요? 여보세요? 라고 한 번은 끝을 높이다가 또 한 번은 끝을 내리
다가 했다. 나는 상대가 보이지 않는 전화통에 대고 내가 할 수 있
는 모든 의문문이자 유일한 의문문인 여보세요를 연발할 수밖에
없었다. 전화가 세 번째 왔을 때, 나는 레마르크의 『개선문』을 생
각했다.

중학교 1학년, 처음 가 본 도서실에서 우연히 손에 들어온『개선
문』에 나는 폭 빠져 있었다. 엇갈리는 언어 속에서 사랑을 나누고,
절망하고 고뇌하던 그들의 모든 것이 나를 매혹시켰다. 조앙은 조
앙의 나랏말로, 라비크는 라비크의 나랏말로 이야기하고 있었지만,
그들은 처음 듣는 연인의 고향 언어를 이해했다. 나 또한 그들을
이해했다. 그들이 처음 듣는 이방의 언어를 알아듣는다는 것을 말
이다. 언어의 진심이 통했다고 할까. 어쨌든 인간의 진심이 그곳에
가닿으면 언어의 장벽 따위는 아무것도 아닐 것이라고 생각했다.
　그런데 이 이방의 여자는 도대체 어떤 진심이 통한다고 생각하여
나에겐 두렵기까지 한 제 나랏말을 폭포수처럼 쏟아 놓는 것일까.
그녀는 가끔 말을 끊고 짧은 침묵에 잠기기도 한다. 그 침묵 속에
서 나는 윙 하는 바람 소리를 듣는다. 가는 전깃줄이 바람에 흔들
리는 소리 같기도 한 그 소리는 어쩌면 그녀와 내가 함께 알아들을
수 있는 유일한 언어인지도 모른다. 내가 먼저 수화기를 놓는 일은
없다. 그러므로 나는 내가 알아들을 수 없는 말을 듣고 있어야만
한다. 내가 그녀의 말을 끝까지 들어주는 특별한 이유는 없다. 학
부형에 대한 최소한의 예의일 뿐이다. 답답한 마음에 전화를 거는
성언이 엄마 못지않게 나 역시 할 말이 많다. 하지만 나는 아무 말
도 하지 못한다. 그녀처럼 수화기에 대고 그녀가 알아듣지 못할 것
이 뻔한 말을 좔좔 늘어놓을 수 없기 때문이다. 어쩌면 별로 절박
한 용건이 아닐지도 모른다. 그저 성언이를 잘 부탁한다는 말을 하
고자 했을까? 성언이가 말썽을 부려서 미안하다는 말이었을까.

올 3월, 작은 부두가 있는 이 학교로 전근을 왔다. 아버지의 삼분의 일 정도가 선원이어서 아이들은 늘 엄마나 할머니와 함께 생활했다. 불우한 가정도 많았다. 새엄마나 새아빠라는 호칭이 그리 낯설지 않은 동네였다. 간혹 나는 학교 안에서 아이의 손을 잡고 운동장을 가로질러 가는 러시아여자들과 맞닥뜨리기도 했다. 그들은 모두 세 명이었는데, 처음부터 친구 사이였는지, 이곳에 와서 친구가 되었는지는 몰라도 항상 붙어 다녔다. 성언이 엄마를 제외한 두 명은 한국남자를 따라 이곳에 와서 아이를 낳은 경우였다. 그들 셋은 나이트클럽에서 온몸을 흔들며 춤을 추는 러시아 쇼걸들과는 달랐다. 눈부시게 날씬하지도, 인형처럼 예쁘지도 않았다. 둥글고 겁먹은 듯한 갈색 눈동자만 뺀다면 그들은 오히려 전형적인 한국여자처럼 수수하고 수더분해 보였다. 어쩌면 그녀들의 그런 점이 보수적인 한국남자들의 마음을 움직이게 했는지도 모른다. 도망간 아내를 대신해 제 아이를 보살펴 줄 여자를 먼 이국땅에서 데리고 올 생각을 하기란 쉬운 일이 아니었을 테니 말이다.

성언이의 행동은 늘 나를 당혹스럽게 했다. 초등학교 1학년, 작고 가는 여자아이. 놀란 조개처럼 입을 다물고 절대로 말을 하지 않는 아이. 자기 마음대로 안 될 때에는 하루에도 몇 번씩 머리카락이 휘날리도록 고개를 세차게 흔들어 댔다. 마치 헤드뱅잉을 하는 듯한 그 모습을 수분 동안 보아 내기란 결코 쉬운 일이 아니었다. 뿐만 아니었다. 고집을 부리며 일으키는 크고 작은 소동들을 수습하다 보면 온몸의 진이 다 빠지는 듯했다. 한동안 성언이는 가위 만지는 것을 좋아했다. 가위로 친구들의 옷이나 머리카락을 잘랐다. 그런다고 야단을 치면 책상 위의 물건을 집어던지며 악을 썼다. 성언이와 부딪힐 때마다 나는 몸속에 팽팽한 긴장이 치솟는 걸 느꼈다. 아이는 나를 노려보았다. 그리고 끝까지 저항했다.

아이들 앞에서 나는 성언이를 설명할 수 없었다. 설명이 아니라도 그들은 충분히 알고 있을지도 몰랐다. 성언이와 전혀 어울리지 않는 낯선 엄마를 보고 그들은 이미 느꼈을 것이다. 아이들은 차라리 팥쥐엄마가 낫다고 생각할 것이다. 영어도 아닌 말을 쏠랑거리며 유난히 큰 이를 드러내고 웃는, 키도 그리 크지 않고 금발머리도 아닌데다 얼굴에 주근깨가 촘촘히 박힌 이국의 여자를 보며 말이다.

나는 성언이로 인해 종종 내 인내심의 한계를 실험하는 기분을 느껴야 했다. 그날 디지몬 사건 때도 그랬다. 첫 시간부터 띠링띠링 하는 전자음이 계속 울렸다. 둘째 시간이 되어도 전자음은 귀를 자극하며 교실 구석구석을 돌아다니고 있었다. 나는 소리의 임자를 찾아내야겠다고 생각했다.

"누가 게임기 가지고 왔어요?"

"성언이가 디지몬게임기를 가지고 왔어요."

아이들이 합창을 했다. 한때 아이들 사이에서 상당한 인기를 끌었지만, 지금은 눈에 띄지 않는 게임기였다. 하지만 그뿐, 나는 그 게임기에 대해서 아는 게 없었다.

"성언아, 게임기 꺼야지."

나는 아이를 자극시키지 않기 위해 조심스럽게 말했다. 성언이는 못 들은 척 딴전을 피웠다. 대신 아이들이 다시 합창을 했다.

"선생님 그거요, 밥 줘야 소리 안 나는데요, 성언이가 밥을 안 줘요."

띠링띠링띠링. 나는 성언이에게 다가갔다.

"성언아, 수업시간이니까 소리 나지 않게 해야지. 디지몬한테 밥을 줘."

아이가 나를 쏘아보았다. 띠링띠링띠링. 디지몬은 계속 밥 달라고 소리를 쳤다.

"선생님, 뺏어서 죽여 버리세요. 그럼 못 울어요, 선생님."

짝인 준영이가 마치 아빠처럼 엄한 목소리로 말했다. 갑자기 교실 안이 조용해졌다.

"선생님 생각엔 성언이가 밥을 줘서 디지몬을 진정시키는 게 좋을 것 같은데, 아니면 선생님이 보관했다가 수업이 끝나면 줄까?"

성언이는 잠시 생각하는 눈치였다. 그러고는 부스럭거리더니 게임기에 뭔가를 입력했다. 나는 돌아서면서 아이를 향해 빙긋 웃어 주었다. 내 웃음을 받은 아이의 이마에 화가 잔뜩 올라 붙어 있었다. 셋째, 넷째 시간 중에도 몇 번 소리가 났지만, 그때마다 아이는 디지몬을 달래 주는 모양이었다. 더 이상 소리는 들리지 않았다. 이번만큼은 아이와의 감정싸움에서 내가 이겼다는 느낌이 들었다. 그 느낌이 착각이라는 사실을 깨닫는 데는 그리 오랜 시간이 걸리지 않았지만 말이다.

수업을 마치고 교무실에 다녀왔을 때, 성언이와 몇몇 아이들이 집에 가지도 않고 교실을 지키고 있었다. 교실에 들어서자마자 아이들이 우루루 내 앞으로 달려 나왔다. 교실 뒷문 앞에 서 있던 성언이는 나를 보자 싸늘하게 눈빛을 세웠다.

"선생님, 디지몬이 죽었어요."

"이런, 어쩌다가?"

"몰라요. 아마 수업시간에 억지로 조용히 시키려다가 그렇게 된 것 같아요. 성언이가 말을 못하니까 알 수는 없지만요."

나는 성언이에게 한 걸음 다가갔다.

"안됐구나. 그렇지만 게임이니까 다시 시작하면 되겠지?"

성언이가 머리를 세차게 흔들었다. 나는 손을 뻗어 아이의 손을 잡고 위로하려 했다. 그러나 아이는 내 손을 뿌리치고 뒷걸음을 치더니 달아나 버렸다.

2

디지몬이 죽었다. 조금만 있으면 절대완전체가 될 수 있었는데…… 너무 속상해서 가슴이 공사장 흙처럼 파헤쳐진 느낌이다. 그 게임기는 다락방에서 우연히 찾아낸 것이다. 이제는 문방구에서도 팔지 않는다. 옛날에 아빠가 가지고 논 것이라고 했다. 엄마가 떠나 버렸을 때 아빠는 이 게임기를 가지고 놀았다고 한다. 그런데 소녀가 오면서 게임기가 필요 없어진 것이다. 아빠가 버린 게임기가 내게 얼마나 많은 위로를 주었는지 아빠는 아마 모를 거다. 아이들은 그런 게임은 시시하다는 얼굴이었지만, 나는 상관없었다.

게임기는 한 시간에도 서너 번씩 삑삑거렸다. 나는 똥을 치우거나 밥을 줄 때마다 속삭였다. 내가 니 엄마야. 잘 커야 해. 속 썩이면 안 된다. 빨리 빨리 자라서 몸무게도 늘고 나이도 먹어라. 그래서 진화하는 거야. 완전체로, 아니 절대완전체로! 완전체를 거쳐 절대완전체가 되는 빠른 길은 다른 게임기와 싸워서 이기는 것이다. 하지만 그건 불가능한 일이었다. 아빠가 남긴 게임기는 다 없어져 버리고 이것 하나만 남아 있기 때문이다. 그냥 키워서 진화시켜야 한다. 느리긴 하지만, 유년기에서 성장기로, 그리고 성숙기를 거치면 된다. 가끔 속을 썩일 때도 있다. 그럴 때는 밥을 굶긴다. 운동도 안 시켜 주고, 똥도 치워 주지 않는다. 게임기 속에 가둬 버리는 것이다. 가두어도 늘 나와 함께 있다. 아무렴, 잘 때도 혼자 두지 않는다.

그런데 오늘 학교에서 선생님 때문에 디지몬이 죽어 버렸다. 세상에는 늘 뭔가를 죽이려는 무리가 있다. 그래서 디지몬이 죽었다. 슬프고 두렵다. 나도 진화하지 못한 채 저렇게 죽어 갈 것 같다.

학교에서 돌아오자마자 곧장 다락으로 올라간다. 쉬는 날이었는지 소녀가 집에 있다. 소녀가 뭐라고 말을 하며 나를 따라왔지만, 나는 문을 잠가 버린다.

다락방은 한낮에도 어둡다. 손바닥만 한 창문은 뒷집 벽과 맞붙어 있다. 다락방에서는 아무것도 보이지 않는다. 네 발로 계단을 기어오르면 나는 먼저 눈부터 감는다. 눈을 감고 어둠이 눈에 익기를 기다린다. 산토끼를 세 번쯤 부르고 나서 눈을 뜨면 사물이 조금씩 그 윤곽을 드러내기 시작한다. 다락은 버려진 물건들로 빼곡하다. 오래된 그릇이나 크고 작은 대소쿠리, 옆구리가 우그러진 냄비 따위가 게으르게 뒹굴고 있다. 모두 엄마가 쓰던 물건들인데 소냐가 필요없다고 다락에 처넣었다.

엄마의 얼굴은 정확히 생각나지 않지만 다락방에 대한 기억은 있다. 엄마에게 두들겨 맞고 다락방으로 피신해 올라온 기억이다. 무엇 때문에 맞았는지 알 수 없지만, 어른들은 꼭 이유가 있어서 아이에게 고함을 지르고 때리는 것이 아니다. 자기 기분이 나쁘면 화를 내고 폭행도 한다. 그때도 그랬을 것이다. 그날의 기억이 하얀 천장 위로 솟아오른다. 그 속에 엄마가 있다. 그리고 엄마는 없기도 하다.

나는 디지몬게임기를 주머니에서 꺼낸다. 학교에서는 너무 시끄러워서 디지몬의 죽음을 조용히 슬퍼할 수 없었다.

화면엔 장미꽃 한 송이만 놓여 있고, 디지몬은 온데간데없다. 눈물이 저절로 흐른다. 눈물이 다락방 바닥의 먼지 속에 끈끈하게 엉겨든다. 누워 있던 나는 몸을 거칠게 옆으로 튼다. 내 배가 비죽 튀어나온 못대가리에 긁힌다. 순간, 아프고 화가 난다. 들고 있던 디지몬게임기를 튀어나온 못에 대고 찍기 시작한다. 다섯 번, 여섯 번, 일곱 번⋯⋯. 곧 화면에는 장미꽃 한 송이도 없어진다. 게임기

화면은 아예 깨져 버린다. 몸이 부르르 떨린다. 아무것도 보이지 않는다.

나는 디지몬에게도 영혼이 있다고 생각했다. 한 번 병들고 버림받은 디지몬은 아무리 밥을 줘도 다시 살아나지 못한다. 선생님은 그걸 모른다. 나는 버림받았다. 버림받으면서 증오하는 법을 배웠다. 누구에게 증오를 품을 때마다 힘을 얻는다는 것을 안다. 마치 디지몬에게 밥을 주듯이 증오는 내게 밥을 주고 힘을 준다. 지금까지는 아빠와 소냐, 그리고 집 나간 엄마만 미워하면 되었다. 그러면 세상을 살아갈 새로운 힘이 생겨났다. 그러나 오늘부터는 미워해야 할 사람이 더 늘어났다. 밥을 처먹이고 조용히 시키라고 한 선생님이나 죽여 버리라고 말한 준영이나, 그 말을 들으면서 생글거리던 우리반 애들 모두 나에게 폭발할 것 같은 힘을 준다.

밑에서 문을 두드리는 소리가 난다. 그러나 나는 깨진 디지몬기를 보면서 버틴다. 나는 절대로 소냐를 받아들일 수 없다. 지금은 아빠가 배를 타고 나가고 없지만, 아빠가 집에 있을 때도 화가 나면 다락방으로 올라가 문을 잠가 버린다.

내버려 둬. 배고프면 내려오겠지. 어떻게 된 계집애가 고집만 세가지고. 아빠가 그렇게 말했지만, 소냐는 조금도 포기하지 않고 문을 두드렸다. 그녀는 내게 끊임없이 무슨 말인가를 했다. 하지만 나는 알아들을 수 없었다. 나중에는 아빠가 소냐에게 화를 냈다. 말 안 들으면 사흘이고 나흘이고 다락방에 가둬 버려! 소냐가 한국말을 알아들었을까. 아니면 아빠는 내가 들으라고 그렇게 말을 한 것

일까. 하긴 아빠는 러시아말 따위는 할 줄도 모른다. 서로 말을 알
아듣지 못해도 소냐와 아빠가 힘들어하는 모습은 본 적이 없다. 두
사람은 말로 대화하지 않는다. 못 알아들었다고 되묻는 일도 없다.
그래서 아빠는 아빠가 없어도 소냐와 내가 그렇게 불편하지 않을
거라고 생각한 것이다.

소냐가 또 문을 두드린다. 나는 문을 열어 주지 않는다. 저렇게
문을 두드리다가 제 풀에 지쳐 훌쩍거리겠지. 그러다가 또 선생님
한테 전화할지도 모른다. 집에 무슨 일이 있니? 선생님이 묻지 않
았으면 소냐가 선생님한테 전화를 해 대는 것을 몰랐을 것이다. 선
생님한테 전화를 하다니. 제길. 정말 웃기는 일이지만, 다행이기도
하다. 선생님이라고 소냐의 말을 알아들을 리가 없으니 말이다.

3

남편의 눈동자는 언제나 다른 곳을 향해 있었다. 그것은 신문이
거나 TV였지만, 몇 년에 한 번씩은 여자였다. 그의 여자는 항상 똑
똑하고 당찼으며 말을 잘했다. 나는 세상에 널브러진 그녀들의 말
이 듣기 지겨웠다. 그녀들도 알고 있었다. 눈을 동그랗게 뜨고 전투
적으로 안면처리를 한 후 읊어 대는 말들이, 실은 열심히 보아 온
드라마 여주인공의 대사에 지나지 않는다는 것을 말이다. 한 여자
는 사랑하기 때문에 이혼해 달라고 했고, 한 여자는 이혼 같은 건
원하지도 않는다고 했다.

우습게도 마지막 여자만은 나와 아무런 대화도 나누지 않았다. 그때쯤, 나는 지쳐 있었다. 서로 사랑해서 한 결혼도 아니었다. 그는 내 직업에, 나는 그가 고아라는 사실에 현혹되어 한 결혼이었다. 어딘가에 얽매여 있는 사람이 싫었다. 구질구질한 혈연은 내 가족만으로도 충분했다. 그와 내가 의견일치를 보지 못하는 것이 몇 가지 있었는데, 아이 문제에 있어서 더욱 그러했다. 나는 아이를 필요로 하지 않았고, 그는 아이가 절실한 사람이었다. 다행히 아이는 생기지 않았다. 남편의 강요에 못 이겨 몇 번 병원을 찾았지만, 부부가 모두 건강하다는 말만 되풀이해서 듣고 돌아올 뿐이었다. 나는 피곤했다. 결혼생활을 계속 유지해야 할 명분이 없었다.

학교에서 아이들과 입에서 단내가 나도록 떠들고 집으로 돌아오면 나는 침묵수행하는 행자처럼 입을 다물고 살았다. 그는 마치 지하철에 탑승한 사람 같았다. 신문이나 TV를 보고 등을 바닥에 눕혔다가, 시간이 되면 그저 문을 밀고 나가기만 하면 되었다. 대화란 있을 수 없었다. 가끔 말 몇 마디가 25층 허공에 둥둥 떠다녔고, 우리는 불편하지 않았다. 그러던 참에 그가 드디어 또 일을 냈다. 마지막 일은 조금 메가톤급이었다.

그날은 엄마의 기일이었다. 엄마의 기일에 그가 참석한 적은 한 번도 없었다. 엄마의 기일에 내가 참석하는 것조차 나는 거부반응을 보였다. 그에게 엄마꼴을 보이고 싶지 않은 것은, 그러므로 너무나 당연한 일이었다. 매년 엄마의 기일이 되면 내가 오빠집에서 자고 온다는 사실을 상기한 것일까. 그는 과감하게 여자를 집으로 불러들였다.

　밤늦게 제사가 끝나고 평소엔 잘 하지도 않는 옛날 이야기가 나왔다. 이야기 끝에 오빠와 다투었고, 다툼을 끝내기 위해 나는 비싼 택시비를 감수하며 그냥 집으로 돌아왔다.

　이상한 것은 없었다. 현관에는 슬리퍼 두 짝과 그의 구두가 가지런히 놓여 있을 뿐이었다. 그런데도 이상했다. 금방 뭔가를 빼 간 듯한 어수선함이 있었다. 현관에 놓인 슬리퍼와 그의 구두가 어색해 보였다.

　나는 거실로 올라섰다. 안방에서 텔레비전 소리가 났다. 남편은 침대에 비스듬히 기댄 채 영화를 보고 있었다. 몇 년 전에 자살한 여자가 주인공으로 나오는 영화였다. 영화는 케이블 채널이었다. 남편은 나를 흘끔 보았다. 나는 그를 유심히 보았다. 그는 목욕가운을 입고 배까지 이불을 덮고 있었다. 나는 천천히 남편에게 다가갔다. 그의 어깨가 흠칫 떨렸다. 이불을 걷어 냈다. 가운 안에는 아무것도 입고 있지 않았다. 벌어진 다리 사이로 쭈그러든 그의 성기가 보였다. 젖은 음모가 불빛에 반짝거렸다. 나는 안방 화장실 문을 열었다. 그곳에는 아무도 없었다. 나는 다시 그를 보았다. 눈은 화면에 둔 채 그의 손은 벌건 아랫도리를 목욕가운으로 가리느라 분주했다. 화면 속의 여자와 남자는 자동차 트렁크에 갇혔다. 남자가 총을 쏘아 댔지만, 트렁크는 열리지 않았다.

　나는 안방과 통하는 베란다의 창문을 열었다. 그곳에 여자가 있었다. 여자는 맨발이었다. 한 손엔 핸드백을, 그리고 다른 손에 부츠를 들고 벌벌 떨고 서 있었다. 무서워서 떠는 것이 아니라 추워서 떠는 것처럼 보였다. 아닌 게 아니라 창문을 여니 춥긴 추웠다. 날카로운 바람이 나와 남편 사이를 헤집고 들어왔다. 나는 부르르 진저리를 쳤다. 여자는 고개를 폭 수그리고 있어서 어떻게 생겼는지 알아볼 수조차 없었다. 여자는 나와 눈이 마주치기도 전에 쏜살같이 거실을 통해 현관으로 달려 나갔다. 그리고 신발도 신지 않은 채, 문을 열고 스프링 달린 인형처럼 튀어나가 버렸다. 하긴, 그 긴 부츠를 어떻게 다 꿰신고 나갈 수 있겠는가. 남편은 여전히 화면을 응시하고 있을 뿐이었다. 화면 속의 자동차 트렁크 안은 여주인공 몸에서 흘러나온 피로 벌겋게 물들고 있었다.

"할 말 있으면 해 봐."

나는 화면을 보면서 말했다.

"무슨 말?"

"무슨 말이든."

영화 속의 주인공들은 처음에는 서로의 상처를 핥아 주다가 점점 짐승처럼 변해 가며 서로를 쥐어뜯고 있었다.

"오히려 내가 질문하고 싶은데……."

남편이 말했다.

"뻔뻔스럽기는……, 당신 지금 저 트렁크 속에 갇힌 남자보다 더 지저분하다는 걸 모르겠어?"

"지저분? 당신은 지금 자신이 무척 깨끗하고 침착하고 고상하다고 생각하는 모양인데, 어디 한 번 화를 내 보시지. 나는 오히려 지

금 이 순간에도 흥분하지 않는 당신이 더 추악해 보여. 내가 오죽
하면 여기에 다른 여잘 눕혔겠어? 나무토막을 안아도 당신처럼 딱
딱하지는 않을 거야."

"적반하장이군. 나를 추궁하는 거야? 흥, 지금 자기 꼴이나 똑바
로 보시지 그래?"

"당신은 죽은 몸뚱이나 다름없어. 안을 때마다 시체 같은 느낌이
었어……. 당신 눈에는 내가 천하에 난봉꾼으로 보일지 모르지만,
난 피가 도는 여잘 원해."

"변명 한번 거창하고 장하군."

"변명하지 않겠어. 깨끗이 떠나 줄게. 나도 이제 지쳤으니까."

텔레비전을 끄지도 않고 남편이 돌아누웠다.

이상하게도 남편이 떠난 다음에 나는 세상이 조용해지는 것을
느꼈다. 나는 편안하고 행복했다. 남편과 함께 있을 때에는 세상이
그렇게 조용한 줄 몰랐다.

4

소냐는 냉동창고에 가서 일을 한다. 그리고 오후 늦게 돌아온다.
그녀는 나갈 때마다 내 저녁 밥상을 차려 놓고 나간다. 점심은 학
교에서 급식으로 먹는다고 생각하기 때문이다. 소냐가 대문을 나
선다. 문을 닫기 전에 힐끔 나를 본다. 혀를 쏘옥 내밀어 나는 아직
도, 앞으로도 전혀 네 편이 될 생각이 없음을 말해 준다. 나는 내 눈

을 들여다보는 갈색 눈동자가 싫다. 수세미 같은 머리카락도 싫다. 갈색털이 숭숭 솟은 팔뚝도 싫다. 소녀의 큰 눈은 징그럽다. 나를 다락방으로 밀어 넣을 때, 소녀의 긴 손가락이 마치 갈고리처럼 내 몸속으로 들어와 간을 빼먹을 것 같다. 생각만 해도 진저리가 쳐진다. 하지만 나는 소녀에게 넌 네가 무조건 싫어! 라는 말을 할 수가 없다. 말 대신 나는 소녀의 물건을 감춘다.

제일 먼저 감춘 것은 소녀의 귀걸이다. 아빠가 사 준 것인데, 초록색 칠보방울이 포도송이처럼 달려 있는 것이다. 나는 웃느라 입이 얼굴만 해진 소녀가 거울을 보며 허연 지점토 뭉치 같은 귀에 귀걸이를 거는 것을 노려보았다. 칠보방울이 소녀의 귀밑을 치며 달랑거렸다. 소녀가 아빠의 목을 끌어안고 쪽 소리 나게 뽀뽀를 했다. 그래서 귀걸이는 표적 1호가 되었다. 아빠가 배를 타고 나가자마자 나는 화장대에서 귀걸이를 찾아 변기에 넣은 다음 그 위에 똥을 누었다.

그 다음으로 버린 것은 소녀의 한국어교본 책이었다. 그 다음은 가위로 팬티를 오렸다. 양말은 한 짝씩 버렸다. 그런 것들을 찾아내어 소녀가 내 얼굴에 들이밀고 알아들을 수 없는 말을 쏠락거렸다. 그녀의 얼굴이 코앞으로 점점 가까이 다가오면 나는 구역질이 나서 견딜 수가 없었다. 그러면 소녀의 얼굴에 침을 뱉었다. 소녀의 얼굴이 일그러지고, 놀란 원숭이 같은 비명이 방안을 가득 메웠다. 그러면 나는 소녀보다 더 크게 고함을 질렀다.

어제도 한바탕 소동이 벌어지고, 나는 또 다락으로 올라갔다. 그곳에서 나는 엄마의 물건들을 부수고 또 부수었다. 냄비가 우그러지고 소쿠리는 다 찌그러졌다. 쿵쾅거리며 내가 그러고 있는 동안, 소냐는 안방에서 불안하게 왔다 갔다 했다. 다락문 틈으로 보면 다리를 달달거리며 안절부절못하는 소냐의 모습이 훤히 다 보였다. 그럴 때, 나는 회심의 미소를 지었다. 하루도 지나지 않아 소냐가 진다. 아침이 되면 어김없이 소냐가 문을 열었다. 눈물에 젖은 얼굴로 어깨를 떨며 나를 품에 안았다. 미안해. 미안해. 소냐가 얼굴을 내 볼에다 대고 비볐다. 소냐의 몸에서는 머리카락이 타는 듯한 누린내가 났다. 소냐는 언제나 내 빈 위를 뒤틀리게 했다. 어쩔 수 없이 아침도 먹지 않고 학교에 가야 했다.

그런 날은 배가 고프다. 오늘도 학교에서 집으로 돌아가는 길에 나는 소망베이커리에 간다. 학교 급식은 싫다. 짝인 준영이는 내게서 등을 돌리고 밥을 먹는다. 다른 아이들도 마찬가지다. 머리에 꽃방울을 주렁주렁 매달고 오는 은지는 지나가다가 내 국에 손가락을 집어넣기도 한다. 나를 무시하고 잘난 척하는 아이들과 같은 자리에서 수저질하는 것보다 차라리 굶는 게 낫다. 인상 쓰며 옆을 지키고 선 선생님 때문에 어쩔 수 없이 몇 수저 뜨는 경우도 있지만, 거의 먹지 않는다.

소망베이커리에 가면 돈을 내지 않고도 빵을 먹을 수 있다. 곱슬머리에 짙은 눈썹을 가진 아저씨가 활짝 웃는다. 늦은 저녁 시간에는 아르바이트하는 언니가 있지만, 오후 이 시간에는 주로 아저씨 혼자 있다. 문을 열고 들어서는 나를 보았는지 아저씨 손에는 벌써 단팥빵이 들려 있다.

"성언이 오는구나. 어서 오너라."

아저씨가 내 어깨에 손을 올린다. 단팥빵의 비닐을 벗겨 낸다. 하지만 오늘은 단팥빵이 당기지 않는다. 나는 입을 꾹 다문다. 아저씨가 단팥빵에 비닐을 조심스럽게 다시 씌운다. 나는 가방 속에 든 유리병을 꺼내 탁자 위에 올려놓고, 아저씨를 쳐다본다. 사실, 나는 아저씨한테 한 번쯤 보여 주고 싶었다.

"금붕어 아니냐?"

아저씨가 놀란다.

"이 금붕어 어디서 났니?"

등 뒤에서 아저씨가 내 어깨에 손을 올린다.

"디지몬을 좋아하더니 이젠 금붕어구나. 아저씨가 금붕어 더 사 줄까?"

나는 아저씨의 이런 점이 좋다. 어디서 났냐고 계속 따지고 물었다면 문을 박차고 나가 버렸을 것이다. 나는 고개를 저었다. 금붕어라고 다 똑같은 금붕어는 아니다. 이 금붕어가 특별한 금붕어라는 것을 아저씨가 알 리가 없다. 이건 디지몬이 금붕어로 다시 태어난 것이다.

"자, 그럼 오늘은 뭘 먹을까? 샌드위치가 싱싱한데, 이거 한 번 먹어 볼래?"

내가 고개를 끄덕이자, 아저씨는 샌드위치를 탁자 위에 얹고 우유를 한 잔 준다. 그리고 내 책가방을 받아 가게 안쪽에 딸린 방에 들여놓는다. 금붕어는 바깥을 내다보며 유유히 좁은 병 안을 헤엄치고 있다. 아저씨는 소망베이커리가 인쇄된 비닐봉투에 유리병을 넣는다.

"이러면 나중에 들고 가기 편하겠다. 가방 속에 넣어 두면 금붕어가 너무 갑갑하겠지? 쏟아질 수도 있고."

나는 다시 고개를 끄덕인다. 아저씨가 샌드위치를 헤집고 피클을 끄집어낸다. 내가 피클을 싫어하는 것을 알기 때문이다. 샌드위치는 달콤하다. 아저씨는 내가 설탕을 좋아하는 것도 알고 있다.

"삶은 달걀을 으깨면서 노랑 설탕을 한 숟가락 넣었다. 우유는 남겨도 돼."

아저씨는 내가 얼마 전부터 우유를 많이 먹지 않는다는 것도 알고 있다. 디지몬이 죽은 이후 나는 많이 달라졌다. 아저씨가 내 얼굴을 본다. 아저씨의 이마와 볼이 발갛게 달아오른다. 아저씨의 손이 내 얼굴에 와 닿는다. 천천히 얼굴을 쓰다듬는다. 내 입에 뭐가 묻었는지 손으로 닦아서 아저씨 입에 넣는다. 쪽 소리가 난다. 아저씨가 조금씩 가까이 온다. 그래도 나는 자리를 피하지 않는다. 아저씨한테선 소녀의 노린내가 나지 않는다. 아빠처럼 술냄새도, 담배냄새도 나지 않는다.

나는 목이 말라 우유를 조금 마신다. 밍밍한 우유가 목구멍으로 넘어간다. 그 사이 손님이 두어 팀 왔다. 엄마와 함께 온 유치원 아이와 아가씨 두 명이다. 그들이 가고 나자 아저씨가 자리에서 일어난다. 유리창 앞에 선 아저씨가 한참 동안 바깥을 내다본다. 아저씨의 그림자가 햇빛을 가린다. 오후 이맘때는 햇살이 길게 소보로빵 위로 드러눕는 시간이다. 소보로빵이 어두워지면서 빵 위의 곰보 무늬가 짙어진다. 아무것도 들어 있지 않지만, 가끔 슬플 때 나를 달래 주는 소보로빵의 달콤한 맛을 혀는 기억하고 있다. 혀 밑에 침이 고인다. 다그락. 세워져 있던 블라인드가 유리에 길쭉한 몸뚱이를 눕힌다. 갑자기 소망베이커리가 어두워진다. 찰칵. 문이 잠기는 소리가 들린다. 아저씨가 돌아선다. 달칵. 형광등이 꺼진다. 소망베이커리가 순식간에 처음 들어섰을 때의 다락방처럼 어두워진다. 갑자기 목이 말라 나는 별로 좋아하지 않는 우유를 한 모금 더 마신다.

5

또 금붕어가 없어졌다. 아이들은 어항을 둘러싸고 없어진 금붕어에 대해 이야기하느라 시작종이 쳤는데도 제자리로 돌아갈 생각을 하지 않는다. 이렇게 일주일에 한 마리씩 없어지면, 두 달도 못 가 어항은 텅 비게 될 것이다. 금붕어가 한 마리씩 없어질 때마다 어린 시절에 본 〈V〉라는 외국 드라마가 생각났다. 초록색 외계인이 지구를 점령하는 이야기였는데, 매력적인 여자 외계인 대장이 즐겨 먹던 간식이 어항 속의 금붕어였다. 그들은 외계인이지만 지구인의 말을 알아들었고, 자기들 나름대로의 방식으로 지구를 점령했다. 나는 외계인들이 지구인들과 소통하는 것이 신기했다. 제일 신기한

점은, 서로 죽이며 미워했지만 그들이 가끔 서로 사랑하기도 한다
는 점이었다.

키가 작은 묘은이가 내 곁으로 다가온다. 두 손을 모아 입에다
댄다. 나는 귀를 그 애의 손 가까이 대어 준다.

"선생님, 저번에 성언이 가방에 금붕어가 들어 있는 유리병을 봤
어요."

묘은이는 다른 사람을 해코지하는 나쁜 버릇을 가지고 있다. 나
는 묘은이를 본다. 아이의 표정은 의기양양하다. 나는 책상으로 시
선을 돌리며 말한다.

"알았어."

얼마 전부터 쉬는 시간만 되면 어항에 붙어 서 있는 성언이를 종
종 보았다. 아이들은 모두 운동장에 나간 중간놀이 시간, 잠깐 회
의가 있어서 교무실에 갔다 온 적이 있었다. 그때, 나는 교실 복도
에서 유리창으로 성언이의 뒷모습을 보았다. 아무도 없는 교실에
서 말소리가 흘러나왔으므로 나는 내 입을 틀어막아야만 했다. 성
언이의 등뼈에서 난 소리처럼 그 소리는 성언이의 등을 타고 조용
한 교실에 전류처럼 흐르고 있었다.

'야, 야, 이리 와 봐.'

성언이는 손을 어항 속에 집어넣어 물을 휘휘 젓고 있었다. 갑작
스러운 불청객을 만난 금붕어들이 지느러미를 파닥거리며 물살을
헤집고 튀어 올랐다. 성언이의 손에는 아무것도 잡히지 않았다. 금
붕어의 반짝이는 비늘조차 성언이의 손을 놀리고 있는 듯했다. 문

득, 아이의 뒷모습이 수확이 끝난 콩잎처럼 질기고 낡아 보였다. 인기척을 느꼈는지 성언이가 휙 돌아보았다. 성언이의 눈동자가 파도처럼 출렁였다. 나는 아이의 눈을 받았다. 아이의 눈에서 조용한 아우성이 내 속으로 성큼성큼 걸어 들어오는 것 같았다.

"성언이는 금붕어를 좋아하는구나."

아이가 나를 쏘아보았다. 손에서 물기가 뚝뚝 떨어졌다.

"그러면 금붕어가 놀라지 않겠어?"

나는 아이의 물기 묻은 손을 잡아 주고 싶었다. 내가 한 걸음 다가가자 아이는 수업 시작종이 치는데도 몸을 돌려 뒷문으로 나가 버렸다.

아이들을 교문 앞까지 데려다 주고 나는 선뜻 교실로 들어가지 못한다. 성언이는 타박타박 혼자서 오르막길을 올라간다. 교문 앞에는 엄마들이 제 아이를 찾느라 눈을 반짝이고 있다. 입학한 지 두어 달이 지나면 학원을 가거나, 아이들이 스스로 길을 익히거나 해서 직장을 다니지 않는 몇 명의 엄마들만 서 있기 마련이다. 지금까지 일곱 명 남짓한 엄마들이 기다리고 있다. 그 속에 가끔 얼굴을 보이던 성언이 엄마가 요즈음은 통 보이지 않는다. 성언이의 뒷모습이 사라질 때까지 나는 골목길을 본다. 환청처럼 엄마의 말소리가 들린다.

나는 어느 날 엄마가 내게 한 '고백'에 발이 묶이고 말았다. 거미

줄에 걸린 나비처럼 버둥거리면 버둥거릴수록 나는 점점 더 엄마의
말에 휘말렸고, 벗어날 수 없었다.

"정은아, 엄마가 하는 일을 잘 봐 둬. 항상 기억해야 해. 밥은……
손바닥을 펴서 물이 이만큼 오면 돼. 행주는 잘 펴서 둬야지 그렇지
않으면 냄새가 나. 매일 삶아야 하구. 우유는 먹고 나면 냉장고에
두어야 해. 화장실 변기는 잘 닦아 둬야 하구. 세면대는 쓰고 나면
항상 비누로 이렇게 닦아 둬야 물때가 끼지 않아. 엄마가 생각나는
대로 말할 테니까 너는 그때마다 머릿속에 기억해 두는 거야."

그러면 나는 그랬다. 엄마 어디 가? 엄마가 대답했다.

"아니. 꼭 가는 게 아니더라도 엄마가 갑자기 없어질 수도 있으니
까……. 또 어느 날 죽을 수도 있고."

그랬는데, 엄마는 정말 어느 날 갑자기 없어졌다. 엄마는 사라졌
고, 그 텅 빈 공간 앞에는 엄마가 한 말들만 남았다. 이상한 일이었
다. 내가 엄마의 말들을 그렇게 귀담아 들었단 말인가. 말은 내가
어디를 가더라도 따라다녔다. 화장실에 들어가도 엄마의 말이 막
벌어지려는 괄약근보다 먼저 신경을 자극했다. 바지를 반쯤 벗은
채로 거울에 튄 물방울들을 닦고, 샴푸나 세제를 정리했다. 화장실
변기를 닦고, 세면대를 씻었다. 그러다 보면 변의고, 요의고 싹 가
셔 버렸다. 말은 집안 어디를 가더라도 이어폰을 낀 것처럼 정확하
게 들렸다. 정말 수수께끼였다. 더 수수께끼인 것은 말을 하지 않으
면 안 되는 직업을 내가 선택했다는 것이다.

교사라는 직업을 선택한 것은 순전히 아버지 때문이었다. 안정

된 직업이 보장되고 나면 자식을 외면하겠다는 생각이었을까. 아버지는 오빠와 내가 대학을 졸업함과 동시에 생전 처음 보는 여자와 살림을 차렸다. 엄마가 떠나고 난 뒤, 엄마의 배신에 이를 갈면서도 새어머니를 들이지 않았던 것을 생각하면 파격적인 변신이었다. 엄마가 부재했을 때 아버지는 침묵했다. 집안일은 고스란히 내 몫이었다. 오빠는 공부만 할 수 있도록 배려되었다. 나는 집안의 모든 것을 나에게 맡긴 두 남자와 너무나 많은 말을 남긴 엄마를 증오했다.

아버지가 돌아가시자마자 어디서 무슨 소식을 들었는지 엄마가 돌아왔다. 가족을 버리고 떠났던 치열한 사랑은 도대체 어디로 간 것일까. 엄마는 완전히 다른 사람이 되어 있었다. 뻔뻔스러울 정도로 당당했다. 자식을 버리고 떠난 여자에게서 볼 수 있는 죄스러움이나 눈물은 애초에 기대할 수도 없었다. 극악해 보일 정도의 이기심과 삶에 대한 욕심. 그것은 엄마의 초라한 몰골보다 우리를 더욱 못 견디게 만들었다.

오빠는 잡아먹을 듯이 엄마에게 눈을 부라렸다. 나 역시 그랬다. 엄마의 말 때문에, 어린 시절부터 불치병처럼 자리잡은 내 변비보다 엄마의 위암은 더 하찮은 병처럼 느껴졌다. 하지만 예고된 죽음은 사람을 부처님처럼 만들기도 하는 모양이었다. 나는 엄마를 완전히 외면할 수 없었다. 오빠는 말했다. 병원비는 내지만, 더 이상은 나에게 아무것도 기대하지 마라. 나도 오빠처럼 말하고 싶었다. 기대하지 말아야 할 사람은 너보다 나야! 하지만 나는 오빠에게 아무 말도 하지 못했다. 비명 따위는 지를 수 없도록 연습되어 온 결과였다.

나는 버스대합실에서 누군가가 맡기고 간 보따리를 엉겁결에 싸안듯 엄마를 떠안았다. 보따리 주인은 시간이 지나도 나타나지 않았다. 버리든지, 처리하든지 이젠 완전히 내 몫이었다. 불행하게도 방학이었다. 나는 생각을 달리 하기로 마음먹었다. 엄마의 죽음을 낱낱이 지켜보자는 생각이었다. 그것도 괜찮을 것 같았다.

침대에 누운 엄마의 눈은 잿빛이었다. 어금니까지 다 드러낼 정도로 엄마는 입을 크게 벌리고 있었다. 열린 입에서 계란 썩는 냄새가 났다. 소리도 나지 않는 말들이 쏟아져 나왔으나, 말은 그저 냄새에 불과했다. 혓바닥은 보랏빛으로 변했다. 이 사이에는 검은 물질이 이끼처럼 끼기 시작했다. 간호사는 하루에 한 번씩 엄마에게 왔다.

"링거액을 잘 보세요. 너무 적게 떨어져도 문제지만, 많이 떨어져도 위험하거든요."

죽음을 기다리는 환자에게 해 줄 말은 이것뿐이라는 듯, 간호사는 나만 보면 똑같은 말을 반복했다. 아침에 회진을 도는 의사도 마찬가지였다. 어떻습니까? 이 말은 의사의 말이고, 링거액을 잘 보세요, 이 말은 간호사의 말이었다.

간호사가 가고 나면 엄마는 손가락을 움직여 나를 가까이 오게 했다. 엄마는 걸쭉하고 질척한 악취를 내뿜으며 내 귀에 낮게 속삭였다. 이년아, 배고파.

이년아, 배고파. 엄마가 하는 말을 나는 잘 새겨들었다. 그리고 링거액의 조절 나사를 끝까지 돌렸다. 링거액이 바쁜 빗방울처럼 두두두둑 흘러내렸다. 엄마의 배가 둥그렇게 솟아오르는 착각이 들었다. 엄마는 배가 불러서 그날 오후에 죽고 말았다. 아마 그랬을 것이다. 어쩌면 링거 때문이 아니라 바로 그 순간이 엄마의 생이 다하는 시점이었는지도 모른다. 하지만 어쨌든 엄마는 죽어 버렸다.

6

방문이 열린다. 나는 다락 문틈에 눈을 바싹 붙인다. 소냐가, 소냐가, 무엇을 찾는 것 같다. 금붕어가 틀림없다. 불안하다. 혹시 그녀가 냉동실 문을 열면 어쩌나……, 걱정이 된다. 그걸 들고 가서 선생님과 아이들한테 보여 줄 것이다. 그러면 모두 도둑질을 했다고 나에게 손가락질할 것이다. 안 된다. 나는 머리를 세차게 흔든다. 다락방 문을 열고 나가서 그녀의 등을 확 밀어 버리고 싶다. 그런데 잠시 조용해지더니 곧 안방 문이 닫힌다. 똑딱 단추를 떼었다 붙이는 것 같은 소냐의 구두굽 소리가 들린다. 구두 소리는 점점 더 멀어진다.

오늘 나는 학교에 가지 않았다. 소망베이커리를 지나서 가는 모든 길은 막혀 버렸다. 구역질이 난다. 누군가가 가슴을 돌덩이로 짓누른다. 숨을 쉴 수가 없다. 다락방에서도 나는 숨는다. 바깥에서 무슨 소리만 들리면 오래된 가방이나 소쿠리를 머리에 뒤집어쓴다. 언젠가 팬티만 입고 다락방에 갇혔던 그 겨울날처럼 춥다.

나는 방으로 내려온다. 안방의 밝은 빛이 싫다. 하지만 그녀가 금붕어를 보았는지 확인해 봐야만 한다. 냉동실 문을 연다. 언제 먹을 것인지, 언제 넣어 두었는지도 모를 식품들이 냉동실을 가득 메우고 있다. 그것들을 모두 꺼낸다. 있다. 그대로다. 제일 안쪽 벽에 바싹 붙어 있는 검은 비닐봉지. 나는 그것들을 조심스럽게 연다. '퐁퐁' 대신 금붕어는 저희들끼리 부딪히며 때그락 때그락 소리를 낸다.

나는 금붕어가 부러웠다. 금붕어가 어항 속에서 사는 것을 견딜 수 있는 것은 기억력이 없기 때문이라고 했다. 금붕어는 수중 식물을 발견하면 그것에 놀라고는 이내 잊어버린다. 그런 다음 유리벽에 닿을 때까지 헤엄쳐 갔다가 다시 돌아와서는 똑같은 수중식물을 보고 다시 감탄한다. 금붕어에게는 이 세상이 놀랍고도 신기한 것밖에 없는 것이다. 선생님의 그 말을 듣고 나는 목구멍이 뜨거워져서 울컥 눈물을 쏟을 뻔했다. 얼마나 좋을까. 나는 금붕어를 보고 또 보았다. 2교시 후 중간놀이 시간, 아이들은 모두 운동장으로 나가고 선생님은 교무실에 간다. 그렇게 교실이 텅 비어 버리는 날이 있다. 그럴 때가 가장 좋은 기회다. 언제나 내 손을 빠져나가 버리는 금붕어가 어느 날 내 유리병 속으로 빨려 들어왔을 때, 나는 매일 감탄하는 금붕어보다 더 감탄해서 입을 다물지 못했다.

　어제 저녁, 다리를 어기적거리며 겨우겨우 걸어서 왔을 때, 언제나처럼 집에는 아무도 없었다. 소녀가 빨리 왔으면 싶었다. 하지만 소녀는 밤이 늦도록 오지 않았다. 배가 아프고 추웠다. 피부를 칼로 도려낸 것처럼 살이 시렸다. 다락방에 올라가 누웠지만, 잠이 오지 않았다. 머리 위에서 끊임없이 물을 튕겨 내는 소리가 들렸다. 금붕어가 감탄하고 또 감탄하고 있었다. 순간, 그 물소리가 너무나 듣기 싫었다. 퐁퐁거리는 잔잔한 물소리가 내 목을 조르는 것 같았다. 꼼짝도 하고 싶지 않았지만, 나는 책상 앞에 금붕어를 마주 보고 앉았다. 오늘 가지고 온 것까지 투명하고 작은 주스병에 한 마리씩, 다섯 마리였다. 나는 엄마의 낡은 소쿠리에 주스병을 모두 담아 부엌으로 갔다. 싱크대에 병을 뒤집었다. 금붕어들이 개수대 바닥에서 팔딱거렸다. 나는 손쉽게 비닐봉지에 금붕어들을 담았다. 냉동실 문을 열고 제일 안쪽에 금붕어를 넣었다. 소녀가 눈치 채지 못하도록 그 앞에 한약봉지를 놓았다. 임신을 하게 되는 약이라며 아빠가 사 주고 간 것이다. 아빠는 두 번 다시 못 버리게 하고, 첫 봉지를 뜯어 먹은 후 소녀는 절대로 못 먹겠다 하니, 그것들은 아마 없어지지도 않을 것이고, 버려지지도 못할 것이다. 모든 것은 냉동된 채로 그렇게 10년이고 20년이고 살아갈 것이다.

　자다가 몇 번씩 깼다. 온몸이 피로 물드는 꿈을 꾸었다. 처음 잠이 깼을 때, 나는 소녀를 보았다. 얼굴이 눈물로 젖어 수세미 같은 머리카락이 귀신처럼 달라붙어 있었다. 그 모습을 보며 나는 다시

절벽 같은 잠 속으로 빠져들었다. 눈을 뜰 때마다 나는 소녀를 보았다. 소녀는 피가 묻은 내 팬티를 손에 꽉 움켜쥐고 있었다. 가끔 소녀는 엉엉 소리 내어 울었다.

갑자기 삑삑거리는 소리가 들린다. 나는 오줌을 다 눈 개처럼 부르르 떤다. 디지몬이 낸 소리인 줄 안 것이다. 하지만, 냉동실 문을 오래 열어 두면 나는 소리라는 것을 금방 알아차린다. 나는 그딴 소리에 놀란 나를 책망한다. 세상에 진화가 필요한 것은 없다. 더 이상 감탄할 것도 없다. 그러니 설령 그것들이 배가 고프다고 아우성치더라도 밥을 줄 필요가 없는 것이다. 갑자기 아랫배가 아프다. 나는 그 자리에 주저앉는다. 서늘한 냉기가 목덜미에 쏟아져 내린다. 냉동실 문이 열려 있기 때문이다. 나는 배를 움켜쥐고 냉동실의 물건을 다 집어넣고, 문을 닫는다.

다락으로 올라온다. 다시 잠 속으로 빠져든다. 얼마나 깊은 잠이었을까. 꿈속에서 디지몬과 금붕어가 헤엄치고 있다. 디지몬의 얼굴이 여러 얼굴로 바뀐다. 선생님 얼굴도 되었다가 준영이도 되었다가 아빠로도, 소녀로도, 얼굴도 모르는 엄마 얼굴로도 되었다……. 금붕어는 색색깔의 빛을 뿌리면서 끊임없이 감탄하고 다닌다. 내 얼굴을 핥고 저만큼 가더니, 그새 잊었는지 다시 다가와 내 얼굴을 핥아 준다. 다섯 마리의 금붕어는 금방 열 마리가 되고 스무 마리가 되더니 돌아가며 빙글빙글 춤을 추었다.

눈을 뜨니 언제 왔는지 소녀가 나를 내려다보고 있다. 나와 눈이 마주치자 소녀의 징그럽게 큰 눈에서 눈물이 뚝 떨어진다. 음음. 소녀가 목울음을 운다. 여름날 길바닥 위에서 다 녹아 버린 사탕처럼 진득거리는 그 울음이 싫어서 나는 다시 눈을 감는다. 아득하게 소녀의 숨죽인 흐느낌이 멀어져 간다.

7

　　오후 세 시. 다시 전화가 온다. 냉동공장의 휴식시간. 여자는 일주일 전보다 훨씬 불안해졌다. 가끔 짧은 비명을 지르기도 한다. 여자의 말은 하나도 알아들을 수가 없다. 하지만 나는 여자의 말을 알아들은 것만 같다. 죽음의 순간에 처음 듣는 이방의 언어로 서로 이야기하지만 토씨 하나까지 모두 알아들을 수 있었던 『개선문』의 주인공들처럼 말이다. 나는 눈을 감는다. 말이 조금씩 뇌의 주름을 파고든다.

　　나는 의자에 몸을 기댄다. 여자의 말은 바람이다. 나는 몸을 가볍게 흔든다. 나는 나무다. 가지가 흔들리고 이파리가 몸을 살짝 뒤집는다. 머리카락이 흔들린다. 나는 머리카락 갈래마다 여자의 목소리가 들러붙는 걸 느낀다. 그녀는 말 중간 중간에 흐느끼고 있다. 가끔 흐느끼느라 말을 끊고 짧은 침묵에 잠기기도 한다. 그녀의 말은 바람을 품은 나무처럼 그저 눈을 감고 있기만 하면 된다. 그러면 이전에 내가 듣지 않고자 밀어냈던 말들이 싱싱하게 살아서 나를 찾아온다.

194

드디어 나는 그녀의 목소리에서 몇 개의 서투른 한국말을 찾아낸다. 성언이…… 성폭행…… 경찰서…… 경찰서에…… 함께……. 단절된 몇 개의 단어만으로도 그녀 말속의 절박한 상황을 금방 알아차린다.

"알았어요. 성언이 어머니, ……경찰서, 알겠어요."

"미얀합니다."

여자가 먼저 전화를 끊는다.

경찰서에 잡혀 온 빵집 남자는 키가 작고 우울한 얼굴의 사내다. 아내와 딸이 호주에 유학을 가서 성언이를 딸처럼 귀여워했을 뿐이라는 말만 되풀이하고 있다. 그는 성언이가 말을 하지 못한다는 사실을 악용하고 있는 것이다. 성언이 엄마는 다락방에서 주웠다는, 빵집 이름이 인쇄된 비닐봉지와 성언이의 팬티를 두 손에 꽉 움켜쥐고 있다. 분노로 뭉쳐진 그녀의 어깨가 성난 바다처럼 들끓는다. 나는 성언이 엄마의 어깨 위에 두 손을 올리고 힘을 준다.

성언이는 입원을 했다. 경찰서에서 나오자마자 나는 곧바로 병원으로 간다. 아이는 깊은 잠 속에 빠져 있다. 아이는 다 자란 큰 아이처럼 보인다. 세상의 거대한 힘과 싸우고 난 다음 태평스레 잠이 든 얼굴이다. 나는 학교로 돌아온다.

아이들이 돌아간 텅 빈 교실에서 나는 젖은 빨래처럼 축 늘어진다. 아무것도 하기 싫고 아무 곳에도 가고 싶지 않다. 텅 빈 교실이 점점 어둑해지고 고요해져 간다.

남편에게서 전화가 온다. 물론 전남편이다. 그의 음성은 유쾌하다. 같이 사는 여자가 출산을 했단다. 너무 잘됐네. 축하한다고 말을 해 준다. 낄낄낄. 만화영화 '톰과 제리'의 쥐새끼처럼 키득거리고 웃은 남편이 말한다.

"웃기지 않아? 당신하고 사는 7년 동안 생기지 않던 애가 한 달도 안 돼 덜컥 들어섰어……. 그리고 아주 건강한 사내아이를 낳았지. 그래서 당신 생각이 나서 말야. 당신한테는 어렵던 일이 누구한테는 너무 쉬운 일이지 않아? 고약한 심보라는 걸 알지만 그저 당신한테 알려 주고 싶었어."

"그래? 다시 한 번 축하해. 이건 진심이야. 당신이 늘 말했던 대로 난 생명을 죽이는 박토였나 봐. 늦었지만, 지금이라도 옥토를 만나서 정말 다행이야. 언제 한 번 아이 보러 갈까?"

"아니, 올 필요 없어. 보고 싶다면 내가 안고 가지."

전화가 끊긴다. 나는 잠시 생각에 잠기지만 머리를 흔든다. 전남편은 내게 빈정댄다고 생각했겠지만 정작 그의 말은 별로 나를 흔들지 못한다. 내가 해야 할 일이 비로소 생각났을 뿐이다. 나는 어항으로 다가간다. 어항 속에는 이제 세 마리의 금붕어가 남아 있다. 나는 그중 한 마리를 집어 든다. 금붕어는 미끄럽지만 용의주도한 내 손놀림에 꼼짝 없이 잡혀 온다. 작고 투명한 주스병에 금붕어를 놓는다. 길고 좁은 공간을 금붕어가 꼬리를 팔랑거리며 유연하게 헤엄을 친다.

나는 오늘, 성언이에게 간다. 금붕어 한 마리면 아이의 오후 시간이 그리 지겹지만은 않을 것이다.

지브라

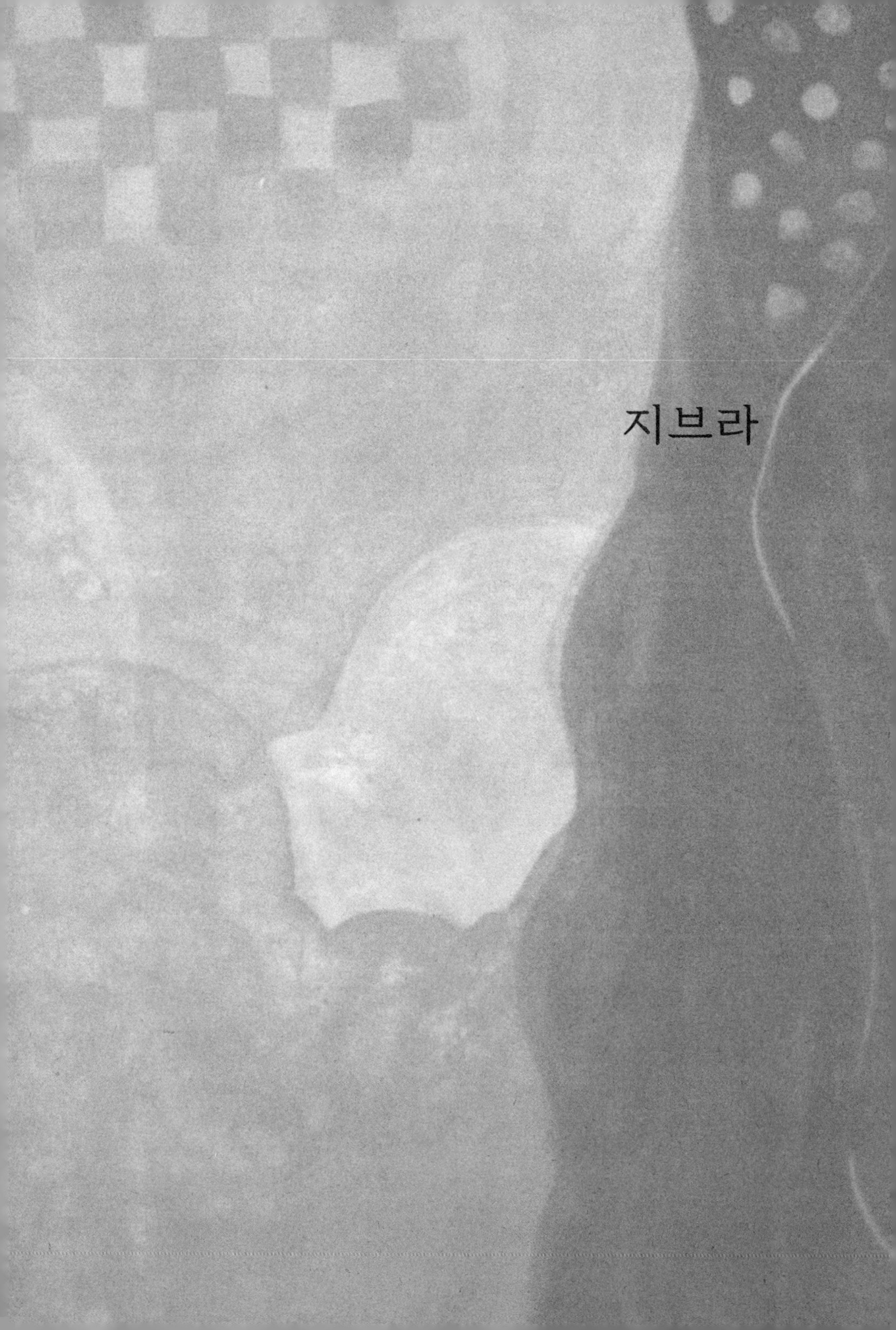

1

　애들이 편의점으로 몰려가는 시각은 저녁 식사시간 이후이다. 경사진 내리막길을 엎어질 듯 뛰어가느라 이 시간이면 다다다다 폭주족 엔진 같은 발소리가 학교를 울린다.

　수지는 툭 어깨를 치고 지나가는 대세와 진호를 본다. 타이는 어디다 흘렸는지 알 수 없고, 조끼는 진작 가방 안에 쑤셔 넣었다. 셔츠는 바지 밖으로 나와 밤샘업무를 하고 아침 먹으러 나온 샐러리맨 같은 인상이다. 화장실 갔다가 온다고 했는데 어느새 수지를 앞질렀다. 생지(생활지도부장을 말한다)가 보면 지랄할 텐데 신발은 또 슬리퍼다. 실내에서만 신게 되어 있는 슬리퍼지만 아이들에겐 편의점까지가 곧 학교실내라는 말과 같다. 특히 남자애들이 그렇다. 삼선 슬리퍼를 신은 남자 아이들의 옷차림은 거의 다 비슷하다.

여자아이들은 조금 다르다. 편의점 아줌마는 여자아이들 중 반 이상은 옷이 사람을 입은 건지 사람이 옷을 입은 건지 구분할 수 없다고 말한다. 여자아이들은 걸을 때마다 기모노를 입은 일본 여자처럼 종종거리고 걷는다. 상의도 마찬가지이다. 너무 타이트해서 단추 두어 개는 항상 끌러 놓아야 한다. 가끔 학교에서 생활검열할 때가 있는데, 그럴 때는 체육시간인 반에 들어가 애들이 벗어 놓은 교복들 중 가장 촌티 나는 교복을 잠시 빌린다. 빌려서 입고 검사를 맡은 후 제자리에 돌려놓는다. 그 정도 양심은 있다. 잠그지도 못할 옷을 왜 줄였냐고 평소에는 말도 잘 걸지 않는 엄마가 뭐라고 할 때도 있다. 이유는 하나뿐이다. 헐렁한 옷이라니 생각만 해도 쪽팔리기 때문이다.

수지는 대세가 열어 놓은 문 안으로 얼른 들어선다. 수지 뒤로 빨래처럼 펄럭이던 유리문이 힘겨운 소리를 내며 헥헥대다가 제자리를 찾는다. 편의점 안에는 컵라면과 김밥, 그리고 일회용 커피 냄새가 어지럽게 뒤섞여 있다. 수지는 코를 벌름거리며 냄새들이 몸 안 깊이 몰려들어 오도록 내버려둔다. 아이들이 교복 단추를 하나 더 푼다. 이곳에 도착하면 아이들의 몸짓은 눈에 띄게 한가해지고 껄렁해진다. 곧 씨발이니 개새끼로 시작하는 욕설이 편의점 안에 질펀하게 쏟아진다.

"아, 아줌마 열 받아 죽겠어. 증말, 학교 확 때려치울까 봐."

오늘 대세는 위험 수준이다. 편의점에 오는 꼴통들을 학교 선생들보다 더 잘 휘어잡는 아줌마도 대세가 오늘 같은 상태로 편의점에 나타나면 은근히 긴장하는 낯빛이 된다. 아주 심할 때는 비굴해지기까지 한다. 최대세. 우리학교 꼴통. 북한 축구선수 정대세와 이름이 같아 더 유명해진 대세. 몸피는 날씬하지만 주먹이 세다. 한번 문 놈은 절대로 놓지 않는다. 고집과 주먹으로 학교를 평정한 지 이미 오래다. 3학년들도 손을 놓았다는 소문이다.

"왜? 왜 또 그러는데?"

아무렇지도 않은 듯 아줌마가 묻는다. 아무렇지도 않은 듯 묻지만 아무렇지도 않을 리가 없다. 담대한 척하지만 대세의 욕설과 주먹이 편의점 공기를 뒤흔들 때는 아줌마 얼굴이 흙빛으로 변하는 걸 수지는 여러 번 봤다. 말도 안 되지만, 가끔 대세를 남자로 느낄 때도 있는 것 같다. 카운터 너머에 있는 아줌마 몸을 대세가 와락 껴안을 때이다. 또래 여자아이들에게는 절대 그러지 않는데, 편의점 아줌마에게는 이상하게도 저질스러워진다. 꼭 남자 노릇을 하려고 든다. 아줌마의 풍만한 가슴을 슬쩍 슬쩍 터치하는 것 하며 대놓고 앞에서 껴안을 때 보면 영판 능글맞은 아저씨 같다.

그럴 땐 머리꼭지가 확 돈다. 대세의 등짝이며 다리를 있는 힘껏 차 버리고 싶지만 수지는 매번 넓은 마음으로 참는다. 설마 하는 마음이 있기 때문이다. 저 아줌마와는 그냥 '노는 중'이니까 그 정도 외도는 참아 줄 수 있다. 하긴 처음부터 그런 대세를 아줌마가 질겁을 하고 떼어 냈으면 지금 대세가 저 정도는 아니었을 것이다. 가끔 대세의 귓불에서부터 턱으로 내려오는 구레나룻이 아줌마 볼에 와 닿을 때, 아줌마는 펄쩍 놀라기도 한다. 그런데 그게 싫지 않은 모양인지 아줌마는 얼굴뿐 아니라 목까지 붉어진다. 그러면서도 입으로 쿨한 척 소리를 친다. 아이고, 이놈이 왜 이래. 다 늙은 아줌마한테 이게 뭐하는 짓이야? 아줌마가 얼굴을 떼려 하면 할수록 대세는 아줌마 등을 더욱 옥죄인다. 평소 시시껄렁한 아저씨들한테 대하는 아줌마의 와일드한 성격으로 볼 때 성희롱으로 경찰에 신고라도 할 것 같지만, 대세에게는 그러지 않는다.

아줌마는 석빙고 하나를 대세에게 건넨다. 석빙고는 대세의 손을 통해 진공청소기가 빨아들이기라도 한 것처럼 재빨리 입으로 흡입된다. 고맙다느니 뭘 이런 걸 주느냐니 하는 인사는 아예 하지 않는다. 대세는 아이스크림 중에서도 석빙고를 가장 좋아한다. 넓적하고 커다란 자신의 대문니가 딱딱하게 언 석빙고를 간절하게 부른다고, 석빙고만 보면 이가 근질근질하다고 말한다. 하지만 오늘 석빙고는 대세의 대문니를 기쁘게 해 줄 여유가 없다. 지금 대세의 머리는 곧 폭발할 지경이다. 끓어오르는 온도를 강제로 내려서라도 식혀야 한다. 이 편의점을 들어올 때마다 씨팔을 늘어놓을 이유가 대세에게는 늘 있었지만 오늘은 정말 대박이다.

배고픈 늑대처럼 순식간에 석빙고를 삼킨 대세가 또 한바탕 욕설을 늘어놓는다. 그러더니 대세는 침을 찌익 레이저총을 쏘듯이 직선으로 뱉어 낸다. 아줌마는 바닥에 침 뱉는 걸 제일 싫어한다. 대세가 해도 지랄을 한다. 그런데 아줌마 눈치 하나는 정말 끝내준다. 오늘 아줌마는 대세를 지켜보고만 있을 뿐이다.

"아놔, 증말 열 받아. 내가 왜 그 단어를 알아야 하느냐고! 대학 갈 것도 아닌데. 영어 그 새끼, 다른 날엔 모른 척 잘 넘어가 놓고는, 오늘 한 번 해 보자는 거 아냐. 지가 그리 작정을 하고 나오는데 내가 왜 지 입맛대로 움직여 줘야 하냐고! 아 씨팔, 나보고 일어나라 하잖아……."

흥분한 대세의 욕지거리에 아줌마의 얼굴이 대번에 일그러진다. 그래도 입에서 나오는 말은 그리 퉁명스럽지 않다.

"그래서 어떻게 했는데?"

대세가 갑자기 카운터를 손으로 퍽 내리친다. 그 바람에 바코드 인식기가 펄쩍 뛴다. 옆에 서 있던 진호가 실실 웃음을 흘리며 아줌마 눈에 대고 손가락으로 총을 쏘는 시늉을 한다. 이건 신날 때 나오는 진호의 버릇이다.

"캬, 아줌마가 한 번 봤어야 하는 건데. 대세가 고개를 요렇게 해 가지고요, 못 일어나겠는데요, 이랬잖아. 그러니까 영어 눈까리가 확 뒤집어지는 거야. 뭐야 이 새끼가! 하면서 들고 있던 몽둥이를 딱 들어 올린 순간, 대세가 그 몽둥이를 확 잡아 버린 거야."

"그래서?"

아줌마가 되물었다.

"그래서는 뭐가 그래서야. 그 새끼가 대세를 이길 순 없지. 힘에 있어선 말야. 대세는 앉아 있고, 그 새끼는 서 있는데도 몽둥이가 뒤로 밀리는 거야. 그 새끼는 위에서 누르는데도 대세를 못 이겼다는 말씀이지. 애들 눈초리가 어땠는지 알아? 그 새낀 완전 똥 됐지."

　진호가 마치 영웅담이라도 되는 듯 이야기를 하는데도 대세의
얼굴은 썩 밝지가 않다. 힘이 센 것을 부정하진 않지만 뭔가 찝찝
한 기분은 어쩌지 못한다는 표정이다. 대세의 마음을 읽기라도 한
것처럼 삐딱하게 짝다리를 하고 서 있던 묘연이가 진호의 옆구리
를 퍽 찌른다.

　"야, 이 멍청한 놈아, 그 새끼 하는 소리 못 들었어?"

　아줌마가 묘연이의 얼굴을 보자 묘연이가 좆됐다구요, 하고 입
모양으로 말한다.

　"니가 지금 선생을 치겠단 말이냐? 선생을 니 좆같이도 안 여기
는 놈, 너 같은 놈 학콜 못 다니게 하겠다고, 가만두지 않겠다 뭐
그러면서 수업도 안 끝났는데 교실을 나가 버렸어요."

　선생이나 학생이나 똑같다. 남자들은 참 이해할 수 없다고 수지
는 생각한다. 자기 몸에 달려 있는 가장 소중한 물건을 왜 그렇게
싸잡아서 쌍욕하는 데 써먹는지 모를 일이다. 참, 좆 같은 발상이
아닐 수 없다. 정말 좆 같은 인생인 대세는 두 번이나 봉사 경험이
있다. 담임 말에 의하면, 옛날 같았으면 무기정학 아니면 퇴학이었
을 거라는, 좋은 세월에 태어나 운 좋은 줄 알아야 하는 바로 그 학
교봉사 내지는 사회봉사의 '봉사' 말이다.

　한 번은 패싸움을 한 것인데, 상대방 아이를 칼로 찔러서 전치 4
주를 입혔고, 또 한 번은 운동장에서 오토바이를 타다가 중앙현관
을 들이받아 두꺼운 현관유리문을 다 부숴 버렸다. 혈중 알콜 농도

를 정확하게 재지 않아서 그렇지 소주 네 병을 마시고 오토바이를 탔다는 진호의 말이 사실이라면, 정신은 마취 상태이며, 몸은 미친 상태였다고 볼 수 있지 않을까. 그때 대세 엄마가 불러 와서 교장실 탁자를 뒤집어엎은 일은 두고두고 대세를 쪽팔리게 했다. 그런데 또다시 그런 사태가 온 것이다.

대세는 지금 엄마와 함께 살지 않는다. 대세 엄마는 수하물 트럭 운전을 하는 대세 아빠와 이혼을 하고 자동차 정비업을 하는 남자와 재혼했다. 집에 있는 시간보다 객지를 떠도는 시간이 더 많은 대세 아빠와의 생활에 진절머리를 내더니, 무슨 산악회에서 만난 이혼남과 재혼을 한 것이다. 대세 아빠는 마치 기다렸다는 듯이 이혼 서류에 도장을 찍어 주었다고 하는데, 떠돌아다니는 지방마다 젊고 이쁜 여자가 따로 있기 때문일 거라고 대세는 입술을 비틀며 이야기했다. 대세 밑에 여동생이 하나 있는데 여동생은 엄마가 데려가고 대세는 아버지 슬하에 남는 걸로 합의했다.

그래도 학교에서 사고가 나면 아빠는 올 수가 없으니 늘 엄마한테 연락이 가게 마련이다. 연락을 받은 대세 엄마는 자기가 이 세상에서 가장 모성이 강한 엄마라도 되는 것처럼 득달같이 달려가 학교를 발칵 뒤집어 놓곤 했다. 현관 유리 때문에 온 날도 마찬가지였다. 공부 못 한다고 무시하는 선생들 밑에서 우리 애가 뭘 배웠겠느냐, 공부를 안 가르치려면 인성이라도 똑바로 가르쳐야 하는 거 아니냐, 중학교 때까지는 모범생 소리 들으면서 살았다, 당신네들이 저렇게 성질 더럽게 만들어 놓고 지금 날 왜 불렀느냐,

우리 애 다친 건 어떻게 할 거냐, 내가 도로 손해배상 청구해야 할 판이다, 정 유리값 받고 싶으면 내 배를 째고 갖고 가라, 고 했다는 것이다.

현관 유리문 값은 결국 학교 예산 예비비로 충당되었다. 유리값은 못 받았지만 대세를 용서해 줄 수는 없는 일이었다. 오랜 교무회의 끝에 대세에게 학교봉사 처분이 내려졌다. 그 기간 동안 대세는 마치 착한 학생처럼 지각도 하지 않고 꼬박꼬박 학교에 왔고, 선생들 눈이 있을 때에만 이른바 '학교봉사'를 했다. 그리고 남은 대부분의 시간을 편의점에서 보냈다.

가끔 믿기 어려운 소문도 나돌았다. 조퇴하는 길에 봤다는 어떤 아이의 전언에 따르면 대세가 아줌마랑 둘이 시시덕거리며 물건을 들어 나르기도 하고 심지어는 진열을 하고 있었다나 어쩼다나. 아무튼 이런저런 이유로 아줌마는 어쩌면 대세를 남자로 좋아하고 있는지도 모른다는 것이다. 대세에게는 아줌마들의 가슴을 설레게 할 만한 구석이 적지 않다. 날씬하고 민첩한 몸매, 너풀거리는 머리카락 밑으로 성깔 부릴 땐 무섭게 번득이지만, 조용할 때는 상대방의 가슴을 쿵 내려앉게 만드는 우수 어린 눈망울. 특히나 바람난 남편 때문에 이혼한 지 제법 됐다는 아줌마에 대한 소문이 맞다면, 오랜 독신 생활에 대세가 특별한 남자로 보였을 수도 있다는 거다.

아줌마가 냉장고를 열더니 별다른 첨가물 없이 주로 얼음덩어리로 이루어진 아이스크림 하나를 더 꺼내어 대세에게 내민다. 얼음 먹고 정신 차리라는 거다.

"너, 이거 하나 더 먹어. 그리고 빨리 학교 들어가서 선생님한테 잘못했다고 빌어. 학교는 졸업해야 할 거 아냐."

늘 독수리가 병아리 낚아채듯 잽싸게 먹을 걸 가지고 갔던 대세의 손은 바지 주머니 속에 들어가 나오지 않는다. 입으론 '아, 씨발, 좆 같은'과 같은 류의 다양한 욕이 랩처럼 쏟아져 나온다. 짝다리 묘연이가 대세의 팔을 잡는다.

"아줌마 말대로 해."

"아이 씨, 쪽팔리게. 아이 씨! 왜 나한테 그 따위 영어단어를 물어보냐고!"

도저히 울분을 삭힐 수 없는지 허공을 향해 주먹을 휘두른 대세가 구석에 진열된 빨간 땡땡이 무늬 우산을 집어 든다. 대세는 항상 그 우산만을 집어 든다. 우산 끝이 쇠로 되어 있고, 뾰족하기 때문이다. 빨간 땡땡이 우산을 들고 우산 끝을 세워 마치 전쟁터에 나간 중세 기사처럼 칼싸움 시늉을 하는 것은 대세의 편의점표 장난 중 하나다. 하지만 오늘은 장난 같지가 않다. 난폭할 정도로 폭발적이며 공격적이라는 게 눈에 보인다. 앞에 영어가 있다면 몸의 어딘가를 깊숙하게 찔렀을 것이라는 생각이 들 정도다.

허공을 향해 획획 휘두른 우산에 진열되어 있던 휴대용 화장지 더미가 와르르 쏟아진다. 제풀에 놀란 건지 대세는 아줌마 쪽은 쳐다보지도 않고 우산을 바닥에 획 던지고 문을 열고 나가 버린다. 진호도 따라 나간다. 묘연이도 나간다. 후다닥 열렸다 닫히는 공간 사이로 바깥 공기가 바쁘게 들어왔다가 빠져 나간다.

온도가 다른 도로의 바람이 수지의 코밑을 슥 훔치고 지나간다. 수지는 빨고 있던 막대사탕을 볼 안쪽으로 밀어 넣고 쪼그리고 앉아 화장지를 주워 올린다. 엉덩이에 찰싹 달라붙어 있던 치마가 말려 올라간다. 아줌마 시선이나 모서리에 붙어 있는 도난방지용 반사경이나 CCTV 따위는 신경도 쓰지 않는다. 앉은 채로 걸음을 옮기니 일어섰는데도 타이트한 치마는 위로 쭉 올라가 엉덩이만 겨우 가린 초미니스커트가 되어 버렸다. 수지는 치마를 손으로 끌어내린다. 잘 내려가지 않아 엉덩이를 옆으로 삐쭉거린다.

수지는 선반 위의 화장지를 모서리까지 맞추어 잘 정리해 놓는다. 가끔 수지는 그러고 싶다. 세상이 자신을 향해 삐뚤어졌다고 할 때마다 마음속 깊은 곳에서 삐뚠 자신의 마음을 일렬로 정렬시키고 싶은 욕구가 강하게 인다. 저렇게 나란히 말이다. 잘 개켜진 이불처럼 화장지가 반듯해지자 수지는 손을 탁탁 털고는 인사를 한다. 안녕히 계세요. 그때 아줌마가 뜬금없이 묻는다.

"도대체 그 영어 단어가 뭐였니?"

수지는 영어선생보다 더 기습적으로 던져진 질문을 이해하지 못해 잠시 문 앞에 서 있다. 아, 영어 단어. 그 단어를 처음 들었더라도 평생 못 잊을 단어가 되었겠지만, 그 단어는 수지가 이미 알고 있는 단어다.

"지브라요."

"지브랄? 별놈의 선생이 별놈의 걸 다 물었네."

아줌마는 그 와중에도 대세를 편든다. 참, 못 말리는 아줌마다.

수지는 조용히 문을 연다. 문은 대세가 연 것처럼 펄럭거리지 않고 고요하다. 얼룩말의 줄무늬처럼 질서정연한 흔들림. 수지는 가끔 그러고 싶다. 질주하는 바이크 같은 요란함 속에 깊은 고요함으로 침잠하고 싶을 때가 있다. 대세도 그럴 수 있다면 좋을 텐데, 하고 생각한다.

대세를 다시 본 것은 야간자습을 마치고 집으로 들어가는 공원 입구에서다. 대세는 입구 벤치에 앉아 있다가 수지를 향해 손을 흔든다. 아까 편의점을 나간 뒤 학교로 돌아오지도 않고 전화도 받지 않더니 어딜 쏘다니다가 나타난 것이다. 대세는 웃고 있다. 웃는 것뿐만 아니라 흥분해서 폭발할 것 같던 아까의 얼굴도 가라앉아 편안해 보이기까지 한다. 수지가 다가가자 뜬금없이 툭 묻는다.

"야, 아까 그 단어가 무슨 뜻이냐?"

"뭐? 지브라?"

수지는 되물어 놓고는 대세의 얼굴을 빤히 쳐다본다. 아줌마와 같은 질문을 하고 있다니! 슬며시 질투가 인다.

"그게 정말 얼룩말이란 뜻이야?"

수지가 고개를 끄덕이자 대세가 수지를 향해 빙그레 웃는다. 수지는 문득 그 웃음의 의미를 알아챈다. 그리고 아, 얼룩말! 한다.

대세는 편의점을 정글이라고 불렀다. 우린 동물원에 갇힌 맹수야. 정글이 얼마나 그립겠어. 미치도록 그립지. 삭막하고 숨 막히고 답답한 동물원에서 하루 종일 뺑뺑이 치다가 땡, 하는 소리와 함께 달려가는 거지. 밀림과 초원과 강이 공존하는 곳, 정글로 말야. 무한 먹이와 무한 자유를 찾아가는 거지.

난 맹수 싫어. 피 흘리며 뜯어먹는 거 딱 질색이야. 묘연이가 그렇게 따지듯 쏘아붙였을 때, 고개를 끄덕이며 대세가 말했다. 그럼 너는 뱀 해라. 길고 날씬하니까. 나는 야비한 하이에나가 좋아. 대세의 말이 채 끝나기도 전에 진호가 대뜸 자기는 표범을 하겠다고 했다. 묘연이는 자기는 이 세상에서 뱀이 제일 징그럽다며 싫다고 난리였고, 그럼 원숭이, 코끼리, 그럼 치타, 아이들이 제가 알고 있는 정글의 동물 이름을 대느라 한바탕 난리가 났다. 그날 수지는 미어캣이었다. 눈이 동그랗게 튀어나왔다고 그렇게 붙여졌다. 넌 여기만 오면 늘 바깥을 쳐다보잖아. 보초 서는 정글의 경비병인 미어캣과 꼭 닮았어, 라고 대세가 덧붙였다. 그날 이후로 편의점에만 가면 수지는 숨이 편안하게 쉬어졌다. 컵라면과 삼각김밥은 예수가 주는 포도주와 같았다. 약간 텁텁하면서도 이런저런 냄새가 뒤섞여 있는 공기는 정글 속의 나무가 뿜어내는 피톤치드처럼 싱그럽게 느껴졌다.

"그동안 우리가 빼먹고 있었던 동물을 영어가 가르쳐 준 셈이네. 지브라. 정말 멋진 단어다. 수지야. 끝없이 광대한 벌판에 줄무늬가 아름다운 지브라가 떼를 지어 달려가는 거, 상상만 해도 흥분된다. 널 꼭 그곳에 데려가서 지브라를 보여 줄게."

얼룩말을 지브라라고 말하는 대세가 우스워서 수지는 낄낄거린다. 그런데 대세는 웃지 않는다.

"정말이야. 아까부터 쭉 생각했어."

"흥, 그게 언젠데?"

"내가 조금만 더 나이 먹으면, 그때 돈이 없으면, 살고 있는 집을 팔아서라도 널 데리고 간다. 지브라……, 근사하다. 이제 목표가 생겼어. 너한테 지브라를 보여 주는 것. 그러니 넌 얌전하게 공부 열심히 해야 돼."

수지는 대세를 향해 눈을 흘긴다. 마치 유언을 하는 사람처럼 대세의 얼굴은 진지하다. 순간 수지는 자기 속에 울컥하며 치밀어 오르는 뭔가를 느낀다. 자기 속에 그런 감정이 숨어 있으리라고는 상상도 못했던 어떤 감동. 그 감동은 좀체 자신 속에서 빠져나갈 것 같지 않다.

2

남자는 내가 휴대폰 주인이오, 라는 말을 이마에 써 붙인 사람처럼 편의점 간판 아래 딱 붙어 서서 어지러운 시선을 이리저리 날리고 있다. 카키색 바바리코트는 조금 오래되어 보이지만 싸구려 같진 않다. 앞머리가 조금 빠졌고, 팔이 유난히 길어서 원숭이 생각이 난다. 수지가 다가가자 어떻게 알아봤는지 아저씨가 손을 번쩍 든다. 키득 웃음이 난다. 두 팔을 위로 올려 맞잡으면 원숭이처럼 손쉽게 박수도 칠 수 있을 것 같다.

"니가 휴대폰 주운 학생이니?"

"네."

"정말 고맙다. 어디서 잃어버렸는지 통 기억이 안 나서 한참 찾았거든. 지하철인지 사무실인지……."

노래방인지……, 하는 소리가 나올 것 같아 수지는 캑캑 기침을 한다.

"죄송한데요. 사례금을 먼저 주셔야 하거든요."

아저씨가 수지의 얼굴을 빤히 쳐다보더니 가슴팍에 붙어 있는 이름표 쪽으로 시선을 옮긴다. 그러면 어쩔 건데? 하는 말을 입속에 굴린다.

"제가 돈이 좀 필요하거든요."

아저씨가 고개를 필요 이상으로 크게 주억거린다. 쌍꺼풀진 눈두덩에 기름이 질질 흐른다. 코는 작은 편은 아니지만 흑인처럼 두툼한 입술 때문에 상대적으로 낮아 보인다.

"얼마쯤 주면 되겠니?"

어색하게 웃는 아저씨 볼이 굵은 주름으로 깊게 패여 있다. 그걸 보자 조금 불쌍하다는 생각이 든다. 돈이라곤 한 푼도 없을 것 같다.

"알아서 주세요."

"그래."

아저씨가 지갑에서 이만 원을 꺼낸다. 생각보다 재수가 좋은 편이다. 주운 물건은 돌려주는 게 당연한 거지, 하며 훈계하려고 들었다면 어쩔 뻔했나. 수지는 주변을 빠르게 살펴본 뒤 뺏듯이 이만 원을 주머니에 넣고 휴대폰을 꺼내 준다. 그리고는 인사를 꾸벅 하고 몸을 돌린다. 참, 배경화면. 수지는 머리를 쿵 쥐어박는다. 배경화면을 바꿔 놓은 게 그제야 생각난다. 케이블 TV에서 〈1박 2일〉을 보다가 강호동 얼굴이 크게 나왔을 때 사진을 찍고 그걸 배경화면으로 깔아 놓았던 것이다. 정답게 웃고 있는 가족사진이 보기 싫었기 때문이다. 그런데 돌려주기 전에 가족사진으로 다시 바꿔 놓는다는 걸 깜빡했다. 수지가 뒤돌아보았을 때 아저씨는 그 자리에 선 채 휴대폰을 들여다보고 목을 뒤로 젖히고 하하하 소리 내어 웃고 있다. 수지는 쭈뼛거리며 아저씨에게로 다가간다.

"죄송해요. 그냥 장난삼아 찍어 본 거고요. 확인해 보면 알겠지만 그 전화 쓴 건 없어요. 아저씨 부인한테 휴대폰 찾아가라는 문자 한 통 보낸 거 말고는 안 썼고요. 사진도 그거 한 장……."

웃음소리가 끝났는데도 아저씨 얼굴에는 웃음이 머물러 있다. 눈가가 젖어 있기까지 하다.

"참, 오랜만에 웃는다."

수지는 아저씨가 야단칠 생각이 없는 것임을 단번에 알아차린다. 야단칠 생각이 없는 것뿐만 아니라 참 오랜만에 웃는다, 라는 멘트까지 날리며 묘한 여운을 남겼다. 오랜만에 웃는다, 라는 말이 주는 어감이 그랬다. 그동안 웃을 일이 없었다, 또는 그동안 외로웠다 등등, 어쨌든 수지에게 친밀감의 여지를 남긴 것이다. 뭔가 수지와 엮이려는 의도가 다분한 말이다. 수지는 주머니에서 제 휴대폰을 꺼내 시간을 확인한다. 아니 확인하는 척한다.

"저녁시간 늦게 가면 반찬도 없는데……, 야간자율학습도 곧 해야 하고……."

 사실이기도 하다. 다 못 먹고 버릴 거면서 뒷줄 아이들 못 먹게 식반 위에 반찬을 산더미처럼 쌓아 가는 아이들이 있다. 무슨 심술인지 모르지만 그걸 말리는 선생도 없으니 소위 학교짱이라고 불리는 아이들 심기를 거스를 간 큰 아이가 있을 리 만무하다. 진호나 묘연이가 한 번씩 그런 짓을 한다. 하지만 대세는 그런 짓은 하지 않는다. 물론 수지도 하지 않는다. 가끔 얄미운 아이가 뒷줄에 설 때는 그러고 싶을 때도 있다. 하지만 그러기에는 수지가 낸 밥값이 너무 없다. 급식비 두 달 미납 상태에서 먹는 밥은 위장이 계단식으로 바뀐 것처럼 점심시간만 지나면 척척 걸린다. 그래서 밥 가지고 장난은 치지 않는다. 엄마는 돈 이야기만 하면 전세 대출금 핑계를 댄다. 그놈의 전세 대출금은 언제 다 갚을지 알 수 없는 일이다.

 "어, 학생. 저녁 시간이었구나. 여기서 아저씨가 뭐 사 줄까? 간단한 거 먹고 올라가면 자율학습 시간 늦지 않게 갈 수 있을 텐데……."

 수지는 고개를 끄덕이며 아저씨를 앞질러 경아분식으로 들어간다. 아저씨는 라면과 김밥을 시키고는 수지가 먹는 것을 보고 있다. 돈만 주고 가도 되는데, 굳이 앞자리에 앉아서 코 훌쩍거리는 것까지 다 살피고 있다.

 "안 바쁘세요? 가셔도 되는데."

 수지의 말에 아저씨가 엉거주춤 몸을 일으킨다. 말려 올라간 치

마 사이로 드러난 수지의 허벅지에 은근히 눈길을 주는가 싶더니
얼른 고개를 돌린다. 귀까지 빨개진다. 수지는 슬쩍 다리를 더 벌린
다. 이마까지 빨갛다. 그러고 보니 눈이 큰 데다 눈초리가 축 쳐진
게 꼭 소 같은 인상이다. 순진한 건지 순진한 척하는 건지……. 수
지는 라면 그릇에 코를 박으며 아저씨의 이중성에 대해 잠깐 생각
한다. 가족이 있고, 또 다른 삶이 존재하는, 그래도 아버지는 아버
지인 아버지의 이중성.

"그래, 고맙다. 계산은 하고 갈게."

지갑을 꺼내는 아저씨의 손이 느린 화면 속의 개미핥기처럼 느적
거린다. 뭔가 미적거리고 있다. 아니, 끈적거린다. 수지는 결정적인
멘트를 날리기로 한다.

"문자 해도 돼요? 심심할 때요. 그냥 받아 주기만 하면 돼요."

"그럼. 물, 물론이지. 더 먹고 가라. 돈은 여기 두고 갈게."

만 원짜리 한 장을 꺼내 들고 아줌마에게 주려던 아저씨의 손이
잠시 멈칫 하더니 삼만 원을 탁자 위에 놓는다. 돈을 집고 싶어서
손가락이 근질근질하다. 하지만 수지는 관심 없는 척 라면 그릇을
들고 국물을 마신다. 수지는 원래 국물을 안 먹는다. 근데, 아저씨
가 나갈 때까지 뭔가 다른 데에 집중해야 할 것 같다. 아저씨가 문
을 열고 나가는 소리가 들린다.

완전 횡재다, 오만 원이 생겼다. 수지는 그릇을 소리 나게 탁자
에 놓고 출입문 쪽을 본다. 아저씨가 이쪽을 보고 있다. 수지는 손
을 흔든다. 아저씨도 손을 흔든다. 경아분식 맞은편 편의점 아줌마

가 수지와 아저씨를 유심히 보고 있다. 수지는 얼른 삼만 원을 집어 호주머니에 넣는다. 돈이 생겼다. 수지는 야자를 빼먹기로 한다.

수지한테 생긴 돈 냄새가 그새 교실까지 침투했을까. 어떻게 알았는지 묘연이한테서 문자가 온다. 야, 답답해 미치겠다. 케니로져스 가자. 노래방 이름이다. 무슨 노래방 이름을 그렇게 복잡하게 만들었는지 모르지만 음향시설 하나는 끝내주는 집이다. 하지만 내키지 않는다. 가서 또 휴대폰이나 주우면 모를까. 오늘은 가기 싫다. 대세가 빠지면 뭐든 재미가 없다.

오늘로 벌써 사흘째 대세는 학교에 오지 않고 있다. 대세의 결석이 뭘 의미하는지 아무도 모른다. 대세의 전화기가 꺼져 있기 때문이다. 담임이 진호를 불러 대세가 왜 집을 나갔느냐고, 영어시간에 있었던 일 말고는 정말 아무 일도 없었던 거냐고 물었다. 진호는 고개를 흔들 생각도 하지 못하고 담임을 빤히 쳐다보기만 했다. 담임의 그 질문 때문에 진호는 대세가 집을 나갔다는 사실을 알게 되었기 때문이다. 수지나 묘연이도 마찬가지다. 대세에 대해 아는 사람이 없다. 담임을 만나고 온 후로 진호는 아예 풀이 죽어 있다. 평소에도 대세가 없으면 말수가 줄어드는데, 진호는 오늘 과묵해 보이기까지 한다. 이상하게 대세가 없으면 진호도 묘연이도 뿔뿔이 흩어져 버린다. 하루에 몇 번씩 들락거리던 편의점도 가지 않는다.

대세는 어디서 무엇을 할까. 수지는 아프리카로 자기를 데려가 지브라를 보여 주겠다고 한 대세의 말을 떠올린다. 그 말이 수지에게 어떤 의미였는지 대세는 아마 모를 거라고 생각한다. 줄무늬가 우아한 지브라가 뛰어노는 광활한 들판에 서 있는 수지. 펄럭이는 긴 치마를 입고 머리에는 챙이 넓은 사파리 모자를 쓰고 있겠지.

집에 가서 옷을 갈아입고 오랜만에 피시방에 간다. 새벽까지 앉아 있어도 교복 차림만 아니면 미성년자 간섭을 안 하는 곳이다. 인터넷 검색창에 지브라라고 친다. 동영상만 열두 개가 나온다. 동영상을 모두 클릭해서 모니터에 얼굴을 가까이 대고 집중해서 본다. 광활한 초원을 달릴 때에는 지브라가 일으키는 바람이 뺨에 와 닿는다. 물을 먹던 한 무리의 지브라가 사자에게 쫓겨 도망갈 때에는 주둥이와 다리에서 튀어 오른 물방울이 목덜미에 휘감긴다. 그 생생함에 수지는 가슴이 뛰고 얼굴이 뜨거워진다. 눈이 시리지만 다른 사이트까지 뒤져서 동영상을 더 본다.

잠시 게임을 하다가 싸이에 접속해서 중학교 때 친구들과 구라를 깐다. 그런데 시간이 지날수록 불안이 가중된다. 자꾸 편의점에 가야겠다는 생각이 든다. 지금 대세가 그곳에 와 있을 것 같다. 그런 생각에 한 번 잡히기 시작하자 편의점에 파는 모든 물건들이 떠오르기 시작한다. 컵라면도, 삼각김밥도 먹어야겠다. 스프라이트도 마셔야겠다. 수지는 벌떡 몸을 일으켜 편의점으로 달려간다. 편의점에는 늦은 시간인데도 아줌마가 아직 퇴근하지 않고 있다. 교대할 모양인지 알바생에게 잔소리를 늘어놓다 말고 문을 열고 들어서는 수지를 흘긋 쳐다본다.

"대세는 학교에 안 왔니?"

“네.”

“어쩌려고 그런다니?”

수지가 입을 다문다. 웃기는 아줌마다. 꼭 며느리를 나무라는 시어머니 같다. 아줌마도 자신의 태도가 오버라고 느꼈는지 입을 다물고 고개를 돌린다. 또 바뀌었나? 알바생은 처음 보는 얼굴이다.

수저통만 있는 가방에 소주가 들어가면서 바닥이 제법 묵직해진다. 수지는 묵직하고 차가운 소주병의 허리를 만지면서 집으로 간다. 대세가 있으면 공원에 가서 같이 술을 마셨을 것이다. 그런데 지금은 함께 마실 사람이 없다. 집으로 돌아온 수지는 옷도 벗지 않고 싱크대 위에 놓인 컵과 냉장고에서 김치와 멸치볶음을 꺼낸다. 제법 능숙한 술꾼처럼 컵에 술을 따르고 찔끔거리며 조금씩 마신다.

주방 유리문에 어른거리는 자신의 모습에 피식 웃어 주고는 한 잔을 쭉 들이킨다. 속이 후큰 하면서 금방 머릿속이 나른해진다. 수지는 다시 한 잔을 따른다. 대세가 이렇게 학교를 오래 빠진 적은 없다. 무슨 일이 생긴 게 틀림없다. 빌어먹을 자식, 조금만 더 참고 학교를 졸업하면 좋을 텐데. 어디서 무얼 하는 것일까. 한 잔을 또 쭉 들이킨다. 머릿속으로 뜨거운 피들이 몰려들며 아우성을 친다.

아버지는 술을 너무 많이 마셔서 암으로 죽었다. 암은 유전성이 강하니 절대로 술 마시지 말라고 한 이모의 말을 들은 이후로 수지는 술을 마시기 시작했다. 뭐 그리 오래된 일은 아니다. 이유를 말하자면 비극적으로 죽고 싶어서다. 그러나 지금은 생각이 달라졌다. 대세가 지브라 얘기를 꺼낸 뒤부터 수지에게는 목표가 생겼다. 죽더라도 대세와 그곳에 가 보고 난 뒤에 죽어야 한다. 그래도 오늘은 술을 마셔야겠다. 대세가 그렇다.

눈이 불쾌하게 밝아져서 시계를 보니 벌써 새벽 네 시다. 불을 잘 켜지 않는 엄마가 불을 훤하게 켜 놓고 옷을 홀렁홀렁 벗고 있다. 가슴을 온통 다 내어놓더니 뒤를 돌려 거울을 본다. 거울 속에 엄마의 등이 가득 찬다. 몸을 거울 가까이에 갖다 댔기 때문이다. 가방을 뒤지더니 뭔가를 꺼내 다시 거울 앞에 선다. 팔을 억지로 뒤로 돌려 어깻죽지 있는 곳에 파스를 붙인다. 팔이 잘 닿지 않는지 힘을 쓸 때마다 엄마 입에서 오래된 요구르트 냄새가 난다. 엄마가 일하는 곳은 술집 주방이다. 하루에도 수십 번씩 기본안주로 나가는 계란찜과 옥수수 그라탕과 감자샐러드를 만든다. 하룻저녁에 백 번을 내놓은 적도 있다고 한다. 그래서 어릴 때 밥 대신 물리게 먹어 싫어하게 된 칼국수 이후로 엄마가 새롭게 싫어하는 품목이 생겼다고 했다. 그것이 계란찜과 옥수수 그라탕과 감자샐러드이다.

3

다음 날, 담임이 부른다. 수지의 얼굴을 보자마자 뒤통수를 한 대 갈긴다. 안 그래도 튀어나온 눈알이 앞으로 빠져 버리는 줄 알았다.

성적도 내려가고, 야자도 빼먹고, 수업시간에도 엎드려 자고. 너 뭐 되려고 이러냐, 인간 말종이 꿈이냐? 라고 묻는다. 씨팔, 그런 게 꿈인 년이 어디 있냐. 수지는 욕을 한다. 물론 마음속으로다.

밤에는 엎드려 자다가 야자감독한테 또 머리를 쥐어박힌다. 정말 재수가 옴 붙은 날이다. 수지는 다리를 쩍 벌리고 자고 있는 묘연이를 본다. 웬일로 야자시간에 학교에 다 있다. 저녁 급식을 먹자마자 입이 찢어지게 하품을 해 대면서 책상에 엎드려 있더니 아마 잠에 푹 빠진 모양이다. 담임은 묘연이를 묘포라고 부른다. 묘연 포기의 준말이다. 묘포의 한쪽 다리는 통로 쪽으로 과도하게 나와 있다. 자면서도 짝다리를 하고 있다. 엑스레이를 찍어 보면 묘연이의 엉덩이는 분명 한쪽으로 치우쳐 있을 것이다. 야자감독도 묘포는 건드리지 않는다.

기분은 최악이다. 뒤통수는 아직도 얼얼하다. 자율학습시간에 휴대폰을 사용하면 뺏긴다. 그러면 일주일이 지나야 찾으러 갈 수 있다. 대세에게서 전화가 올지도 모르는데 지금 휴대폰이 없으면 수지는 죽은 목숨이나 마찬가지다. 하지만 뺏길 염려는 없어 보인다. 금방 지나갔으니 야자감독은 다시 들어오지 않을 것이다.

'자다가 한 대 맞았어요.'

보내자마자 휴대폰이 울린다. 제법 타자가 빠른 아저씨다.

'저런, 어쩌니? 아프겠다.'

'인간의 기본 욕구조차 배척당하는 이런 환경에서 무슨 공부가 되겠어요.'

이번 답은 한참 만에 온다.

'집까지 데려다 줄까?'

웃긴다. 또 들이댄다. 됐거든요, 라고 말하려다 수지는 아무 말도 하지 않는다.

'나중에 데리러 갈게.'

수지는 아저씨가 앞에 있는 것처럼 고개를 끄덕인다.

아저씨는 어제도 학교 앞에 검은 승용차를 대 놓고 기다렸다. 창문을 내리고 큰소리로 이름을 부르는 아저씨를 수지는 모른 척했다. 하지만 오늘 수지는 짙은 선팅으로 내부가 보이지 않는 승용차로 다가가 차를 탄다.

내 이름은 김창호야. 조수석에 수지가 앉자 아저씨는 마치 소개팅하는 사람처럼 자기 이름을 말한다. 교문 앞에는 수많은 '즐거운 나의 집' 승용차들이 줄지어 서 있기 때문에 김창호가 데려다 주든, 최창호가 데려다 주든 그것은 아무 상관없다. 진호나 묘연이가 야자를 하는 일이 거의 없을 뿐 아니라 대세가 없어진 후로 같이 다니는 일이 드물어서 아저씨는 누구의 눈에도 띄지 않을 것이다. 배고프다는 말에 아저씨는 포장마차 옆에 차를 세운다. 아저씨는 소주를 마시고 수지는 우동을 먹는다. 음주운전인데 괜찮아요? 이 정도는 괜찮아. 그만 마시려는지 아저씨가 소주병을 옆으로 밀쳐놓는다. 수지는 우동을 먹으면서 반쯤 남은 소주병을 흘깃거린다.

CCTV에 찍힌 남자는 빨간 땡땡이 우산을 들고 있다. 눌러 쓴 모자챙 아래로 날렵한 턱선이 선명하다. 남자는 상대방을 향해 우산을 휙휙 휘두른다. 운동복 차림의 상대방 남자가 땡땡이 우산을 향해 진열대 위의 과자봉지를 집어던진다. 과자봉지를 정면으로 맞아 모자 쓴 남자가 주춤한 사이, 운동복은 선반에 진열된 물건 하나를 집어 든다. 대형 커터 칼이다. 흐린 화면이지만 칼은 가늘고 길어 날렵하고 위험해 보인다. 두 사람은 각자가 가지고 있는 흉기로 허공을 찌르며 상대방을 위협하고 있다. CCTV는 고조된 긴장으로 폭발할 것 같다. 두 사람의 숨이 바깥으로 튀어나올 것처럼 화면 속 상황은 긴박하다.

갑자기 분위기가 반전된 것은 모자를 쓴 남자가 우산 끝으로 운동복의 배를 찔렀을 때다. 한 손으로 배를 움켜쥔 운동복은 바닥에 고꾸라지면서도 칼을 놓치지 않는다. 벌떡 일어나더니 모자를 향해 마구 칼을 휘두른다. 운동복의 행동이 너무 과감해진다 싶은 순간 모자의 무릎이 바닥으로 툭 떨어진다. 허벅지에 칼을 맞은 듯 모자의 바지가 곧 시커멓게 물들기 시작한다. 운동복이 모자의 얼굴을 발로 찬다. 모자가 바닥에 쓰러진다. 운동복이 모자의 얼굴을 발로 밟는다. 모자의 입에서 검붉은 액체가 흘러나온다. 곁에 서 있던 묘연이가 비명을 지른다. 수지는 눈을 질끈 감는다. 잠시 후 모자가 몸을 일으키는가 싶더니 바닥에 떨어진 우산을 들고 운동복의 얼굴을 올려친다. 운동복이 두 손으로 얼굴을 막고 고개를 돌린다. 그 순간 바닥에 떨어진 칼은 어느새 모자의 손으로 옮겨져 있고, 운동복은 바닥에 쓰러져 있다. 둘 다 움직이지 않는다. 형사가

CCTV를 끈다.

"그러니까 저 운동복이 아줌마를 덮치려고 할 때, 모자 쓴 놈이 나타났다는 겁니까?"

CCTV에는 운동복이 카운터에 있는 아줌마를 한쪽 구석으로 끌고 가는 장면만 있다. 아줌마 말로는 CCTV의 사각지대로 끌고 간 것 같다고. 주먹으로 배를 때려서 꼼짝도 못하고 쓰러졌는데, 그 순간 누군가가 나타났다고. 그 사람이 모자를 쓴 저 사람인 것 같다고. 정신을 차렸을 땐 교대하기 위해 온 알바생이 이미 신고를 한 뒤였으며, 모자를 쓴 사람은 도망가고 없었다고 한다. 혹시 아는 얼굴이냐고 형사가 다시 묻는다.

"아줌마 말이, 학생들이 그래도 제일 자주 왔다니까 혹시나 싶어서 말야."

수지와 묘연이와 진호가 우두커니 서 있다. 새로 들어온 알바생이 아까 했던 말을 또 하며 떠들고 있다. 모자를 쓴 저 남자요. 일주일 전부터 하루도 빠지지 않고 밤마다 왔었어요. 열두 시에 아줌마랑 교대하고 나면 30분이나 한 시간 후쯤 꼭 왔다구요. 와서 컵라면을 먹거나 담배를 피우다가 갔어요. 자꾸 반복해서 오니까 처음엔 좀 수상하게 생각하기도 했죠. 강도짓 하려고 미리 와서 살피나 했다니까요.

"그러니까 이 모자 쓴 놈이 누군지 대충 알 것 아냐."

형사가 알바생을 윽박지른다. 대학 새내기처럼 보이는 알바생은 완강하게 고개를 흔든다.

"온 지 얼마 안 되어서요. 아는 얼굴이 별로 없는걸요."

아줌마도 알 텐데, 알았으니까 우리를 불렀을 텐데……, 수지가 그렇게 생각했을 때, 묘연이도 같은 생각이었는지 둘이 아줌마 얼굴을 동시에 쳐다본다. 아줌마는 꺼진 화면에서 아직 눈을 떼지 못하고 있다. 그러더니 한 마디 툭 내뱉는다.

"누굴 좀 닮은 것 같기도 해요. 근데, 잘 모르겠네요."

묘연이와 수지의 시선이 또 마주친다. 그때, 진호가 묻는다.

"저거 정당방위 아닌가요? 성폭행 치한하고 맞서 싸웠는데……."

"임마, 사람이 다쳤잖아. 저 자식이 뭐하는 놈인지, 무슨 목적으로 왔는지도 모르고."

형사의 말에 아줌마가 고개를 떨어뜨린다. 고개 숙인 아줌마의 어깨가 위로 솟았다가 천천히 가라앉는 걸 수지는 지켜본다.

"그럼, 생각나는 게 있으면 연락 주세요."

형사가 가 보라는 듯 손짓을 한다. 편의점까지 걸어오는 동안 아무도 말을 하지 않는다. 편의점 앞에 다다르자 진호는 인사도 하지 않고 길을 건너 버린다. 수지와 묘연이는 아줌마를 따라 편의점 안으로 들어간다. 편의점 안에는 락스를 들이부은 듯 소독 냄새가 가득 들어차 있다. 묘연이가 코를 막는다.

"나타나지 말라고 해라."

누구에게 한 말인지 수지도 묘연이도 묻지 않는다. 아줌마가 다시 대걸레를 가지고 와서 바닥을 닦는다.

"형사가 다녀가고 난 뒤 아침나절 내내 닦았는데, 아직도 피 냄새가 나는 것 같다."

묘연이는 불안하게 왔다 갔다 하며 창 앞에 서서 지나가는 사람들을 뚫어지게 보고 있다. 혹시나 대세가 지나가는지 보고 있는 게 틀림없다. 저 바보 같은 기집애는 키만 컸지 생각이 없다. 지금 이 상황에서 대세가 여길 지나가면 그게 나 잡아가라가 아니면 도대체 뭐냐. 수지는 묘연이의 등을 노려보며 고개를 절래 절래 흔든다. 그때다. 아줌마의 대걸레질을 피해 이리저리 발을 옮기던 수지의 눈에 빛나는 하얀 알갱이가 들어온다. 진열대 선반 밑에 들어갔던 대걸레 끝에 묻어 나온 듯하다. 수지는 쪼그리고 앉아 알갱이를 줍는다. 그것은 하얀 돌멩이거나, 네모난 단추거나, 혹은 자일리톨 알갱이껌처럼 보이지만, 그것은 정말 큰 대문니다. 수지는 얼른 손에 움켜쥔다. 아까 CCTV화면에서 봤던, 얼굴을 맞고 쓰러졌던 모자의 모습이 떠오른다. 갑자기 가슴속에서 쥐고 있는 알갱이만 한, 아니 그것보다 더 큰 울음이 솟구쳐 오르려 한다. 수지는 목울대를 안쪽으로 끌어당긴다.

"괜찮니?"

창고에 걸레를 갖다 놓고 온 아줌마가 수지를 보고 있다. 수지는 고개를 끄덕인다. 카운터 위에 있는 물건들을 이것저것 정리하던 아줌마가 수지와 묘연에게 석빙고를 하나씩 건넨다.

"다리를 다쳤을 텐데, 어디를 쏘다니는지 모르겠다. 입에서 피가 나던데, 뭘 먹지도 못할 텐데……."

수지와 묘연이는 대세처럼 석빙고를 한 번에 깨물지 못한다. 편의점 냉동실의 냉동고 효능이 지나치게 우수하기 때문이다. 아줌마가 건넨 석빙고는 나무처럼 딱딱하다. 묘연이가 석빙고를 입 속에 넣고 빨 동안 수지는 송곳니에 대고, 어금니에 대고 깨물어 보려고 애를 쓴다. 왼손에 움켜쥔 대문니가 그걸 도와주기라도 할 듯이 말이다.

어린 시절, 이를 뽑기 싫어 울면서 버둥대다가 잠든 적이 있다. 아침에 일어나니 덜렁거리던 이가 있던 자리는 텅 비어 있고, 빠진 이는 온데간데없었다. 이부자리를 몇 번이고 털고 방바닥을 기면서 손바닥으로 쓸고 거울에 입안을 구석까지 비춰 보았지만 이는 없었다. 자면서 저절로 뽑힌 이를 삼켜 버린 것이다. 그래도 미심쩍어 거울 앞에서 입을 벌리고 입안을 이리저리 보고 있는 수지 앞에 엄마가 나타났다. 엄마가 말했다. 수지야, 아빠가 움직이지 않아. 안방으로 건너가 아빠를 보았다. 아빠의 얼굴은 더없이 편안해 보였다. 이를 앙 물고 고개를 방바닥에 처박고 몸을 이리저리 흔들며 어깨를 부르르 떨던 아빠 자신의 모습도 다 잊은 듯했다. 형벌 같았던 아빠의 고통이 하룻밤 사이에 감쪽같이 사라져 버린 것이다. 엄마가 소리 죽여 울고 있을 동안 수지는 제 목줄기를, 그리고 가슴을 천천히 쓰다듬었다. 밤새 제 목구멍 속으로 무엇이 넘어갔는지 알 것 같았다.

석빙고를 입에 문 묘연이의 눈에서 소리도 없이 눈물이 주르르 쏟아진다. 아줌마가 묘연이를 외면한다. 석빙고를 입에 문 채 편의점 유리문을 밀고 나간 묘연이가 학교 쪽이 아닌 도로로 내려선다.

정규수업을 마치긴 했지만 야자가 아직 남았고, 묘연이의 책가방은 학교에 있다. 하지만 수지는 묘연이를 부르지 않는다. 멍하니 서서 묘연이의 뒷모습을 쫓던 수지는 학교 쪽으로 발걸음을 옮긴다. 담임의 닦달이 아니더라도 수지는 야자까지 할 참이다. 오늘, 혼자는 너무 두렵다. 야자를 마쳐야 검은 자동차를 탈 수 있다.

오늘도 코스는 똑같다. 주차하기 좋은 곳에 있는 포장마차. 사람도 없다. 아저씨는 술을 마시면서 조금씩 자기 이야기를 한다. 결혼 7년째 아직 아이가 없고 입양을 심각하게 고려해 본 적이 있으나, 부인이 끝내 반대하여 입양하지 못했다고 한다. 수지가 그럼 휴대폰 화면에 있던, 애기까지 있던 가족사진은 뭐냐고 묻자, 그건 어느 블로그에 나와 있던 모르는 사람의 가족사진인데 너무 부러워서 다운받아 깔아놓은 것이라 한다.

그런 게 가족인가? 그렇다면 수지는 여덟 살 이후로 갑자기 가족이 없어진 건가. 어느 한 쪽이 빠진 건 가족이라고 할 수 없는 건가. 이런 질문을 혼자 해 대는 사이 아저씨는 막장 드라마 같은 자기 연애사를 고백하느라 바쁘다. 얼마 전까지 스물여덟 살 난 같은 회사 여직원을 사귄 적이 있고, 그 여자가 시집을 간다고 해서 심각하게 관계를 끊어야 했다고 한다. 여자의 이름은 김민희인데, 폰에는 마누라가 알아챌까 봐 김민철이라고 이름을 저장해 두었다고.

"아저씨 정말 나쁘지? 이런 이야기, 어린 너에게 하는 이유는 누군가에게 욕이라도 실컷 듣고 싶어서야."

욕할 힘도 없다, 라고 생각하며 수지는 입술을 비튼다. 아저씨가 마시다 둔 소주잔을 든다.

"마셔도 돼?"

아저씨가 조금 놀란다.

"저 잘 마셔요."

포장마차 아줌마가 내리깐 눈을 들었다 올렸다 하며 흘끔거린다. 아줌마의 눈길이 몇 번 반복되자 아저씨는 겉옷을 벗어 수지에게 입힌다.

"교복이 보여서……."라고 말하면서.

오늘은 기미가 이상하다. 아저씨의 눈길이 자꾸 수지의 가슴에 와 머문다. 수지는 소주잔을 탁자 위에 내려놓고 자리에서 벌떡 일어난다. 아저씨가 팔을 부축하려 하자 수지는 손을 뿌리친다. 시동 거는 소리에 취기가 오른다. 차 안은 금방 따뜻해진다. 어린 것만 밝히는 변태새끼, 라고 다 중얼거리기도 전에 수지는 눈꺼풀을 내리누르는 노곤함에 온몸에 힘이 풀리는 것을 느낀다. 뭐야? 술에 약을 탄 거야? 하는 생각을 한다.

아, 아니다. 수지는 그제야 전날 엄마와 싸우느라 밤을 꼬박 새운 사실을 기억해 낸다. 라면 먹고 엎어 놓은 냄비 좀 안 씻었다고, 자고 있는 수지 등을 두들겨 패며 이럴 거면 나가라고 엄마가 악다구니를 썼다. 수지도 가만있지 않았다. 딸자식 밥도 안 차려 주면서 엄마는 무슨 엄마냐, 일하는 엄마들이 모두 다 자식들한테 밥 안 차려 주냐, 그러는 사람 하나도 못 봤다. 엄마보다 더 큰소리로 악다구니를 썼다. 사실 다른 건 다 양보해도, 밥을 안 준다는 사실은 버림받고 있다는 느낌을 들게 한다. 식당에 다니고 난 뒤부터 엄마는 아예 집에서는 싱크대 근처에도 오지 않는다.

모텔 방문을 열고 들어서자마자 아저씨가 윗옷을 벗어 던진다. 아저씨는 아무 말 없이 수지에게로 다가온다. 떨리지는 않지만 조금 억울한 생각은 든다. 수지의 몸이 움츠러들며 뻣뻣해지자 아저씨가 침대 밑에 떨어진 양복 상의에서 지갑을 꺼내 만 원짜리 몇 장을 손에 쥐어 준다. 수지는 돈을 꼭 그러쥔다. 아저씨가 수지의 교복 상의를 벗긴다. 그러쥔 손 때문에 교복 소매가 잘 빠지지 않는다. 교복을 처음 사자마자 치맛단과 치마 품과 소매와 상의 품을 몸에 딱 맞게 고쳤다. 그러니 주먹을 쥐면 소매가 빠지지 않는 것은 당연하다. 아저씨가 말한다. 손을 펴. 손을 펴서 소매를 빼고 그 다음에 돈을 쥐면 되잖아. 그래도 수지는 손을 펴지 않는다. 아저씨가 팔을 붙잡고 흔들기 시작한다. 손을 펴! 손을 펴란 말이야! 목구멍이 오래된 먼지로 가득 막힌 것처럼 답답하다. 입안이 타는 듯 마르다. 수지는 입을 벌린다. 아저씨 너머를 보려고 애를 쓴다. 멀리 그 너머, 멀리 보면 정글이 보일 것만 같다. 정렬된 줄무늬를 아래위로 흔들고 푸푸 거친 숨을 몰아쉬며, 지브라가 끝도 없는 초원을 달릴 것만 같다. 지브라의 탄탄한 허벅지 아름다운 줄무늬가 허공으로 날아오를 것만 같다. 수지는 눈을 크게 뜨고 콧구멍을 벌름거린다. 하지만 아저씨 너머에는 비대칭 무늬로 어지러운 벽지밖에 보이지 않는다. 아저씨가 주먹 쥔 수지의 손에 걸쳐진 소매를 잡고 힘껏 흔든다. 팔이 아프다. 수지는 고함을 지르기 시작한다. 아야, 개새끼, 김창호야! 손 떼! 줄다리기를 하다가 상대방이 줄을 놓아 갑자기 뒤로 넘어졌을 때처럼, 아버지가 암으로 죽어 버리고 할머니가 니년 탓이라며 엄마의 머리채를 잡고 흔들었을 때처럼 숨이 막힌다. 머리카락이 때 낀 먼지떨이처럼 뒤엉키고, 죽은 물고기의 마른 비늘처럼 피부가 갈라지는 것 같다. 수지의 교복 소매 벗기는 것을 포기한 아저씨가 급하게 벨트를 풀더니 바지를 벗기 시작한다.

"오랜만이네."

편의점이 저 앞에 보이는데 어두운 그림자가 앞을 가로막는다. 직감적으로 대세라는 걸 안다. 수지는 주위를 살핀 후 한참 걸어 은행 빌딩 밑으로 들어선다. 대세가 묵묵히 따라온다. 불빛에 희미하게 드러난 대세는 어딘가 달라져 있다. 머리를 짧게 치고, 옷도 양복을 입었다. 훨씬 나이 들어 보이고, 그래서인지 다른 사람 같다.

"뭐야? 양복을 다 입고?"

"회사에 취직을 했거든."

대세가 싱긋 웃는다. 앞니가 텅 비어 있지만 수지는 못 본 척한다.

"웃기네. 회사라니? 거기서 뭐하는데?"

"아직은 별게 아니지만 앞으로……, 힘센 사람이 될 거야."

"힘센 사람 좋아하네. 보나 마나 깡패지 뭐."

대세는 수지를 노려본다. 진짜 무서운 눈빛이다. 확실히 며칠 사이에 대세가 달라졌다.

"왜 그랬어?"

수지가 얼른 화제를 돌린다.

"뭘?"

대세가 싸늘하게 받는다.

"네가 그런 거 다 알아. 모자를 썼지만 너인 걸 단번에 알아봤어."

"그럼 가만있어? 그 씨발놈이 아줌마를……."

"이제 어떡할 거야?"

"여길 뜰 거야."

"그래서 어쩔 건데."

"난 진짜 사내가 될 거야. 조직에 들어갈 거야."

"그래서 어떡할 건데? 지브라는 어떡할 건데?"

수지 눈가에 눈물이 맺힌다.

"지브라?"

"나쁜 놈아. 나하고 약속했잖아."

"무슨 약속?"

"벌써 잊었어? 지브라가 있는 데, 나 데려다 준다 했잖아."

대세가 픽 웃는다.

"기집애, 아직도 그런 걸 믿냐? 농담도 못 하냐?"

"농담이라고?"

"나중에 시집가서 니 신랑한테 데려다 달래라. 이 몸은 할 일이
많아."

"기껏 깡패가 되는 게 꿈이냐, 시발놈아."

수지는 돌아서서 빠르게 걷는다. 대세가 뒤에서 뭐라고 했지만
뒤도 돌아보지 않는다. 수지는 아까부터 손바닥이 파이도록 꽉 움
켜쥐고 있던 왼손을 편다. 손바닥 가운데에 두툼한 대문니가 있다.
왼손바닥에 있는 것을 입 속에 털어 넣는다. 목구멍으로, 한때는 나
무처럼 단단했던 석빙고를 한 번에 깨물었던 대세의 대문니가 지
나가는 게 느껴진다.

요괴인간

1

거실의 풍경은 평화로워 보였다. 식사 준비를 하는 엄마의 뒷모습은 영화 속의 한 장면처럼 행복해 보이기까지 했다. 현제는 엄마를 향해 천천히 걸음을 옮겼다. 한 발씩 걸을 때마다 바닥에 닿는 발바닥의 느낌이 생생하게 살아났다. 인류 최초로 달에 도착한 닐 암스트롱은 그렇게 말했다고 한다. 이것은 한 사람에게는 작은 발걸음에 불과하지만 인류에게는 위대한 도약이다. 현제는 생각했다. 오늘, 조용한 이 한 걸음은 미지의 내 인생을 위한 첫 번째 도전이 될 것이다. 그렇게 생각했음에도 불구하고 엄마의 널찍한 등판 앞에 서자 마치 나쁜 짓을 하는 아이처럼 가슴이 쿵쾅거렸다.

엄마 옆으로 다가간 현제는 증서를 내밀었다. '하루 결석하기 프로젝트'였다. 건성으로 잠깐 보는 시늉만 한 엄마가 응, 알았어, 성의 없는 대답을 했다.

"사인이 필요하면 니가 해. 엄마 사인 알지?"

엄마의 저 무관심을 전혀 원망만 할 수도 없다. 가정통신문이라는 이름으로 나가는 게 많기는 좀 많나. 하지만 이건 엄마가 사인하고 현제가 지장까지 찍은 증서다. 대충 훑어보고 나중에 전혀 모르겠다는 얼굴을 하면 곤란하다.

"그럼 나 이대로 해도 돼?"

으응―. 길게 대답을 한 엄마는 이제 막 끓기 시작한 된장뚝배기에 잘게 썬 파와 양파를 집어넣었다.

"나중에 딴소리하기 없기야"

현제가 다시 채근하듯 묻자, 아, 알았다니까, 신경질적인 대답이 돌아왔다. 돼지고기가 든 양푼에 막 고추장을 퍼 넣는 엄마를 힐끗 보며 현제는 핸드폰의 저장버튼을 눌렀다. 엄마가 한 말이 녹음되는 것을 끝으로 준비는 완료되었다. 생물선생 초파리는 만사불여튼튼이라고 했다. 야, 이것들아, 초파리가 제 나올 구멍은 생각지도 않고 신내 나는 병 속에 머리부터 처박는 그런 짓은 하지 말아야지. 언제 뚜껑이 닫힐지는 생각하고 들어가야 하는 거거든. 만사불여튼튼이야. 그래, 맞다. 바로 이런 걸 두고 하는 말이지. 증서와 녹음까지 완벽하다.

현제는 여행 가방을 열고 어젯밤에 챙겨 놓은 물품들을 확인했다. 속옷과 양말, 엠피쓰리는 필수다. 충전기도 전자사전도 넣었다. 여벌 티셔츠와 운동복 바지, 그리고 여드름 피부 전용 로션도 챙겼다.

"다녀오겠습니다."

목소리가 살짝 들떴다. 아무리 티를 내지 않으려고 해도 그게 잘 안 된다. 태초에 엄마의 자궁을 찢고 나올 때 신으로부터 받았던 자유, 지금까지 박탈당하고 살아왔던 자유를 이제 찾은 것이다. 덜 컥 겁이 날 정도로 기분이 좋다.

"어디 가는데?"

순간 현제의 머릿속으로 불길한 예감 한 줄기가 휘익 스치고 지나갔다. 고추장이 벌겋게 묻은 일회용 비닐장갑이 반쯤 벗겨진 손 을 치켜든 채 엄마가 현관 앞으로 달려 나왔다.

"이 시간에 어딜 간다는 거야?"

그제야 엄마가 현제의 눈을 똑바로 보았다. 엄마는 항상 이런 식 이다. 수업 시간에 집중해서 들으라고 엄마는 늘 잔소리를 하지만 정작 본인은 자식의 말에 전혀 귀 기울이지 않는다. 현제는 조용히 가방을 내려놓고 이런 순간을 대비해 꺼내기 쉽도록 가방 앞쪽에 넣어둔 '증서'를 꺼내들었다. 그리고 엄마 얼굴 앞으로 디밀었다. 눈으로 읽어 내려가는 엄마의 표정이 서서히 굳어지는 걸 현제는 담담하게 관찰했다. 핸드폰을 준비해야 할 차례다. 알았다고 몇 번 이나 반복한 엄마의 대답을 들려줘야 할지 모른다.

"이게 뭐?"

표정은 밥 먹으라고 할 때처럼 무심해 보이지만 엄마의 눈은 불 안하게 흔들리고 있었다. 반드시 숙제를 하고 난 후 놀아야 하며,

학원을 빠지는 일은 있을 수 없어서 할머니 생신조차 현제 혼자 못 가게 하는 그런 엄마가 낸 제안은 처음부터 그리 믿을 만해 보이지는 않았다. 하지만 매력적인 제안임에 틀림없었고, 현제는 3년 전 암으로 죽은 삼촌이 남긴, 금박이 입혀진 나침반 다음으로 귀중한 보물 2호로 지정하여 간직하고 있었다.

*하루 결석하기 프로젝트
열심히 생활한 아들 김현제는 1년에 하루 결석할 수 있다. 국가와 사회가 불법으로 지정한 행동과 일반적인 도덕적 관념에서 나쁜 짓을 하지 않는 다는 조건하에 이날 하루 온전한 자유가 주어진다.

아들 김현제. 엄마 이혜원.

날짜를 명기하지 않은 것은 1년에 하루라는 조건 때문이었다. '열심히 공부한'에서 '열심히 생활한'으로 바꾼 것은 현제의 제시 조건이었고, 불법적인 것과 부도덕한 일을 하지 않겠다는 것은 엄마의 제시 조건이었다. 이 두 가지 사항이 합의를 이루었고, 증서에 사인을 하고 지장을 찍었다. 중학교 1학년 때의 일이었다. 중간고사에서 전교 23등이라는 경이적인 기록을 세운 후, 축하한다며 엄마가 현제에게 선물로 준 것이었다. 그 선물의 탄생 배경에는 물론 엄마가 있었다.

"난 학창시절에 왜 그렇게 열심히 학교를 다녔는지 모르겠어. 지금 생각해 보면 하루쯤은 결석해도 괜찮았을 것 같은데, 몸이 불덩

어리처럼 아파도 학교에 갔거든. 하루쯤은 집 안에서 뒹굴면서 놀아도 괜찮지 않을까? 난 자식에게 그런 자유, 하루쯤은 주고 싶어."

아빠가 고개를 끄덕였고 현제가 그 자리에서 제안했다. 애당초 받기로 했던 게임기 대신 그 하루를 받겠다고 말이다. 쿨한 척하기를 좋아하는 엄마가 먼저 수락했고, 아빠는 무언의 동의를 했다. 증서는 그날 음식점에서 식사가 끝나고 집에 오자마자 작성되었다.

엄마는 자기가 아주 쿨한 줄 안다. 하지만 천만의 말씀이다. 남들 앞에서는 쿨한 사람인 것처럼 행동하지만 엄마는 사실 전혀 쿨한 사람이 못 되었다. 좋은 영화가 있다며 엄마 스스로 추천하여 같이 보면서도 밤 열한 시가 넘어가면 '숙제는 했니? 내일 아침에 일찍 일어날 순 있는 거야?'라며 한창 영화에 몰입될 시간에 은근한 잔소리로 불안을 조장했다. 시험 치고 고생했는데 실컷 놀아라, 하면서도 저녁 일곱 시쯤 되면 밥은 먹었냐, 피곤할 텐데 집에 들어와서 빨리 쉬어라, 시험이 끝났으니 이럴 때 책도 좀 읽어라 등의 문자로 피시방의 모든 게임 노선을 피곤하게 만들었다. 그러면서도 남들 앞에서는 성적이 뭐가 중요해? 난 애 그렇게 닦달 안 해, 라며 그 누구도 흉내 낼 수 없는 온화한 표정으로 사람들에게 좋은 엄마 이미지를 심어 주는 놀라운 능력을 가지고 있었다. 엄마의 구두 약속은 애당초 그 신뢰성이 제로에 가까웠다고 해도 과언이 아니었다. 바로 그것이 굳이 지장까지 찍은 증서가 필요했던 이유였다.

고추장 묻은 비닐장갑을 그대로 낀 채 증서를 팔꿈치로 툭 밀어낸 엄마는 그새 여유를 되찾은 듯 보였다. 요즈음 특히 희미해진

턱선이 다소 완고하게 굳어지긴 했지만 엄마는 원래 회복력이 빨랐다.

"잠시 들어와."

"아, 왜?"

이 자식이 근데, 하고 중얼거린 엄마의 미간에 굵은 주름이 그어졌다. 용돈도 받고 밥도 먹어야 한다. 운동화도, 옷도, 경제적 독립 능력이 없는 한 어쩔 수 없다. 그때까지만 비굴해지는 수밖에. 현제는 운동화를 벗어 획 집어던졌다.

엄마는 목을 지나칠 정도로 꼿꼿하게 세우고 벌써 소파에 가 앉아 있었다. 말도 안 되는 저 무시무시한 자신감은 어디서 솟아나는 것일까. 단지 부모이기 때문에 생기는 권력 같은 걸까.

"너 갑자기 이게 무슨 말이야. 지금 가출이라도 하겠다는 말이니?"

"가출은 무슨 가출이야. 증서를 읽어 보고 말을 해. 그리고 이거 아까 엄마가 분명히 허락을 했다구."

현제는 핸드폰의 재생 버튼을 눌렀다. 응, 응. 엄마의 목소리가 선명하게 녹음되어 있었다.

"장난하지 말고!"

"장난 아니야."

"이게 장난 아니고 뭐야?"

"엄마야 말로 장난해? 이 증서를 똑똑히 봐. 1년에 한 번 결석해도 좋다고 했잖아. 왜 지금 와서 딴소리냐고?"

“좋아. 결석해.”

무표정하고 단호하게 엄마가 말했다. 강물을 거슬러 오르는 연어의 기쁨이 이런 것일까. 짜릿한 쾌감이 아랫도리로부터 목구멍까지 치고 올라왔다.

“다시 한 번 말하지만 나중에 또 딴소리하지 마. 1년에 한 번 결석하기 프로젝트야. 더 자세하게 말하면 그동안 한 번도 이걸 안 써먹었고, 지금까지 안 써먹은 그 날짜들을 이번에 하겠다는 거야. 중1때부터 1년에 한 번이니까 지금 고2. 5년째니까, 다섯 번. 다시 말하면 5일 결석이 저축되어 있어.”

“너, 미쳤구나.”

“또 왜 그래?”

“너, 학교 수업을 일주일씩이나 빼먹겠다는 말이야? 그게 무슨 말인 줄이나 알아?”

“뭐가 일주일이야? 5일이라니까.”

“그게 그거지!”

얼굴이 벌게진 엄마가 고함을 빽 질렀다. 최악의 상황이 와 버렸다. 마치 치매에 걸린 노인처럼 엄마는 자신이 한 모든 말을 부인하고 있었다.

“왜 해석을 니 마음대로 해? 힘들게 공부하고 하루 정도는 집에서 쉬어도 좋다고 한 거지, 이렇게 니 마음대로 해석할 거였으면 애초에 엄만 그런 말도 안 했어.”

“그런 게 어딨어? 엄마야말로 왜 이제 와서 엄마 마음대로 재해석하는 건데?"

"재해석은 무슨 재해석이야? 결석해도 좋다고 한 거지, 집을 나가도 좋다고 한 적은 없어. 그리고 그런 게 저축이 되는 게 어딨어? 증서 어디에도 그런 말은 없어."

"엄마, 제발……. 이 한 번을 위해서 그동안 얼마나 참고 또 참았는데, 정말 필요할 때 쓰려고 아끼고 아껴 둔 건데, 지금이 그때란 말야. 공부하고, 시험 치고, 그동안 스트레스 받은 거……."

갑자기 뭔가가 울컥했다. 현제는 애써 뜨거운 그 무엇을 꿀꺽 삼켰다.

"나도 중요한 약속이 있단 말야. 이제 와서 이런 식으로 할 거면 왜 증서에 사인한 거야? ……엄만 항상 그래. 나 위해서 뭐 해 주는 척하고는 나중에 보면……. 나도 한 번쯤은 인간답게 살고 싶다구!"

엄마가 현제를 쏘아보았다.

"공부하고 시험 치고, 학생이 제 본분 지켜서 사는 게 인간답지 못한 거면, 대체 어떻게 사는 게 인간다운 거니?"

"됐어. 차라리 엄마하고 말을 말지."

"어쨌든, 일주일은 안 돼. 길 가는 사람을 잡고 물어봐라. 공부하는 학생이 그게 말이 되는 소리인가?"

길 가는 사람 잡고 물어볼 필요도 없다. 엄마의 객관성을 강조하려고 하는 말이겠지만, 지금 이 순간 현제에게는 가장 혐오스러운 말이다.

"좋아, 좋다구. 그럼 월요일 하루라도 줘. 처음부터 하루였고, 저축한다는 말은 증서에 없었어. 억울하지만 그건 내가 인정할게."

"말했잖아. 가출은 안 된다고. 집에서 쉬어. 선생님한테는 엄마가 전화해 놓을 테니까."

가출의 뜻이 무엇인지 사전에서 찾아 엄마한테 보여 주고 싶은 심정이다. 가출이라니. 아, 엄마의 저 불온한 상상력에 따른 단어 선택의 미스는 어디까지인지!

"그리고 정 여행이 하고 싶으면 방학 있잖아? 방학 보충수업 끝나고 그때 엄마 아빠랑 같이 가."

"난 지금 필요해. 오늘 필요하다구. 오늘 지금! 나 혼자 가고 싶단 말야."

방학이나 연휴를 맞춰서 갈 수도 있었다. 하지만 학교를 결석하고 여행을 간다는 의미는 또 달랐다. 그것은 숨 막히는 억압으로부터의 해방이었다. 그리고 무엇보다 제현이가 지금, 필요로 했다. 제현이 때문에라도 오늘이 아니면 아무 의미가 없었다. 기가 막힌다는 표정으로 현제를 보고 있던 엄마가 목소리를 낮게 깔고 말했다.

"너, 솔직히 말해. 혼자 아니지? 아까 너 무슨 약속이 있다고 하지 않았어? 그게 무슨 소리야? 너처럼 일주일씩이나 결석할 아이가 또 있단 말이야?"

엄마는 오지랖이 넓다. 분명 그런 아이가 있다고 하면 그 아이의 부모님에게까지 전화를 해서 한바탕 훈시를 늘어놓을 것이다.

"그런 거 없어. 그냥 나 혼자 여행하고 싶었어."

"혼자? 5일 동안 혼자? 거짓말하지 말고 솔직히 말해. 누구랑 뭘 하려고 했냐고?"

"허락해 주지도 않을 거면서 그런 걸 왜 물어봐?"

현제를 노려보던 엄마가 갑자기 현제의 손에 있던 핸드폰을 낚아채듯 가지고 갔다. 순식간에 일어난 일이었다.

"아, 왜 이래! 핸드폰 줘."

"너, 이거 당분간 압수야. 누구랑 뭘 하려고 했는지 솔직하게 말할 때까지 가지고 갈 생각, 꿈도 꾸지 마."

"핸드폰 이리 줘. 제발……. 도대체 엄마 무식하게 왜 이러는 건데?"

"뭐, 무식?"

"엄마가 이러면 나도 내 마음대로 할 거야. 엄마가 마음대로 하면 나도 내 마음대로 할 거라고, 엄마 허락 같은 거 안 받고 집 나간다고!"

"나가기만 해 봐. 경찰서에 가출신고 해 버릴 거니까. 지금 당장 방으로 들어가. 당장 들어가지 못해!"

현제는 벌떡 몸을 일으켰다. 에이 씨, 쥐고 있던 증서를 잘게 뭉쳐 바닥에 팽개쳐 버렸다. 그리고 방으로 들어가 문을 쾅 소리 나게 닫았다. 이럴 때 확 집을 나가 버릴 용기라도 있으면 얼마나 좋을까. 방문을 열고 들어오는 게 아니었다. 현관문을 열고 나가는 게 맞았다. 아, 나라는 인간, 이렇게 결단력이 없어서 어디에 쓸까. 현제는 머리를 벽에 대고 쿵쿵 박았다.

지금까지 잘 참아 온 것도 이날 때문이었다. 아침 7시에 집을 나가서 밤 10시 넘어 들어올 때에도 이날만을 생각했다. 성적표를 손에 들고 절망해 보지 않은 아이가 있을까. 다 그만두고 싶다는 체념에 빠져 손에 쥐고 있는 것들을 놓아 버리고 싶다는 생각을 해 보지 않은 아이가 있을까. 문을 걸어 잠그고 한 번이라도 울음을 삼켜 보지 않은 아이가 있을까. 등수 하나 차이로 등급이 갈릴 때에도, 수학문제집에 매달려 한 달을 보내도 여전히 제자리걸음인 수학시험지를 볼 때에도 현제는 머리를 쥐어뜯었다.

뿐만 아니었다. 시험기간이 끝난 휴일에도 동아리 활동을 하고 보고서에 머리를 박고 있거나, 요양병원으로 봉사활동을 다녀야 했다. 입학사정관제에 대비하여 스펙을 쌓아야 했기 때문이었다. 봉사활동을 나가서 청소를 하거나 아픈 노인네들을 돕는 일은 웬만큼 시간이 지난 지금도 익숙해지지 않아 힘이 들었다. 뿐만 아니었다. 요양병원의 할머니들이 억지로 몸을 끌어안고 더러운 손으로 고구마나 옥수수 따위를 먹여 줄 땐 정말 미칠 지경이었다. 봉사활동 하는 내내 졸졸 따라다니며 헛소리를 해 대는 치매 노인네들을 치다꺼리하며 한나절을 보내다 보면, 스펙이 쌓이는 게 아니라 스트레스가 더께가 되어 머리에 내려앉았다.

그래도 다시 힘을 내자고 현제는 스스로를 다독였다. 모든 목표가 대학이 아니라 집을 나가는 것에 있었다는 듯이, 답답하고 불안하고 미칠 것 같은 자신에게 소중한 선물을 그렇게 주고 싶었다. 단 하루라도 인간답게 살기…… 그런데 그것은 모두 현제의 착각이었다. 인간이 아니라 무슨 괴물이 된 기분이었다. 아니, 괴물이었다. 그건 조례시간마다 담임이 늘 하는 소리였다.

군인이 사람이냐? 군인은 사람 아냐, 군인은 관품(官品)이야. 그럼 너희가 사람이냐? 너희도 사람 아냐, 너흰 괴물이야. 괴물이 되어야만 이 싸움터에서 살아남는 거라고. 누가 인간으로 살고 싶으냐? 너냐? 아니면 너? 인간으로 살고 싶은 놈은 이 교실을 나가. 그러면 돼.

괴물이 되지 않을 방법은? 없다. 스스로 할 수 있는 일은 아무것도 없는 것이다. 자율학습마저 감시당하고 있는 이 괴물의 세계에서 탈출할 수 있었던 유일한 '오늘', 그 오늘이 지나가고 있다.

여행 계획은 이틀이었다. 엄마한테는 5일이라고 했지만 5일 동안 결석한다는 것은 처음부터 무리라고 생각했다. 사실 그렇게 오랫동안 학교 수업을 빼먹는다는 것도 마음에 걸리고, 담임도 뭐라고 할 게 틀림없고, 아빠한테도 허락받기 어려운 일이었다. 하지만 엄마한테는 강수를 놓아야 했는데, 5일이라고 해야 이틀 정도는 얻을 수 있지 않을까 한 것이었다. 그런데 하루도 얻지 못했다. 엄마는 강적이 아니라 아예 대화 상대가 안 된 것이었다. 제현아 미안해-, 제현아 어쩌지-, 제현아- 현제는 혼자 중얼거리다가 이불을 머리 위로 확 뒤집어썼다.

2

제현은 머리에 쓰고 있던 수건을 벗겨 냈다. 얼굴은 땀에 젖어 번들거렸다. 목덜미와 얼굴을 수건으로 닦아 내고 벽에 걸린 시계를 보았다. 무슨 일일까. 핸드폰도 문자도 조용한 걸 보면 무슨 일이 생긴 게 틀림없다. 하긴 애초에 현제 같은 모범생에게 뭘 기대한 것도 아니었다. 못 올지도 모른다에 반의 확률을 걸고 있었으니까.

그래도 현제의 제안은 놀라운 것이었다. 학교를 결석하고 같이 여행을 떠나자고 했다. 주말을 끼면 최대 5일에서 최소 2일이라고 했다. 학교를 결석해? 그게 말이 되냐고, 니가 그게 가능하냐고 몇 번이나 물었지만 현제는 그때마다 싱글거리며 다 되는 수가 있다고만 했던 것이다. 제현은 핸드폰을 또 열었다 닫는다. 벌써 30분이 지났다. 이틀째, 오늘밤도 이 찜질방을 벗어나진 못할 것 같다. 아까부터 아줌마가 슬슬 눈치를 주는 게 신분증 내놓으라는 말이 입에서 나올까 봐 조마조마했다.

"자식, 되기는 뭐가 돼. 임마, 너한테 50프로라도 기대한 내가 잘못이지."

자기도 모르게 버럭, 고함이 나와 버렸다. 그때였다. 아이고 하는 외마디 비명과 함께 구석에서 누군가가 벌떡 일어나 앉았다. 앞머리를 올려 분홍색 머리핀으로 고정하고 찜질방 수건을 목에 두른 할머니였다. 정말 깜짝 놀랐는지 몸을 비스듬히 일으킨 채 가슴에 손을 얹고 어깨를 움직이며 숨을 몰아쉬고 있었다.

"어, 죄송합니다. 아무도 안 계신 줄 알았어요. 죄송합니다. 할머니."

"야, 이눔아. 아무도 없어도 그렇지. 뭔 사달이 났다고 그렇게 고함을 지르고 지랄이야."

"죄송합니다. 주무세요. 이제 안 그럴게요."

"이눔아, 니가 잠 다 깨워 놨는데 잠들기는 다 틀렸다."

제현이는 베개와 이불을 옆으로 밀쳐놓고 몸을 일으켰다. 아무래도 다른 방으로 옮겨야 할 것 같아서였다.

"이눔아, 어딜 가. 잠을 깨워 놨으면 책임을 져야지."

목례만 하고 얼른 방을 나왔다. 거실에는 사람들이 드라마를 보고 있었다. 토요일이라 그런지 사람들이 생각보다 많았다. 제현은 창문 하나 없는 찜질방의 황토벽을 바라보며 멍하니 서 있었다. TV 소리와 사람들이 웅성거리는 소리가 제현을 밧줄처럼 옭아매고 있었다. 제현은 귀를 틀어막았다. 이 소음이 아니었다. 파도와 바람이 일으키는 소리에 파묻혀 모든 것을 놓아 버릴 작정이었다. 현제가 오면 둘이 함께 동해안을 따라 걸어 볼 생각이었다. 해안선 끝까지 한 번 걸어가 보고 싶었다. 소금기 머금은 바닷바람이 제현의 발목을 휘어잡는 상상을 하며, 요 며칠 꿈에 부풀어 있었다. 현제에게 연락을 먼저 해 봐야 했다. 혹시 오다가 무슨 일이 생겼는지도 모른다. 주머니를 뒤지던 제현은 제 머리를 딱 쳤다. 핸드폰을 금방 나온 수면실에 두고 나온 것이다.

수면실의 문을 열자 구석에 있던 할머니가 아까 제현이가 누워 있던 자리에 쪼그리고 앉아 있는 것이 보였다. 할머니가 들고 있는 것은 분명 제현의 핸드폰이었다.

"할머니 그거 제 거예요."

할머니는 제현의 말은 들은 척도 하지 않고 핸드폰을 들여다보며 '어둠에 숨어서 사는~'이라며 이상한 노래를 흥얼거리고 있었다.

"그거 제 거라고요."

"이눔아, 니가 가고 난 뒤에 전화기가 어찌나 울어 대는지, 그래 내가 받았다 이눔아."

"예? 아 정말, 왜 남의 전화를 받고 그러세요."

"아이고 이놈이 자꾸 시끄럽게 울리니까 그렇지 이눔아."

제현이 할머니의 손에서 핸드폰을 집어 갔다. 옛다, 마치 자기 걸 주는 것처럼 제현을 향해 불쑥 손을 내민 할머니가 기어이 한마디를 덧붙였다.

"스마트폰도 아니구만, 그런 싸구려를 누가 주워 간다구."

제현은 힐끔 할머니를 보았다. 저런 할머니가 스마트폰을 알고 있다니 놀라운 일이었다. 그런 말은 한 적도 없다는 듯 할머니가 제현을 보며 히죽 웃었다. 전화는 현제에게서 온 것이었다. 통화 버튼을 눌렀지만 전화는 받지 않았다.

"미안하다고 못 갈 것 같다고 전해 달라던데?"

"그 말을 왜 할머니한테 전해요?"

"누구냐고 하길래, 뭐……, 조금 전까지 같이 있었는데 다시 들어올 거라고 전할 말 있으면 하라고 했지."

"제가 다시 들어올지 안 올지, 할머니가 어떻게 알아요?"

"이눔아! 당연히 들어오지, 그걸 놔두고 갔는데."

제현은 할 말이 없어 입을 다물었다. 실내가 갑자기 조용해졌다. 먹먹한 정적이 닥치자 형체도 없는 설움이 소나기처럼 제현을 덮쳤다. 뭔가 아주 중요한 것이 툭 끊어져 나간 기분이었다. 현제와 여행을 다녀오면 부모님을 용서할 수도 있을 것 같았다. 아니 용서하지 못하더라도 용서할 수 있는 방법을 찾을 거라 믿었다. 그런데 아예 그런 기회조차 차단되어 버렸다.

"엄마야? 엄마랑 만나기로 한 거야?"

바싹 제현이 앞으로 다가온 할머니가 은근한 목소리로 물었다.

"무슨 소리예요?"

"여자 목소리가 나이 좀 있게 들리던데."

"여자요? 아줌마요?"

"그냥 너한테 전해 달랬어. 못 갈 것 같으니까 기다리지 말라구."

뭔가 일이 틀어졌고, 현제는 핸드폰을 뺏겼다!

"너, 가출했지? 내가 벌써부터 보고 있었어. 할 일도 없이 빈둥빈둥 저녁때만 되면 기어 들어와선 게임방에서 죽치고 있는 거, 오늘로 사흘째지? 어때? 우리 상부상조할까?"

"이틀째거든요. 알지도 못하면서."

대꾸는 그렇게 했지만 누군가가 자신을 지켜보고 있었다는데 엉뚱한 감동 같은 게 밀려 왔다. 정말 거지가 된 기분이었다. 이런 싸구려 감정 따위를 구걸하고 싶어 하다니. 제현은 할머니에게서 얼른 고개를 돌렸다.

제현이 그러거나 말거나 할머니의 하소연이 시작되었다. 자기도 가출했다는 것, 이 찜질방에서 이틀째 묵고 있다는 것, 며느리가 구박을 해서 집에선 도저히 살 수가 없다는 것 등의 말을 랩처럼 쏟아 냈다.

"내가 텔레비전 켜는 시간에 맞춰 청소기 돌리는 년이라니까. 머리 감을 때도 물 많이 쓴다고 아예 샴푸를 숨겨 놔. 오줌도 마음대로 못 눠. 오줌 누면서 무슨 화장실에 그렇게 오래 앉아 있느냔다. 화장실에 지린내 배인다나. 나쁜 년, 지도 늙어 보라지. 오줌이 그리 쉽게 나오나. 아이고, 내가 그걸 다 글로 쓰자면 대하소설은 될 게다. ……내가 집을 나오면 우리 착한 아들이 난리가 나거든. 모르긴 해도 지금쯤 그년 머리끄덩이가 다 뽑혔을 거다. 사실 나, 한 달 전에도 나왔었거든. 그땐 요 위에 24시간 하는 대형마트 알지? 거기 가 있었어. 거기 주차장 화장실에 가면 사람도 없고 아주 안락하거든. 요새는 화장실이 웬만한 집 안방보다 낫지 않냐. 며느리년 눈치 못 채게 나오느라고 그땐 돈을 안 들고 왔지 뭐냐. 그래서 밤엔 거기 있었어. 이번엔 돈을 단단히 챙겨서 나왔지."

이마가 넓고 콧날은 선명하지만 눈은 상대적으로 작은 편이다. 거기에다 눈꺼풀이 눈을 반은 덮고 있어서 할머니의 눈은 마치 물고기의 아가미 같다. 복잡한 수로처럼 뒤얽힌 주름살이 이마와 볼과 목덜미까지 이어져 있다.

"그런데요? 무슨 상부상조요?"

"아참, 고 녀석 성질머리 하고는. 그러니까 내 말은 니 녀석도 이 집 주인 눈치 보고 있지 않느냐 그 말이야. 미성년자가 밤중까지 있으려니 보호자가 필요한 거 아니냐고. 내가 그 보호자 해 주겠단 말이지. 돈도 없고, 힘도 없지만 나한테는 먹을 만큼 먹은 나이라는 게 있거든.”

갑자기 귀가 번쩍 뜨이긴 하지만 섣불리 제 마음을 보이기는 싫어서 제현이는 묵묵부답으로 일관하고 있었다.

“나도 너랑 같이 있으면 혼자 온 할머니 찾아다니는 우리 아들한테 들킬 염려가 없다는 거지.”

그냥 사람들에게 할머니와 손자 관계라는 눈치만 주면 된다고 했다.

“그럴려면, 인석아, 니가 나한테 좀 야들야들하게 해야지. 손주 노릇하려면 이눔아.”

“할머닌 이눔, 저눔 하는 버릇부터 좀 고쳐야겠는데요.”

툭 쏘아붙였지만 제현이의 어투는 아까보다 훨씬 누그러져 있었다. 아이고 좋다, 뭐라고 중얼거리며 할머니가 그 자리에 벌러덩 누웠다. 그리곤 제현이 보고 어서 옆자리에 누우라고 바닥을 탁탁 쳤다. 어차피 시작된 연극이다. 당장 오늘밤은 주인 앞에 당당할 수 있다. 제현이는 할머니 옆에 누웠다.

“너, 이름이 뭐냐?”

“제현이요, 이제현.”

어? 너 이름 제현이네. 내 이름은 현젠데. 어디선가 현제 목소리가 들리는 것 같다. 고민이라고 해 봐야 아무리 애를 써도 영어가 3등급이 되지 않는 것이 다인 아이, 재수 없지만 제현이는 그런 것만 고민해도 되는 현제가 너무 부러웠다.

"제현이라, 니 에미 애비가 고민하면서 지었을 텐데, 커서 너 이러
는 줄 알았으면 개똥이나 말똥이 그런 걸로 짓는 건데 말이다."

제현이는 담요를 배까지 올리고 자리에 누웠다. 눈을 감았으나
잠이 올 것 같지는 않았다. 그렇다고 다시 일어나 앉으면 할머니도
따라 일어날 것이다. 귀찮게 생겼다. 피유. 할머니가 숨죽인 방귀 같
은 한숨을 내쉬더니 다시 아까 그 노래 같지도 않은 노래를 불렀다.

"어둠에 숨어서 사는 우리들은 요괴 인간들이다. ~사람도 짐승
도 아니다. 빨리 사람이 되고 싶다. 어두운 운명을 다 버리고~."

아무래도 정상적인 노인네는 아닌 것 같았다. 이 할머니를 따라
다녀야 하나 말아야 하나, 순간 조금 전에 상부상조니 뭐니 하고
무언의 동조를 한 것이 은근히 후회가 되었다.

"이눔아, 니눔 얘기도 한 번 해 봐. 니 에미 애비는 널 안 찾는다
니?"

제현이 입을 꾹 다물었다. 그 두 사람, 자신을 찾기는커녕 나타
날까 봐 두려워하고 있을 것이다. 제현인 어쩔거야, 라고 먼저 물어
본 사람은 엄마였다. 그걸 왜 나한테 물어? 내가 애를 어떻게 맡아?
라고 아빠가 대답했다. 그들의 말은 맨살을 파고드는 가시 같았다.
문 밖에서 듣고 있을지도 모르는 자식에 대한 배려는 그 가시만큼
도 없는 큰 목소리였다.

"그럼, 쥐꼬리만 한 생활비 주면서 애까지 나보고 맡으란 말야?"

"넌 어떻게 자식에 대한 것까지 그렇게 이기적이냐?"

"뭐? 이기적? 그러는 당신은, 제대로 아빠 노릇 해 본 적 있어?"

귀에 엠피쓰리를 꽂고 불륨을 최대한으로 높였다. 아무 소리도 듣고 싶지 않았다. 새벽 두 시에 간단한 짐을 챙겨서 집을 나왔다.

이혼이라는 말은 아주 어릴 때부터 들어 왔다. 두 사람의 다정한 모습은 제현의 기억 속에는 없다. 자식이 옆에 있든 말든 눈만 마주치면 싸움닭처럼 서로를 쪼아 댔다. 두 사람이 이혼한다고 했을 때 제현은 전혀 놀라지 않았다. 오히려 지루한 게임이 끝난 것 같은 홀가분한 기분마저 들었다.

"빨리 사람이 되고 싶다~. 어둠의 운명을 차 버리고 벰 베라 베로!!"

"잠 좀 자자고요. 에이 씨."

버럭, 제현이 고함을 질렀다. 할머니가 제현이의 머리를 쿡 쥐어박았다.

"이런 썩어빠질 놈. 어따 대고 소릴 질러 이눔아. 감히 내 앞에서."

제현이 피식 웃음을 날리고 말했다.

"집에서 도망 나온 주제에 감히는 무슨."

갑자기 할머니가 제현의 귀에 입을 갖다 대더니 뜨거운 숨을 훅 불어넣었다. 제현이는 움찔 놀라 몸을 웅크렸다. 이건 또 무슨 황당 시추에이션? 변태인가?

"감히지 이눔아. 감히. 내 정체를 알면 니눔은 누운 자리에서 오줌을 쌀 것이다."

"뭐, 할머니가 대통령이라도 돼요?"

"대통령 그거 암것도 아니지."

"그럼 대통령 부인이라도 되나 보네."

"그런 건 쳐도 안 한다. 이건 비밀인데……."

"뭔데요?"

"놀라지 마라. 내가……,"

"뭔데 그래요?"

"내가 바로……, 요괴인간 베라야."

"그게 뭔데요?"

"뱀, 베라, 베로. 손가락이 세 개뿐인 요괴인간이지. 그중에 여자 요괴가 하나 있는데 그게 베라야. 인간이 아니지만 인간이 되고 싶어 하지. 요괴인간은 오로지 인간을 위해 싸우지."

진짜로 미친 노인네인가?

"우리 아들 어릴 때 그 만화를 젤로 좋아했지. 잘 들어 봐. 그 만화 시작할 때 이런 말이 나와. '언제 일어난 일인지는 아무도 알지 못한다. 인간도 동물도 아닌 외모 속에 정의로운 마음을 갖고 태어난 이들의 이름은 뱀, 베라, 베로!' 흐흐, 우리 아들은 항상 내 무릎에 앉아 그 만화를 봤어. 노래도 나랑 함께 불렀지. 만화를 보면서 그랬지. 베라는 엄마처럼 못 하는 게 없어. 엄마가 베라야, 라고 말야……."

별 미친, 소리가 입 밖으로 튀어나오려는 걸 제현이는 꾹 참았다. 엎친 데 덮친다더니 아아, 정말 재수없다. 이 노인네를 떼어 버리려면 날이 밝는 대로 몰래 찜질방을 나가든지 해야 할 것 같았다.

3

"그 할머니가 그랬다니까요, 이 녀석이 손주라고. 너, 할머니랑 둘이서 밥도 먹고 그랬잖아? 한 패가 분명하다니까."

코와 이마가 기름을 묻힌 것처럼 번들번들한 아주머니가 제현이의 옷자락을 움켜쥐고 마구 흔들어 댔다. 자고 있던 제현이를 발로 걷어차며 깨웠던 아저씨는 팔짱을 끼고 노려보고만 있었다. 비몽사몽 간에 뺨도 한 대 맞았다. 왜 때리냐며 바락바락 대들다가 뒤통수까지 얻어맞았다. 그런데 경찰이 오자 자기는 마치 아무 짓도 안 했다는 표정을 짓고 저렇게 서 있는 것이다. 잠깐 멈추는가 싶었던 아주머니가 찢어지는 목소리로 다시 말을 이었다.

"형사님도 CCTV 봤잖아요. 그 할머니랑 얘랑 같이 다니는 거."

CCTV는 제현이도 봤다. 몸집이 멧돼지만 한 아저씨 머리맡에 있는 핸드폰을 할머니가 마치 쓰레기 줍듯이 자연스럽게 들고 가는 것을 말이다.

"노인네가 훔치고 요 녀석이 팔아먹고, 틀림없다니까요. 안 그러면 노인네가 스마트폰인지 뭔지 어떻게 알고 그걸 훔치겠어요."

아주머니가 검지손가락으로 제현의 가슴을 꾹꾹 누르며 쯧쯧 혀를 찼다. 아예 반항조차 하기 싫어 제현은 어금니만 꽉 물었다. 그때 경찰의 핸드폰이 울렸다.

"응, 응, 그래? 홍순자? 그럼 보내 봐."

잠시 후 전화를 끊고 핸드폰을 뒤적이던 경찰이 아주머니에게 핸드폰을 보여 주었다. 아주머니가 어릴 때 헤어졌던 아들이라도 만난 것처럼 호들갑을 떨었다.

"맞아요. 이 할머니 맞다니까, 이 눈매하며 코가 딱 맞아."

경찰이 제현의 눈앞에 핸드폰을 갖다 대었다. 할머니가 맞았다. 입술은 웃고 있는데 눈은 울고 있는 묘한 얼굴이었다.

"여기서 한 블록 위에 있는 평화요양병원에서 일주일 전에 실종 신고 된 노인넨데, 상습 가출노인이에요. 병원하고 좀 전에 연락해서 확인했고요. 근데, 병원에서도 스마트폰 때문에 소동이 일어난 적이 있었다고 그러네. 다른 환자 보호자 스마트폰을 들고 가서는 돌려주지 않으려고 해서……. 좀 정신없는 소릴 한대요. 자기가 요괴 뭐라 하면서……."

아주머니가 얼른 말을 받아 물었다.

"요괴가 뭐래요?"

"옛날 만화영화에 나온 만화 주인공이래요."

"요괴? 인간이 아니긴 아닌가 보네. 손자도 팽개치고 도둑질하고 도망간 거 보면……."

"아줌마, 이 녀석 그 노인네 손자 아닌 거 같아요. 돈만 내놓고 찾아오는 가족이 끊긴 지 1년이 넘었답니다. 병원에서 그러더래요. 아무래도 스마트폰을 훔친 것도 그 때문인 것 같다고……, 그 노인네, 아들 이야기를 맨날 입에 달고 산다는데……. 가족들끼리 얼굴 보고 이야기하는 스마트폰 광고 있잖아요. 그 광고처럼 스마트폰 안에서 진짜로 사람이 튀어나온다고 생각한대요.”

아저씨와 아주머니가 얼른 제현의 눈을 피했다.

경찰차는 엑셀을 밟을 때마다 웽하는 소리가 났다. 얼마나 낡았
는지 꼭 유리창이 덜 닫힌 시골버스를 탄 기분이었다. 눈물이 쏟아
질 것 같아 제현은 눈에 힘을 주고 창밖으로 시선을 돌렸다. 옆에
앉은 경찰이 제현의 손에서 핸드폰을 뺏었다.

“엄마 단축번호?”

“없어요.”

“그럼 아버지!”

제현은 고개를 흔들었다. 엄마든 아빠든 핸드폰에는 저장되어 있
지 않다. 집을 나오는 그 순간 모두 지워 버렸다.

“뭐야? 그럼 보호자 아무나 일단 대 봐. 연락을 해야 할 거 아냐.
그 할머니 어제 처음 본 사람이라며? 그럼 그걸 증명해 줄 사람이
있어야 하잖아.”

그 누구도 생각이 나지 않았다. 자다가 끌려 나와도 자신을 보호
해 줄 사람이 아무도 없다고 생각하자 제현은 그때까지 참고 있던
뜨거운 것이 복받쳐 오르는 걸 느꼈다. 어헉어헉 목구멍에서 짐승
소리 같은 울음이 솟구쳐 올랐다.

“뭐야? 너 우는 거야? 학교는 어디야? 담임이라도 오라고 해.”

제현이의 울음소리에 잠시 머뭇거리던 경찰이 어딘가로 전화를
걸었다.

“○○지구대입니다. 지금 전화 받으시는 분은 어머니 되시나요? 잠시 이쪽으로 와 주시겠습니까?”

경찰이 핸드폰을 내밀었다.

“1번에 저장된 사람이 엄마야?”

1번은 현제다. 그렇다면 현제 엄마가 전화를 받았단 말인가. 그런데 왜 제현의 엄마인 것처럼 통화를 했단 말인가.

지구대에 도착하자 경찰은 제현에게 턱짓으로 의자에 앉으라 하더니 곧 자기 자리로 돌아갔다. 오고가는 사람들 그 누구도 제현을 상관하지 않았다. 10분쯤 지나자 머리에 벙거지 모자를 쓴 아주머니가 지구대 문을 밀고 들어왔다.

“저어, 제현이⋯⋯.”

그때까지 턱을 괴고 컴퓨터를 들여다보던 경찰이 느지럭거리며 일어났다.

“제현이 어머니 되세요?”

“그게 저어⋯⋯.”

“연락처 거기 적으시고요. 그 노인네 잡히면 참고인으로 다시 불러야 하니까 그리 아시고 일단은 애 데리고 가세요, 다시는 이런 일 없도록 좀 주의해 주세요.”

아주머니가 앞장서고 제현이 뒤를 따랐다. 지구대를 지나자 아주머니가 제현을 향해 돌아섰다.

“나, 현제 엄마야. 어젠 누군지도 모르고 가장 최근에 통화한 사람이 현제가 만나기로 약속한 친구일 것 같아서 전화했어. 어제 전화 받은 할머니가 그 할머니니?"

"네."

"경찰한테 전후사정을 이야기하고 그냥 전화를 끊을 수도 있었어. 그런데 내가 이렇게 온 건, 어쨌든 너희들 약속을 못 지키게 한 게 나 때문이기도 하고. 또 할 말도 있어서야."

무슨 말이 나올지 뻔했다. 어른들이 하는 말은 늘 같았다. 그들은 똑같은 소리와 행동을 하면서도 그것을 전혀 인지하지 못하는 일란성 쌍둥이들 같았다.

"무슨 사연이 있어서 이렇게 집을 나와 있는지 모르지만, 너도 빨리 집으로 들어가라. 그리고 너도 크면 알겠지만 부모 입장에선 그래. 대학 들어가기 전까진 이런 연락 안 했으면 좋겠다. 정말 미안해. 미안한데, 지금 공부해야 할 때잖아. 옆에서 자꾸 이런 식으로 바람 잡으면……."

아주머니가 말했다. 제현은 고개를 끄덕였다. 아주머니가 차비는 있니, 하면서 만 원짜리를 제현의 손에 쥐어 주었다. 제현은 얼른 손을 뺐다.

"됐습니다. 죄송합니다."

인사를 꾸벅 한 뒤 제현은 얼른 뒤돌아 걸었다. 뛰고 싶었지만 걸었다. 빨리 어딘가로 가서, 아무도 없는 어딘가로 가서 푹 잠들고 싶었다.

하루 종일 어디를 쏘다녔는지 알 수 없었다. 사람들이 어깨를 퍽 퍽 부딪치며 지나갔고, 그럴 때마다 그나마 남아 있던 몸속의 기운이 바닥으로 뚝뚝 떨어졌다. 마트에 왔을 때에는 밤이었다. 그 짙은 어둠만큼 제현의 몸에는 아무것도 남아 있지 않았다. 제현은 주차장 화장실로 기어들었다. 구석에 소주병이 있었다. 누군가가 먹다가 남겨 둔 것인지 소주는 반병쯤 남아 있었다. 제현은 소주병을 들고 벌컥벌컥 들이켰다. 서럽고도 외로운 감정이 마치 살아 있는 뱀처럼 자신의 몸을 조였다.

제현은 빈 소주병을 퍽 하고 벽에 부딪혔다. 조용한 실내에 유리병 깨지는 소리가 앙칼진 계집아이의 울음처럼 퍼졌다. 죽고 싶다, 라고 제현은 생각했다. 깨진 소주병의 주둥이를 쥔 손이 벌벌 떨렸다. 그때였다. 문이 벌컥 열렸다.

"니놈이 여기 있을 줄 알았다. 이눔아, 여긴 여자 화장실이야. 남자 화장실은 5층 주차장에 있다고 했잖아……."

할머니였다. 제현은 벌떡 일어났다.

"가까이 오지 마. 이 정신병자, 도둑. 가까이 오면 할머니도 찌르고 나도 확 죽어 버릴 거야."

제현의 손에서 피가 흘렀다. 갑작스럽게 일어나면서 소주병 깨진 부분에 베인 모양이었다. 할머니가 손을 내밀었다.

"이제 걱정할 거 하나도 없다. 이리 온. 이리 와. 겁내지 말고 이리 와."

할머니가 점점 제현에게 가까이 다가왔다.

"오지 마!"

제현이 고함을 빽 질렀다. 앞으로 내민 할머니의 얼굴과 손이 날카롭고 흉측하게 변했다. 손가락도 세 개뿐이었다. 추위 때문인지 두려움 때문인지 이가 부딪힐 정도로 턱이 덜덜 떨렸다. 놀란 눈으로 할머니의 손가락을 보는데 할머니가 덥석 제현이를 안아 버렸다. 땡그러렁. 제현의 손에서 유리병이 떨어져 나갔다.

"걱정하지 마라. 요괴인간이 못 할 게 없지."

제현이 몸부림을 치면 칠수록 할머니의 팔 힘은 더욱 세어 졌다. 인간이 아닌 것 같은 무서운 힘이었다.

"우리 아들이 그랬어. 엄마는 못하는 게 없다고. 엄마는 베라라고."

온몸에서 힘이 빠졌다. 제현은 그 자리에 털썩 주저앉았다. 할머니의 팔이 제현의 겨드랑이를 꽉 잡고 있었다. 덜덜 떨리던 몸이 차츰 가라앉았다. 겨드랑이 안쪽에서 뜨거운 기운이 스멀거리고 올라왔다.

4

결국 학교에 왔다. 시위의 첫 번째 단계로 어제오늘 밥을 굶었다. 1교시는 배가 고파 눈알이 펑펑 도는 것 같았다. 하지만 독립투사처럼 불의에 맞서 태극기를 들고 거리로 나갈 수도 없는 일이다. 미성년자인 아들 앞에서 파시즘적인 권력을 휘두르는 엄마에 대항하기 위해서는, 제 몸을 희생시키는 방법밖에 없다. 약속이라는 걸 마음대로 깰 수도 있고 변경시킬 수도 있는 어른이란 존재가 앞으로 수년 동안은 등에 바싹 붙어 있을 걸 생각하니 숨이 막혔다. 핸드폰을 빌려서 전화를 했으나 제현은 오늘까지도 전화를 받지 않았다.

제현에게서 들은 마지막 말은 '고맙다'였다. 제현이 세상 밖으로 튕겨져 나간 기분이야, 라고 했을 때 현제가 말했다. 니 이름이나 내 이름처럼 세상도 그럴 거야. 아무것도 아닐 거야. 그냥 글자가 서로 바뀌었을 뿐일 거라구. 우리, 세상 구경 한 번 하고 오자. 그러면 세상이 아무리 지멋대로 돌아가도 그거 글자 한 자 차이라는 거, 그거 알 것 같지 않나? 라고 했을 때, 제현이 현제를 보며 말했던 것이다. '고맙다.'

짝 수창이가 현제의 옆구리를 쿡 찔렀다. 야, 참다가 참다가 시계 본 건데 겨우 5분 지났어. 40분은 지난 것 같았는데, 에이 씨. 꾹 참고 처음 시계 본 건데. 그렇게 중얼거린 수창이가 다시 옆구리를 쿡 찌르며 아까보다 조금 더 큰소리로 중얼거렸다. 저 물리, 정말 답이 없다. 실력이 없으면 성의라도 있든가. 아, 씨이 지옥이다. 인간이 할 짓이 아니라니까.

현제는 벌떡 자리에서 일어났다. 물리가 무슨 일이야, 하는 표정으로 현제를 쳐다보았다. 정작 놀란 건 수창이인 모양이었다. 물리를 향해 쏟아 내던 저주를 딱 멈춘 수창이가 야, 너 왜 이래? 라며 현제의 바지를 잡아끌었다. 적어도 인간이라면, 그래 인간이라면 밥을 굶는 것 외에 할 수 있는, 뭔가 다른 일이 있을 것 같았다.

해설

박토(薄土)의 끝

윤인로(문학평론가)

1

「대화법」이라는 단편, 삶의 어떤 비참들. 이 소설집에 관한 해설이 「대화법」의 비참에서 시작되어도 좋은 것인지, 아니 글이라는 것으로 그 비참에 관해 말해도 되는 것인지 확언할 수가 없다. 멈칫하고 머뭇거리게 된다. 그럼에도, 아니 그와 동시에 「대화법」 안에 이 소설집 전체를 관통하는 의미가 충전되고 있다는 믿음 또한 갖게 된다. 무릅쓰고 그 비참의 의미에 대해 먼저 쓰려는 까닭이 거기에 있다.

조그만 항구를 끼고 있는 마을을 배경으로 한 「대화법」 안에는 시점을 달리 하는 두 명의 '나'가 있다. 하나는 초등학교 선생님의 시선을 담은 나이고, 다른 하나는 어린 학생의 눈을 가진 나(이름은 성언)이다. 그 두 명의 나 사이에 '소녀'가 있다. 소녀는 국경 너머 러시아에서 왔으며 성언이의 엄마이다. "영어도 아닌 말을 쏠랑거리며 유난히 큰 이를 드러내고 웃는, 키도 그리 크지 않고 금발머리도 아닌데다 얼굴에 주근깨가 촘촘히 박힌 이국의 여자". 소냐는 이제는 낯설지 않게 된, 이른바 '다문화'라는 이름으로 수용되고 있는, 하지만 여전히 어떤 배제의 계기에 노출되고 있는 사람들 중 하나다. 「대화법」은 이국의 삶을 소냐만 산다고 말하지 않는다. 저 두 명의 나야말로 소냐와 같은 이방의 얼굴로 이역의 삶을 살고 있다고 말한다. 갈라지고 쪼개지는 그들 세 이방인들의 관계가 어떻게 복구되고 회생되는지를 묻는다는 것은 「대화법」에 내장된 어떤 미덕에 관해 쓴다는 것과 다르지 않다.

첫 번째 나(선생님)는 "구질구질한 혈연은 내 가족만으로도 충분했다."고 생각하는 여자이다. 그녀는 가족이라는 카테고리의 구속과 하중을 거절한다. 고아라는 사실에 이끌려 결혼했던 것, 결혼했음에도 아이를 갖고 싶지 않아 했던 것은 그런 사실의 또 다른 반증이다. 어쩌면 그녀는 가족의 구성이 폭력에 노출되는 것이라고 생각하는지도 모른다. 아이를 원하는 남편과 결혼 생활이 순탄치 않았던 것은 당연한 일이다. 가족이라는 통념의 영토 위에서 그녀는, 남편의 말마따나 "안을 때마다 시체 같은 느낌"을 주는 "죽은 몸뚱이"에 다름없었다. 그녀에게 가족은 "박토(薄土)"의 다른 말이며 그 불임의 땅에서 그녀는 죽은 몸, 사신(死身)이었다. 박토 위의 사신. 그것은 이방인의 다른 말이다.

그런 그녀의 삶 안으로 걸려온 전화 한 통. 소냐의 목소리 혹은 어눌한 언어. "그녀[소녀]는 가끔 말을 끊고 짧은 침묵에 잠기기도 한다. 그 침묵 속에서 나는 윙 하는 바람 소리를 듣는다. 가는 전깃줄이 바람에 흔들리는 소리 같기도 한 그 소리는 어쩌면 그녀와 내가 함께 알아들을 수 있는 유일한 언어인지도 모른다." 이들이 서로를 인지하는 언어의 폭과 힘은 전화기를 타고 들려오는 바람 소리 이상이 아니다. 냉동공장에서 일하는 소녀는 한국이라는 이역의 언어에 능수능란하지 못하다. 소녀가 성언이의 담임인 나에게 전화를 걸었던 것은 딸 성언이의 모나고 독한 행동들 때문이었다. 키가 작으며 머리칼에서는 누린내가 나고 투박한 손을 가진 소녀는 어린 성언이에게 혐오의 대상이었으며, 혐오의 대상인 한 적수가 되지 못했다. 적이란 서로가 같은 눈높이에 서 있음을 전제할 때만 가능한 무엇이기 때문이다. 다시 말해, 소녀는 적이 되기 위한 조건을 충족시키지 못한다. 적의 조건에 미달하는 것. 그것은 이방의 삶을 옥죄는 또 하나의 조건이다.

선생님인 나를 포함해 타인을 향한 성언이의 격렬한 거부와 공격성은 남다른 조숙함의 증거이면서 동시에 그런 조숙함의 배경에 관해 생각하도록 이끈다. 뱃사람인 아빠, 죽은 엄마, 다시 말해, 항상 떠나고 있고 이미 떠난 부모, 그러므로 다락방에서만 몸의 안식을 찾을 수 있는 아이, 그 다락방에서조차 마음이 찢기는 아이, 끝내 홀로인 아이. 적이 아닌 소녀는 당연히 답도 아니다. 성언이에게 유일한 답은 소망베이커리라는 빵집에서 늘 성언이를 반겨 맞이했던 어떤 아저씨였다. 하지만 그는 성언이를 성폭행했다(그 사건을 여기에 인용할 수는 없다. 인용해서는 안 된다). 그도 답은 아니었던 것이다. 오답을 정답으로 오인할 수밖에 없는 어떤 세계. 이방인들의 삶의 자리가 거기다. 죽은 몸을 가진 이와 적조차 되지 못하는 이와 정답을 오인하는 이. 「대화법」에서 그들은 어떻게 대화하게 되는가.

오후 세 시. 다시 전화가 온다. 냉동공장의 휴식시간. 여자는 일주일 전보다 훨씬 불안해졌다. 가끔 짧은 비명을 지르기도 한다. 여자의 말은 하나도 알아들을 수가 없다. 하지만 나는 여자의 말을 알아들은 것만 같다. 죽음의 순간에 처음 듣는 이방의 언어로 서로 이야기하지만 토씨 하나까지 모두 알아들을 수 있었던 『개선문』의 주인공들처럼 말이다. 나는 눈을 감는다. 말이 조금씩 뇌의 주름을 파고든다. / 나는 의자에 몸을 기댄다. 여자의 말은 바람이다. 나는 몸을 가볍게 흔든다. 나는 나무다. 가지가 흔들리고 이파리가 몸을 살짝 뒤집는다. 머리카락이 흔들린다. 나는 머리카락 갈래마다 여자의 목소리가 들러붙는 걸 느낀다. 그녀는 말 중간 중간에 흐느끼고 있다. 가끔 흐느끼느라 말을 끊고 짧은 침묵에 잠기기도 한다. 그녀의 말은 바람을 품은 나무처럼 그저 눈을 감고 있기만 하면 된다. 그러면 이전에 내가 듣지 않고자 밀어냈던 말들이 싱싱하게 살아서 나를 찾아온다.

한국어 교본에서 익힌 몇 개의 단어로 떠듬떠듬 성언이의 일에 관해 말하는 소녀. 바람소리 그 이상도 이하도 아니었던 그녀의 말은 물론 아직도 바람이었다. 하지만 '나'는 이제 그 바람에 반응하는 '나무'다. 가지와 잎이 흔들리는, 뿌리마저 움직이는 나무가 된 나는 소녀의 말이 자신의 뇌에 각인되고 있음을 느낀다. 고통스러운 소녀의 말은 뇌의 주름을 파고드는 말이면서 동시에 머리카락이라는 피부에 들러붙는 말이다. 그 말들은 공히 촉각적이다. 어쩌면 「대화법」은 촉각적일 때 윤리적일 수 있다고 말하려는 작품일지도 모른다. 『개선문』의 연인 조앙과 라비크는 서로 다른 각자의 언어를 그렇게 촉각적으로 인지하는 이들이었을 것이다. 연인의 언어. 그것이 싱싱한 언어이다. 「대화법」은 듣지 않으려 밀어냈던 연인의 언어야말로 '박토'에서의 삶을 치유하는 '옥토(沃土)'임을 말하고 있다. 교실에 있던 어항의 금붕어만이 대화의 상대였던 성언이를 선생님이 찾아가는 장면이 그 증거일 것이다. "나는 오늘, 성언이에게 간다. 금붕어 한 마리면 아이의 오후 시간이 그리 지겹지만은 않을 것이다."

2

　「대화법」의 밑바탕에 놓인 박토의 상상력은 어떻게 변주되는가. 다시 물어, 박토와 옥토의 변증은 어떻게 매번 다시 출발하는가. 「자연의원」은 그 출발선 상에 있는 단편이다. "아내의 임신 소식과 준호의 암선고는 태풍처럼 함께 몰려왔다."는 한 문장은 압축적이다. 준호는 무정자증 판결을 받았고, 아이를 원하는 아내는 준호와 합의하에 정자은행에 있는 다른 남자의 정자를 통해 임신했다. 준호는 두 개의 '거리낌 없음' 앞에 내몰린다. 하나는 아내의 거리낌 없음이다. 이제 아내의 세상은 자신의 자궁을 중심으로 회전하지 암에 걸린 준호를 중심으로 돌지 않는다. 아내는 준호에게 '자연 의원'이라는, 풍욕과 생식 위주의 격리된 병원에서 장기 요양할 것을 권한다. 다른 하나의 거리낌 없음은 아내 뱃속에 있는 아이의 것이다. 아이는 어미에게 질기고 오랜 헛구역질을 하게 함으로써 자신의 생명력을 거리낌 없이 표출했다. 자연병원으로 내몰린 준호의 생각. "죽음이 보였어요. 아니, 무덤 같은 아내의 부른 배가 보였어요. 그렇게 말하고 싶다. 그렇게 생각하고 준호는 깜짝 놀란다. (…) 그 배가 점점 불러 올수록 내 죽음이 가까이 다가온다고 생각했어요. 내 생명과 바꿔치기하려고 하루가 다르게 배를 부풀리며 기다리고 있는 거라는 생각……." 그렇게 생각하는 준호에게 자연 의원은 박토였다. 준호는 그런 박토 위에서 다른 남자의 정자로 임신한 아내를 뻔뻔하다고 느끼며, 암에 걸린 자신이 죽으면 정자제공자를 찾아갈 거라고 의심한다. 준호의 그런 말들은 치사하지만 가능한 말이다. 아니 치사하기에 가능한 말일지도 모른다. 그런 박토 위에서의 말들을 뇌의 주름에 각인하고 있는 이는 남편을 뒷바라지하고 있는 어떤 여자이다. 둘은 박토 위에 서 있다는 고통의 경험으로 공통의 교감을 나눈다. 그런 교감의 끝 또는 다른 시작.

남자는 팔을 뻗어 여자의 머리에 손을 올린다. 남자가 여자의 머리를 쓰다듬는 동안 여자는 남자의 눈에 흐르는 눈물을 본다. 여자는 등 뒤의 나무에 기대어 선다. 새벽바람이 두 사람의 드러난 살을 할퀴고 지나간다. 여자의 볼이 차갑다. 남자의 손이 여자의 차가운 볼을 쓰다듬는다. / "그래도 당신이 내 비명을 지켜 줬어."

비명을 지킨다는 것. 그것은 인상적인 말이다. 여기서 인상적이라는 말은 힘들고 어렵고 불편하고 곤혹스럽다는 말의 다른 말이다. 비명을 지킨다는 것, 그것은 박토 위에서 생겨나고 있는 한 뼘의 옥토를 가리키는 말이 아니겠는가. 비명을 지키는 그녀는 삶을 견디는 자들에게 드리워진 짙은 그늘에 관해 생각하게 한다. 그녀는 자연병원 원장을 사기꾼이라고 욕하고 자신에게 폭력을 행사하기도 하는 남편을 위해 온갖 약재를 넣고 달이는 중이다. 무얼 달이느냐는 준호의 물음에 "홍삼, 상황버섯, 비단초, 비자나무, 다슬기, 졸복어, 민들레, 솔잎……."이라고 답하는 그녀는 그것들 말고도 하나를 더 넣는다. 무얼 더 넣는가. "모욕이요." 그녀에게 모욕은 달여지는 것이다. 왜 그렇게 사느냐는 물음의 진정한 힘 곁에서도 모욕은 매번 그렇게 달여지는 것이다. 모욕은 모멸의 근사치다. 그런 한에서 모멸은 모욕처럼 달여지는 것이다.

「즐거운 게임」은 그렇게 모멸을 달이는 엄마가 주인공이다. 바람 피우던 남편이 죽은 뒤 생활의 전장으로 뛰어들게 된 엄마. "생각보다 일은 쉽지 않았다. 일을 마치고 집으로 돌아오면 허리가 휘어질 듯 아프고 어깨가 내려앉을 것만 같아 잠을 잘 수가 없었다. 뼛속까지 물이 들어차는 것 같은 무거움, 무자비하게 두드려 맞은 것처럼 욱신욱신 쑤시는 온몸의 고통. 모두 발가벗은 장소에서 오직 혼자만 팬티와 브래지어를 입고 있다는 모멸감. / 하지만 목욕탕은 빠르게 나를 변화시켰다." 다 벗은 곳에서 혼자만 다 벗지 않은 데서 오는 모멸감. 그 모멸을 견디게/달이게 하는 것은 밥을 벌어야 하는 절박함이다. 그런데 「즐거운 게임」은 그 견딤 혹은 달임이 생계에 구속된 것만은 아니라고 말하는 듯하다. 찜질방에서 붙잡힌 딸 유림이는 엄마에게 이렇게 말한다.

"엄마는 세상이 너무 겁나지? 왜 그렇게 우거지상으로 살아? 아빠한테 속았다고 세상을 송두리째 거부할 필요 있어? 아빠 갔어. 제발 그렇게 살지 마. 엄마 눈엔 내가 몹쓸 년으로 보이겠지만 난 엄마처럼 살지 않아. 다 용서해. 다 용서하고 즐겁게 살아. 인생은 즐거운 게임 같은 거야. 눈으로 보고도 몰라? (…) 난 적어도 엄마처럼 엄살을 피우지는 않아. 죽은 남편 때문에 인생 전부를 지옥으로 만들지는 않는다구. 난 지금 즐거워. 그러면 오케이 아냐?"

그녀는 딸에게 미친년이라고 욕하면서도 속으로는 딸의 말이 가진 의미 앞에 고개를 끄덕인다. 때를 미는 일이 자연스러워질 때쯤, 곧 낯익어진 모멸이 더 이상 모멸감으로 인지되지 않을 때쯤, 그녀는 남편과 바람이 났던 윤서라는 여자의 몸을 밀게 된다. 새하얗고 탄력 있는 윤서의 몸과 그 몸 앞에 선 그녀. 디테일하고 정교한 목욕탕 장면 속에서 그녀는 윤서의 목을 마사지하고 있는 자신의 손에 주체할 수 없는 격렬한 힘이 들어가고 있음을 느낀다. 그녀는 윤서라는 여자를 만난 이후 모멸을 견디는 이유를 생계가 아니라 자신의 내면에서 찾게 된다. "이상한 일이 일어났다. 윤서라는 여자를 만난 이후였다. 고통은 고통으로만 존재하지 않았다. 고통은 삶의 지렛대처럼 나를 지탱해 주었다. 고통을 뼛속 깊이 받아들이자 모든 것은 의외로 쉽게 풀렸다." 고통을 깊숙이 수용한 자의 삶. 목욕탕을 그만둔 그녀는 맞바람을 피우고 있는 남녀 사이를 속속들이 꿰차고 있는 어떤 집 파출부로 일하면서, 딸의 말 속에 들어 있는 '즐거운 게임'을, 그 집의 남편을 상대로 실험하려 한다. 그 실험의 주도권은 그녀가 쥐고 있다. 모욕과 모멸이 달여진 후에 남는 것은 무엇인가. 주어진 답은 일단 이렇다. "씹다 보면 달아, 아저씨."(「육포 냄새」)

3

「토끼풀의 탄생」에는 남자와 헤어진 채로 임신한 '나'(정아)와 아내의 죽음 이후 황폐한 삶을 살고 있는 '삼촌'이 나온다. 그녀는 삼촌이 키웠다. 초등학교 3학년 때 부모를 잃었고, 그 사건 이후 기구해질 자신의 삶을 누구보다 잘 알았다. 스물을 갓 넘긴 삼촌은

그녀가 살기 위해서는 필사적으로 붙잡아야 할 사람이었다. 그녀
는 삼촌에게 하루에도 몇 번씩 눈물을 흘리며 애걸복걸했다. 그것
은 어린 그녀가 삼촌에게 책임을 환기시키는 의도적인 방법이었다.
「대화법」의 어린 성언이를 휩싸고 있었던 박토는 다시 한 번 변주
된다.

　　"밤에는 삼촌이 없으면 잠들지 못했다. 삼촌의 품속에 태아처럼
　웅크리고 들어가면 나른한 봄날 춘곤증처럼 서서히 잠이 찾아왔
　다. 잠결에 나는 갓난아기처럼 삼촌의 젖꼭지를 찾아 물었다. 그
　러면 온몸의 작은 털까지도 편안해졌다. 내가 젖꼭지를 물고 있는
　한, 절대로 삼촌은 나를 버리지 않을 거라는 확신이 있었다. / 기
　억할 수 없지만 나는 한 번도 엄마라는 여자의 젖꼭지를 물어본
　적이 없다는 사실을 알았다."

엄마가 아니라 삼촌에게서 모성을 경험하는 아이. 살기 위해 삼
촌의 젖꼭지를 찾아 물고서는 몸에 난 모든 털까지도 안락하다고
느끼는 아이의 이미지. 이 동물적인 이미지는 혹독하게 유기된 삶
을 사는 아이들의 묘사들 중에서 도드라진 것이 아닐까 한다. 엄마
가 된 어린 삼촌은 아이의 등을 두드리고 가끔은 "젖이 도는 여인
처럼 가슴을 손바닥으로 슥슥 쓸기도 했다." 어린 정아는 본능적으
로 바란다. 커서 임신한 정아 역시 어릴 때의 그 바람을 버리지 못
한다. 어린 그녀와 임신한 그녀의 바람이란 무엇인가. "앞으로 이

거친 세상에서 나를 지켜야만 하는 삼촌이 좀 더 전투적이고 화려해지기를 원했다. 그것만이 내가 살 길이었다." 임신한 그녀는 생계를 위해 마사지 일을 나갔던 집에서 맹독의 전갈을 발견하고 그 아름다움에 취한다. 여섯 마리 중 한 마리를 몰래 가져와 삼촌의 쇠잔한 당구장 어항에 넣으며 기도한다. "나는 어항을 손가락으로 톡톡 건드린다. 전갈의 등이 휘어지며 꼬리가 말려 올라간다. 그렇게해. 항상 그렇게. 나는 전갈에게 말한다. 그렇게 삼촌을 자극시켜줘. 나는 삼촌의 시간들이 전갈처럼 화려하고 전투적으로 바뀌길 기도한다."

아이를 갖길 원했던 아내를 먼저 보내고 삼촌은 호구지책으로 당구장을 인수했다. 그의 삶은 생기를 잃은 흑백이었다. 그의 삶이 싱싱함을 되찾는 것은 어떤 고통을 마주하면서였다. 당구장에 왔었던 한 아이가 죽었고, 그 아비가 당구장을 찾아왔다. 부자지간이라는 걸 한눈에 알아본 삼촌에게 그 아비는, 아들에게 처음으로 당구를 가르쳐 준 게 자신이고 오늘 이 순간 당구 한 게임을 친다면 죽은 자식을 보낼 수 있을 것 같다고 청한다. 삼촌은 거절할 수 없었다. "그 말 듣는데, 내 몸 어디에서인지 모르지만 무슨 뿌리 같은 게 생겨나는 느낌이었어. 마치 무언가 잉태된 것처럼 힘이 생겼어. (…) 정아야, 마치 태어나서 처음 당구를 치는 기분이었어. 정말 잘치고 싶었어. 이렇게 집중한 건 처음이야."

타인의 고통의 크기가 나의 고통보다 클 때 느끼는 상대적/환상적 안락이 아니냐고 말하는 것은 악의적인 해석일 것이다. 어린 정아에게 젖꼭지를 물리고, 한 생명에 대한 책임을 끝내 저버리지 않았던 그다. 더 전투적이고 화려해지길 원했던 어린 정아의 바람이 임신한 정아에게까지도 변하지 않았던 것처럼, 생명에 대한 그의 겸손 또한 변함이 없었다. 임신한 정아의 배를 만지며 삼촌은 말했었다. "니 배에 손을 얹으면 젖이 도는 것처럼 가슴이 찌릿찌릿해질 때가 있어. 애가 태어나면 세계 최초로 남자의 젖꼭지에서 젖이 나오는 그런 일이 생길지도 몰라." 그렇기에 삼촌의 삶이 생기를 회복하는 저 당구장 장면은 힘을 지닌다. 「대화법」이 바람이 된 말을 받아 안는 나무의 이미지를 보여줬던 것처럼, 다시 말해 뇌의 주름에 파고들고 머리카락에 들러붙는 고통의 말을 감각했던 것처럼 「토끼풀의 탄생」의 삼촌 또한 고통의 말과 마주함으로써 뿌리 같은 것이 발생하는 순간을, 생의 힘이 잉태되는 옥토의 시간을 경험한다. 어린 삼촌과 나이 든 삼촌의 변하지 않는 모성이 기록된 문장들을, 다시 말해 예의 그 젖이 도는 듯했던 순간들을 다시 생각한다. 「달콤한 빵」에서 잊히지 않는 이미지가 바로 거기에 연결되어 있다.

다시 눈을 뜬다면, 이제 막 솟아나기 시작한 새알 같은 젖멍울을 보여 주고 싶었다. 지호의 손을 끌어 내 작은 가슴에 대어 주고 싶었다. / 지호는 병원으로 옮겼으나, 일어나지 못했다. 지호가 한줌 재로 변하는 동안, 아버지는 엄마 곁에서 꼼짝도 하지 않았다. 나는 할 일이 없었다. 지호를 볼 수도 없었고, 아버지 곁에 갈 수도 없었다. 나는 밤새 더 부풀어 오른 가슴만 움켜쥐고 있을 뿐이었다. 바람도 불지 않는데, 가슴이 아파 견딜 수가 없었다. 갑자기 젖이 산처럼 커지는 느낌이었다. 화장장 굴뚝에서 지호가 날아갔다. 나는 가슴을 있는 힘껏 끌어안았다. 산처럼 커진 젖이 목구멍을 타고 올라오는 것 같았다. / 지호를 화장시키고 돌아왔을 때 엄마는 한 달 동안 단팥빵과 우유만 먹어 댔다.

체육 선생을 하고 있는 '나'에게는 병에 걸린 새엄마가 있고, 그 새엄마는 긴 세월 동안 K제과점의 빵만 먹는다. 죽은 아들 '지호'가 그 빵을 좋아했기 때문이다. 지호는 어렸을 때 학교 운동장 한쪽의 그늘에서 불의의 사고로 죽었다. 배 다른 형제였지만 나와 지호는 서로에게 깊은 호감을 가졌었다. 언뜻언뜻 보이던 나의 젖가슴에 얼굴을 붉히던 사춘기의 지호가 죽었을 때, 어린 나의 생각이 위의 인용에 들어 있다. 지호의 손을 끌어 자신의 작은 가슴을 만지게 해주고 싶다는 바람은 죽은 지호를 위한 교감의 선물 같은 것이다. 바람에 옷이 날려 젖가슴을 쓸지 않는데도 가슴이 너무 아파 왔다는 것, 그 젖이 산처럼 커지고 목울대를 타고 올라왔다는 것 등은 지호의 죽음에 대한 몸의 기민한 반응으로 읽힌다. 「토끼풀의 탄생」의 삼촌의 젖꼭지가 생명에 대한 책임감의 상징이자 실체였던 것처럼, 「달콤한 빵」의 나의 젖가슴은 타인의 고통에 예민하게 반응하는 어떤 촉수 같은 것이 아닐까 한다.

어른이 된 나는 삶의 권태를 앓던 한 유부남과 깊이 사귀게 되고,

그는 모든 것을 버리고 몽골의 초원으로 함께 떠날 수 있냐고 나에게 묻는다. 나는 그럴 수 없었다. 묘지의 봉분 같이 된 엄마의 등 때문이었다. 죽은 자식에 목매는 그 질긴 고단함을 외면할 수 없었기 때문이다. "남자는 빵을 버렸지만, 나는 버리지 못했다. 대신 나는 엄마를 위해 그 하찮은 빵을 한 번쯤 열심히 씹어 주기로 했다." 말 그대로, 엄마를 위해 다시 한 번 열심히 씹어 주는 것. 그것은 다시 한 번 더 견디는 것이라는 점에서 모욕을 달이는 것과 포개진다. 몽골로 떠난 남편 때문에 고통에 시달렸던 아내가 엄마와 같은 병실로 입원해 왔다. "우리 세 여자는 나란히 앉아 빵을 씹었다. 마치 오래전부터 알고 있던 다정한 가족처럼. 달콤한 빵이 있는 한, 인생은 아직 절망할 단계가 아니라는 듯이 묵묵히 말이다."

그러나 '달콤한 빵'의 달콤함을 액면 그대로 읽어서는 곤란하다. 달콤한 빵은 빵이 결코 달콤하지만은 않다는 의미이다. 앞서 견딤과 달임의 끝은 무엇인지 물었고, 그 답으로 "씹다 보면 달아, 아저씨."라는 한 문장을 뽑았었다. 씹다 보면 달다는 것, 달지만 또한 쓰지 않을 수 없다는 것. 어쩌면 작가 박향은 그 달고 씀의 변증이야말로, 혹은 그 달고 씀의 양가성이야말로 생의 지반이라고 생각하는지도 모른다.

이사를 하고 세 번째 맞는 여름이다.

출입문을 나무로 장식한 횟집, 아기자기한 방석이 있는 양품점, 키 큰 회화나무를 훑고 지나가는 한밤의 자동차 전조등, 오르막 도로를 힘겹게 올라가는 배달오토바이 소리, 이젠 그런 것들은 일상의 한가로운 풍경이 되었다. 교차로의 노란 점멸등, 슈퍼 앞에 내놓은 박스 더미도 오래 살아온 동네 풍경처럼 친숙하다. 그렇게 익숙함 속에 나는 살고 있다.

가끔 일상의 익숙함이 겁날 때가 있다. 결국 이 익숙함을 벗어나지 못하고 말 것이라는 예언 같은 것이 마음속 깊은 곳에서 밀려나올 때면, 초조함이 마른 불처럼 일어나곤 했다. 그리고 이 작은 불씨는 내 간절한 바람과는 반대로 내 모든 것에 영향을 미쳤다.

2005년에 첫 번째 작품집을 내었다.

그동안 아이들은 성년이 되었고, 나는 거울 속에서 조금씩 나이

들어갔으며, 오랫동안 소식이 끊어졌던 친구를 만났고, 시아버지가
돌아가시고, 이사를 했다.

이사하는 날, 두 번째 책이자 첫 장편소설인『얼음꽃을 삼킨 아
이』가 이삿짐 틈바구니 속에 집으로 배달되어 왔다. 마치 그 아이
는 제 발로 이사하는 집을 뚜벅뚜벅 찾아온 것처럼 보였다. 식구
가 늘어났고, 나는 어느새 어리광을 부릴 수도 없는 처지가 되고
말았다.

복잡한 형태를 점점 단순화하여 사물의 본질에 도달하게 하는
추상화 기법이 있다고 한다. 몬드리안은 사물을 추상하면 감추어
진 사물의 본질에 도달할 수 있다고 믿었다. 나무의 형태가 점점
단순해져서 결국 기하학적 도형이 되는 것처럼 대상의 형태를 단
순화해서 추상에 도달하는 것이다.

쓸데없는 것들을 모두 걷어내고 나면 소설의 본질은커녕 혹 아
무것도 남지 않는 것은 아닐까 하는 두려운 마음으로 소설을 썼다.
수정과 퇴고를 거듭할수록 두려움은 점점 깊어졌다. 앞으로 한 발
내디딜 때마다 진흙 아래로 자꾸 발이 빠지는 느낌이었다. 그 발을
건져 올리기 위해 나는 많은 시간을 보내야만 했다.

하지만 그 길을 걷지 않았더라면, 하고 생각한 적은 없다. 오히려
그 길을 걷지 않았다면 보지 못했을 많은 것들이 있다는 것을 알기
에, 아직 이 미로를 포기할 수가 없다.

누구나 인생의 비상을 갈망하지만 결국 일상의 익숙함 속에서 시작해야 한다는 것을 나는 알고 있다.

평생의 업을 짊어지고 끝이 보이지 않는 이 길을 함께 걸어가고 있는 동료들,

염려와 격려를 아끼지 않으면서도 그 시선을 들키지 않으려 애를 쓰는 시니컬한 나의 가족들,

그리고 때론 내게 이야기를 들려주고, 때론 내 굼뜬 손길을 인내하며 기다려준 이야기 속의 당신들께, 깊은 사랑과 감사의 마음을 전한다.

2012년 8월
박향